庭宙

读故事 看社会

社 会 派 小 说

暗数杀人笔记

虫安 著

新 星 出 版 社　NEW STAR PRESS

目 录

1	序 章
27	第一案 师徒案
83	第二案 哭坟案
125	第三案 拉拉案
169	第四案 硫酸案
199	第五案 耳坠案
239	第六案 韭菜案
273	第七案 盗尸案
311	大结局 暗数笔记

序章

1

2012年冬天,我进了江浦监狱,一待就是两年。

别误会,我没犯事,是去工作。或者说,是去实现梦想——我想成为一名作家。

有些朋友乍一听不太相信,他们觉得监狱里大概只有两种人——罪犯和狱警。其实,还有很多职工岗。比如我,岗位是新闻编辑。每个月,监狱文教楼的演播厅都会播一期半小时的视频新闻,片子由我来审核剪辑。

我大学在鲁迅美院读油画专业,原本要做画家,临毕业那年,读了几本犯罪小说,就魔怔了似的,自己也想动手写写。

毕业后,我无心画画,蹲家里半年码了三十万字,编了个长江沙霸江湖的故事,签给一个无良网文平台,只拿到六百块钱稿费。后来,书名和署名也被平台改了。

我创作冲动依然旺盛,整天闷在屋里酝酿下一部作品。看在父母眼里,我却是彻底废了,要带我去看心理医生。一天晚上,父亲拍桌子发完火后,突然生出了一种情绪。他说,不指望你有大出息,但得有个稳定的工作。你去那儿干轻巧活儿,没事想写什么还能写什么。

"那儿"，指的就是江浦监狱演播厅。

父亲在监狱管理局有熟人。他看不得我整天在家闲逛，说二十五六岁不工作的男人都是"腌菜"。他宁愿坏了一辈子的清廉，替我打听了这份工作，也不希望自己儿子变成"无事佬"。

我一听急了，这是送我蹲监啊。转念一想，又立马答应。不管父亲是让我收心，还是送我个铁饭碗，这差事对我的写作都是好事——能进"监狱"，必定能见识到"风云"。

只是未曾想到，我在演播厅无所事事了十几个月，朝九晚五，两点一线，犯人的监管区都没机会进去。

直到2014年秋天，我遇到二监区的一个重刑犯。

那天，警官学院入监做警示教育，专门找了些曾是公职人员的犯人演讲。教改科来了一个科员跟拍，叫李爱国。他人长得细长精瘦，一身警服像挂在两根筷子上，扛着索尼摄像机到处走。

李爱国到演播厅借板凳，我正闲着无聊，帮他接过机器搁在桌上，向他请教摄像技巧。一聊才知道，我平时审播的狱内新闻，都是他采编的。我问他："平时拍摄方便带上我吗？我帮你扛摄像机。"李爱国摇摇头，左右手交叉，捏了捏自己的肩膀。"是驼了，这一大块。"

我绕到他身后，惊呼道："再不换人扛机器，以后出毛病了，工伤都算不上。我有一亲戚，跟你一样，脖颈后面拱出来一块肉，后来压迫神经，做手术花了好几万。"

他立刻笑着拿起摄像机塞到我怀里。"警示教育马上开始，你帮我扛一会儿，我教你一些厉害的拍摄技巧。"

我扛起摄像机，和他去了三楼会场。一百多平方米的会场，坐满了警校学员，我扛着摄像机站在过道中间。讲台长条桌中间坐着七八个领导，右侧放了一根话筒架。一个驼背的中年囚犯站在台上，正对着话筒发言，讲得声泪俱下。听他自述，曾是某县级市的政法委书记。

中年囚犯正讲着，有个青蛙眼狱警领着个犯人站到了我身后。我回头看了一眼，那个犯人体形健壮，个子比我高点儿，一米七八的样子，神似反町隆史。狱警递他一张纸，说："稿子你不愿意写，我帮你写好了，给个面子，上去读一下。"

那犯人拉着脸，很不情愿的样子，回道："我喉咙发炎，扁桃体还肿着，没法发言。"

我听着觉得奇怪，哪有犯人敢推诿狱警交办的事。

狱警又劝他："这是监狱领导交代的，看我们以前同事一场的分儿上，别给我添乱好不好？别觉得这事丢人，你读一下，算你认罪悔罪态度不错，后面给你申请加分，能多减几天刑。"

这个犯人不说话了，举着纸看了一会儿，然后点了点纸面说："就说这一件事。"

大约十分钟后，台上的中年犯人鞠躬退场，"反町隆史"上去了。我往后退了几步，扛着机器保持正向姿势，头歪过去问青蛙眼狱警:"这犯人以前是警察?"狱警扫我一眼,"嗯"了一声。我忍不住又问:"他犯了什么事?"青蛙眼没说话,专注看着台上。

我赶紧回头,把摄像机对准"反町隆史"。

"我叫蒋鹏,生于1990年,是警官学院2012届的毕业生,在江浦监狱当过实习狱警,工作期间因与犯人斗架被解聘。我奉劝各位在座的警校学子,不要跟我一样鲁莽冲动……"

后面就是一串反省的套话。他一口气念完,台下的警校生却冒出一片嘘声,很多人交头接耳。有男生小声嘀咕:"明显避重就轻,他弄死人的事不提,只说打犯人的小事。"

两个女生扭着脸反驳:"什么叫弄死人那么难听,那是意外事件好不好?蒋鹏学长已经很惨了,你别再落井下石了。"

台上的领导抓住话筒咳了几声,底下安静了。校方领导想让犯人再讲一会儿,教改科科长看了看时间,回绝了。众人散场,李爱国拿回摄像机,看了看我拍摄的视频,说:"还挺不错的,很有天赋啊。"

我问他:"那事答不答应?"李爱国摆着手走远,说以后再聊。

没过两天,李爱国又来了。

监狱搞"创建",领导点名批评狱内新闻没新意,太形式化,创新任务交给了李爱国。我拉他坐下,闻见一阵虎皮膏药味，故意拍拍他肩膀，说需要帮忙，尽管招呼。

李爱国扭了扭脖子，耸了耸肩，说走一步看一步，敷衍敷衍，能对付就对付。我见缝插针，问他还记得上回那个蒋鹏吗，那个当过狱警的犯人——采访他啊，现成的创新节目。

我提出这个建议，事先是打过主意的。上回在警示教育会场，蒋鹏一开口，我就预感到，我要的"风云"来了。

李爱国想了一会儿，说不行，他那事儿敏感吧。我说咱这儿又不是电视台，你想不想创新吧？李爱国说也是，教改科本来就有权采访——他咧嘴一笑，看着我问："想不想学点更深入的拍摄技巧？"

2

12月底，李爱国领着我去了二监区。

当天气温很低，路面结冰，他穿着冬装警服，黑色毛领紧紧包裹着细长的脖子。我扛着摄像机小心翼翼跟在后面，胸口挂一张教改科特批的采访证。

二监区在监狱东面，一栋四层白楼，新建了院子，大门安装了指纹门禁系统。李爱国走到门口，掏出对讲机呼道："二监区值班民警，二监区值班民警，听到请回答，听到请回答。"几秒钟后，对讲机回话，立刻有狱警打开了门禁。狱警不是别人，就是上次见过的青蛙眼。李爱国出示了采访批准条，我们进了监区。

这是我第一次进入监管区域。

监区走廊很长，水磨石地面，青蛙眼走在前面引路。右手边是监舍，二十几间监舍里挤满了囚犯，人挨人站床边。他们穿着蓝色冬装囚袄，剃光头。出工哨一响，囚犯挨个报数，排着队走出监区。

到了监区大厅，青蛙眼指着西南角一个棕色木质警务台，让我们在那儿等着。出工队伍排成长龙，囚犯们陆续从我眼前经过。他们大多数人缩着脖子，双手插在衣袖里，宽大的囚袄是二十世纪七八十年代的军大衣样式。蒋鹏排在队列里，等他走到大厅中间时，青蛙眼冲他喊道：

"115，出列。"

蒋鹏站姿笔直，双手紧贴裤缝，大喊一声"到"，朝我们走来。走到距青蛙眼一米开外的位置，他停下来，双手扶膝，左腿后撤，蹲了下去，后背打得挺直，胸肌快要撑开棉袄，一看就是练过的。

按狱规，犯人与警官交谈，必须蹲姿并保持一米距离。

青蛙眼清清喉咙，故意放大声调说道："蒋鹏，教改科准备给你做个节目，配合好了，后面对你改造的方方面面都有好处。"

"报告干部，我拒绝采访！"蒋鹏声音浑厚，大厅连响两次回音。

李爱国瞪着眼睛，脸色铁青。青蛙眼朝我们走过来，面露难色，让我们先回去。"我再给他做做思想工作，要是他确实不接受采访，那也没辙。"

回到演播厅,李爱国略显沮丧。我问他,你刚才看出猫腻没?他耸耸肩,问什么猫腻。

"那青蛙眼和蒋鹏演戏呢。"

他点点头,又耸耸肩,说那也没办法,人家不肯配合,也没法强求。我说不能就这样算了,蒋鹏不让采访,咱们可以先采访青蛙眼。

监狱食堂旁边有个小饭馆,晚餐时间,我订了一桌菜,点了几瓶啤酒,李爱国去食堂门口堵青蛙眼。菜还没上齐,李爱国拽着青蛙眼进了饭馆,两人互相恭维,李爱国喊青蛙眼"张队长",青蛙眼喊李爱国"李科长"。

我立刻迎上去,跟着恭维几声。等入了座,菜上齐,走了三四杯酒,客套话都说腻了,李爱国举起酒杯说:"张队长,这么突然请你吃顿饭,还是那事,务必帮忙做做那个犯人的思想工作。"

青蛙眼给李爱国敬酒,两人干了一杯,说:"李科长,蒋鹏性格很倔的。他不想做的事,软硬都没用。"

我问:"张队长和蒋鹏原来是同事是吧?"

青蛙眼点点头。"他原来是警校的优等生,搏击冠军。板上钉钉考刑警,结果当了狱警。冠军脾气,把一个刺头犯揍了,断两根肋骨,狱警也当不成了。"

我敬了青蛙眼一杯酒,说打个架也不至于脱了警服换囚服啊——是不是还有戏?

青蛙眼酒量不行,几杯酒下肚,脸色通红润亮,开始说车轱辘话,有戏,有戏。不过不是戏剧,是戏弄,戏弄呀。

青蛙眼已经一副不能再喝的样子，我捅了捅李爱国。李爱国搭着青蛙眼的肩膀说："老弟，上上心，试试看，成不成再说。"

青蛙眼摇摇手说，蒋鹏不想让别人知道他爸的事，所以，说什么都没用。

我说这样，请张队长明天给我们看看蒋鹏的判决书，我们深入了解了解，回头再找他聊一次，实在不行就算了。

青蛙眼较劲似的点头，说："行行行，你们不信我没关系，我能配合的尽量配合。"

第二天下午，李爱国夹着几页 A4 纸来了演播厅。他把纸递给我，说："上面都是一带而过，你看看。"

我翻看纸页，判决书上写蒋鹏因使用虚假身份证件罪、过失致人死亡罪、脱逃罪，量刑建议为有期徒刑 6 年至 8 年，鉴于其有重大立功表现，最后被判处有期徒刑 4 年。

我仔细地把判决书上蒋鹏的犯罪事由看了一遍，激动地看着李爱国。

"太有戏了，绝对创新。你在科室工作，能不能查到他当狱警时打犯人那事？"

李爱国说："蒋鹏是 2012 年入职的，我在单位待了十三年了，上上下下，小年轻老干部谁不认识，唯独对他毫无印象。我一早就去狱政科翻档案，他总共没实习几天，就被解聘了。我找他当时监区的教导员问了，他打的犯人叫苏小杰，你猜他是谁？"

我摇摇头。

李爱国伸着脖子问我，1999年的"9·21"持枪抢劫案听过没。

我还是摇头。

李爱国缩回脖子说："也是，你当年还小。那案子真是轰动全省，出事后，我家楼下的银行，好多天没人敢取钱。"

1999年9月21日到2000年元旦，四个云南文山人从云南一路抢到江浙沪地区，专抢取完款刚出银行的储户，每次只开一枪，打头，不留活口。四人人手一把54式手枪，一共作案11起，枪杀10人，重伤1人，涉案金额9.7万余元。

警方抓捕那天跟四人发生枪战，当场击毙了三人，另外一人送去医院后救活了——就是苏小杰。

李爱国说，苏小杰是四个案犯里最小的，当年未满十八周岁，没吃枪子，判了无期。

我问他，苏小杰在哪个监区服刑。

李爱国迟疑片刻，说也在二监区，那里都是重刑犯。

下午两点多，李爱国带我去二监区找苏小杰。犯人们都在操场上除冰，副教导员是个面善的小胖子，他把苏小杰喊到我面前，自己和李爱国聊球赛去了。

苏小杰高个，额头短，眉毛粗，厚嘟嘟的嘴唇干裂了，翘着皮。他很健壮，穿着蓝色囚袄，敞着胸襟，手上拿着一把铁锹。乍一看，有股邪劲儿。

我往后退了退，副教导员回过头，指着他说道："苏小杰，把劳动工具放回原处，蹲下说话。"我找来两个小木凳，递给苏小杰，问他今年多大。

他接过凳子，愣了一会儿，说："过三十了。"

我问他："记得蒋鹏吧，跟你打架的那个狱警。"

他搁下凳子坐下，使劲点点头，说："当然记得，他那不是打架，是要弄死我。"

3

蒋鹏两年前的夏天分到二监基建队时，苏小杰已经在江浦监狱蹲了十年。

二监每年都来新警，劳改犯喊他们"飞机杆"，因为他们的肩章是两个拐，像飞机翅膀。老犯都不怕"飞机杆"的，知道他们是刚出警校的"瓜娃子"，不把他们放眼里。

按老规矩，新警上岗第一天要认人头，熟悉犯人的长相、名字。那天，一百多个犯人坐在监区餐厅，一边吃饭一边看《非诚勿扰》。

蒋鹏走进餐厅，打算点个名。吼了两遍，却没人吱声，犯人各顾各的，聊天、吃饭、看电视。

蒋鹏耐不住了，把小岗——协助狱警监管工作的骨干犯——揪了起来，让他关电视，吹哨子集合。哨子一响，电视一关，犯人都来火了，一片嘘声。按照规定，就餐时间看电视是受监规许可的，是犯人的权利。

餐厅分两间，一间二十平米，中间打通。桌椅是不锈钢的，固定在地面，防止犯人发生殴斗时用来伤人。蒋鹏慢慢走到警务台，站定了，也不讲话。警务台是一张一百多斤的不锈钢桌子，桌子下面有两套音响设备，桌面有一个话筒。他猛地一使劲，将警务台举到腰部位，搬着它放到餐厅的正中间，然后猛地放下。一声巨响，水磨石地面被桌角砸出两块硬币大小的凹坑。

他将点名册摔在桌面上，餐厅里鸦雀无声。

整个监区挑不出几个人能将警务台举起，这不像举一百多斤的杠铃，桌面太宽，不好着力。懂的人一看就知道，蒋鹏是个练家子。

认完人头，小岗喊了四个人才将警务台腾回原处。五分钟，点名完毕。

监区规定，新来的狱警每周要和犯人一对一谈话，做思想工作。一周后，轮到苏小杰，俩人怼上了。蒋鹏狠归狠，苏小杰却不认，他在二监待了十来年，上到教导员，下到监房大组长，都起码认个脸熟，说话客客气气。

当时，蒋鹏坐在警务台后面，苏小杰拿着一个塑料小方凳站着。蒋鹏叫他坐下，苏小杰说自己痔疮犯了，站着聊。蒋鹏不信，一巴掌拍在桌面，警务台上的国徽都震掉了。

苏小杰也来火，说没法坐，必须站着。

"我当时想，自己坐牢十来年，什么事没见过？严管队、禁闭室前前后后去过七八次了，什么事怕过啊？"

蒋鹏说："要不找个犯医给你验个肛？"

苏小杰不想受罪，把塑料凳子扔到地上，用脚挑到合适的位置，跷着二郎腿坐了下来。

蒋鹏又一拍桌子，说："你是老犯了，不知道标准坐姿什么样？"

"我当时就直接开骂了，说你知道我是老犯，还搞什么入监教育？你个'飞机杆'，老子够给你脸了。知不知道老子蹲了十年牢了？十年前你鸡巴还没长毛呢！"

对狱警来说，犯人敢这么顶，是明摆着"抗改"了。

蒋鹏真急了，拍着桌子站起来，半张脸通红，拳头拧紧。另外两个警官赶紧跑来，把苏小杰带到办公室去教育。

"我这么跟你说，一般的无期犯正常情况下认真坐满两年牢就可以申请改判有期。我当时坐牢十年，还一直没改判，知道我坐牢有多不认真了吧？每年都要干几场架，最多给我加刑——但我本身就是无期徒刑，到顶了，还能枪毙我？"

从办公室出来，苏小杰就朝蒋鹏竖中指。蒋鹏一步冲到他跟前，伸手就是一个过肩摔。办公室的警官冲了出来，拖住要反击的苏小杰，说他挑衅警官，当场罚他戴镣铐一周。

苏小杰告诉我，蒋鹏再狠，他都不怕，因为自己从小就是狠着长大的。他17岁就跟三个文山的大哥出来闯，四个人都没有了父亲——不是死于尘肺，就是死于矿难。几个人从小练刀练枪，拳头照着墙上打，杀人也没手软过。

"一个刚来的狱警我会怕？当场气炸了，我就使劲骂，说你查查老子案底，老子在你没长屌毛的时候就打死过警察。"

谁也没想到，就是这句话惹出了后来的事。

苏小杰被铐在监房大门的铁栏杆上反省，蒋鹏没再说话，进了办公室。回来时，他径直走到苏小杰面前，贴着他的面孔站着，一直瞪着他，眼睛里全是血丝。

有警官看蒋鹏不对劲，跟在身后劝。

苏小杰也不示弱，凑到他耳边撂狠话："有本事解开老子镣铐，打一架。"

蒋鹏没说话，整理了一下苏小杰的衣襟，留下句"好好反省"，说完走了。

当天晚上九点半，点名熄灯。苏小杰戴着镣铐刚躺下，听见监区门禁"滴"一声响，知道是蒋鹏来了。

蒋鹏敲敲监房门，一边开门一边喊苏小杰。苏小杰笑他："警官，大半夜喊我干吗？请我抽中华吗？"犯人跟着起哄，喊道："抽什么中华，抽雪茄，我这藏了一支。"

蒋鹏摇了摇铁门，说不想睡觉的都出来。没人再说话。

苏小杰出了监房，蒋鹏一把拉上房门，锁起来。苏小杰见他换了一双黄色的球鞋，知道这是决心要打架。

苏小杰跟着蒋鹏，一路进了水房。他笑一下，问蒋鹏："水房是不是没监控？你不怕我打死你都没人救？"

水房砌着水泥洗手台，地上白瓷砖湿漉漉的，拐角摆一个不锈钢菜桶和一个拖把。蒋鹏没说话，抄起拖把拖起地来。

苏小杰走到蒋鹏面前，伸出手说："把我镣铐解了，热一下身。"蒋鹏拿起苏小杰的手看了看,又放下,继续拖地。苏小杰不耐烦,"开呀?怕啦?怕就送老子回去睡觉。"蒋鹏还是不说话,放下拖把,脱了警服。苏小杰继续挑衅他:"脱了,你就再也没机会穿了。"

这话刚说完,蒋鹏突然走到他面前,抬手一耳光,打得他连退两步,嘴角冒出血。

苏小杰急了,拖着脚镣冲上去,跟蒋鹏扭打在一起。他动作缓慢,没占到什么便宜,被蒋鹏一腿扫在腮帮上,摔在角落的不锈钢菜桶里。蒋鹏又扑上去打,苏小杰翻身抱起菜桶来挡。蒋鹏整个身体压上来,肘拳相加,一刻不停,打了有一分多钟。不锈钢菜桶被打成了一团皱巴巴的卫生纸。

"我脑子里嗡嗡响,心里觉得不对劲,哪来这么大仇?约个架,打一下,顶多以后谁服谁的事。"

蒋鹏打得精疲力竭,手上慢下来。苏小杰趁机扔了桶,伸手用手铐勒住他的脖子。蒋鹏想将手臂插进他的手腕内侧,但身上泄了力气,软下来。苏小杰一边勒一边骂:"你这鸡贼警察,让我戴着镣铐挨揍,这公平吗?老子现在绞死你。"

蒋鹏说不出话,脸色已经乌紫。他拍了拍苏小杰手臂,示意有话要说。苏小杰手上松了劲儿,说:"服了吧?"

蒋鹏扶住他的手臂,气喘得跟风箱一样,边喘边说:"苏小杰,你他妈还有脸说公平?你开枪抢劫的时候,对那些受害者公平吗?你拒捕杀警的时候,想过公平吗?你开枪打死的那个协警,是我爸。"

"我一听，傻了，手也彻底松劲了——世上哪有这么巧的事？讲实在话，当年那个画面我隔三岔五就会梦见一回。"

我打断苏小杰，关掉录音笔，确认文件保存正常。然后跟苏小杰说："你可想清楚，你说的每句话都是要负责的。"然后，又重新打开录音笔问苏小杰："你确定当年被你打死的警察就是蒋鹏的父亲？"

苏小杰说："我可查不了档案什么的，但我确定。我就那么一松劲儿，蒋鹏翻起身把手铐卡在我脖子上，就凭那股要弄死我的劲儿，我也确定。

"我对他说，我是无期，你打死我不值当，别脱了警服换囚服。"

苏小杰解释，他当时不是怕死，是"真心实意"不想一个年轻人就这么毁了。

我说："你怎么还替警察着想了？"

他没回答，鼻子里哼了一声，要给我讲讲他们当年的情况——

我们四兄弟在镇江一个信用社抢了四万块，原本想好的逃跑路线被到处设了卡，我们就先逃到了一个小镇上，盘算在小镇躲几天。找到一间废弃的简易工棚，位置比较偏，周围长了一米多长的枯草，很隐蔽。大家合计一下，就躲了进去。

当时零下好几度，晚上睡觉冷得受不了。我三哥就出去捡稻草和木柴生火,夜里雾水厚,木头稻草全潮兮兮的,半天点不着火。我们身上带了四把枪,六包子弹。三哥拆了四颗子弹,用火药引火。火苗一下旺起来了,但木头稻草不够烧一晚,他又出门捡柴火,回来时说不好了,四颗弹壳掉外面了。

我们之前已经作案十一起,开了十一枪,警方早就摸透了我们用的什么枪,什么子弹。掉了四颗空弹壳,你想想,要有人捡到送派出所,还得了?我们就藏不住了。

当时想着连夜跑,但镇江那案子风声没过,跑也没处去。三哥叫大家出门帮忙找,不然他心里不踏实。夜里太黑,天蒙蒙亮才能出去找。我们是前一天傍晚发现这间棚房的,周边一圈都是一米多长的荒草,以为很偏僻。早上出门找弹壳才知道,周边一百多米是荒地,外围是个池塘,大早上一群妇女蹲那儿洗衣服洗菜,叽叽喳喳地说笑呢。你说这不麻烦了,我们四个外来人一下就露了脸。小地方对陌生面孔很在意的。

掉弹壳的事是我们太疑神疑鬼了,如果不出来找,躲棚房里根本不会暴露。这会儿我们也不能返回呀。四个大男人往一间废弃的棚房里去,这样更有问题,更可疑。我们只能装作是出早工的民工,往镇上方向去。等池塘边的人少了,我们再躲回棚房。

那天注定倒霉。我们在柏油路上没走几步,拐角处冲出一辆自行车,撞到我二哥的腿了。一个背着书包的女中学生，长辫子，跟我二哥道歉。自行车撞一下没大事，但二哥的枪掉地上被女学生看见了。二哥直接上去捂住女学生的嘴，掐着她的脖子将她往拐角推。大家一起上去，帮二哥掐女学生脖子。你说奇怪不奇怪，四个男人掐死个女学生费劲着呢，折腾好几分钟，人还活蹦乱跳的。路上的人开始多起来，结伴的学生从远处骑自行车来了。二哥用枪把手把女学生敲晕了，大家只能撂下她赶紧跑。

我记得我大哥当时抱怨一句：开枪开惯了，用手掐不死姑娘，一个比一个手软，今天肯定完蛋了。

大哥预感不错，我们躲回棚房没一会儿，警察就把那里包围了。我们把手枪上膛，用一根梁木抵住房门，带头撞门的是个四十多岁的老警察。他穿了防弹衣，身后站着一个端着冲锋枪的。门被他撞开后，我们四个同时开枪，老警察的防弹衣上先中了几枪，跌倒在门边，后头那个没来得及开枪，肩膀和左腿中了枪。我大哥上去补枪，老警察扑上去帮他挡枪。大哥一枪打在老警察额头上，一枪打在他脖子上。然后一群警察冲进来，好多人一起开枪。我大哥、二哥、三哥被打成了筛子，他们的血溅到我脸上，还是烫的。我也挨了三枪，一颗子弹擦着心脏过去，我也不是不想偿命，没死成叫我怎么办？

有时候我常常想，我们那天四个人一起掐那个女孩，为什么没掐死她？后来想通了。大家那天都预感已

19

经穷途末路，弄死个娃娃不起作用，大家的手也就软了。我没想到自己能活下来，而且还能在里面碰见那个老警察的儿子。我也说不清这是一种什么感觉。

4

蒋鹏作为实习狱警，在水房和苏小杰约架属于严重违纪。水房没有探头，苏小杰本想隐瞒，但那个不锈钢菜桶被监区领导发现了，上面都是拳印，领导认为有人恶意损坏公物，要彻查，揪出这颗老鼠屎。

通过调阅监控，发现那个不锈钢菜桶是晚上收封时放进水房的，虽然水房的监控有死角，但过道里的画面可以看出菜桶当时完好无损，蒋鹏带苏小杰去水房打架的事就瞒不住了。

监区安排苏小杰验伤，发现他断了两根肋骨，这事性质变得更严重。蒋鹏后来被解聘，算是从轻处理了。

弄清这事后，我还不满足。约架被开除他在报告上也提到了，但肯定不是他的重点经历。

从判决书上可以看出，他被开除后不久，开始私下查案，追捕一个叫冷国辉的刑满释放人员，最后还导致其意外死亡。要弄清楚这件事，还得蒋鹏亲自开口。

再次找蒋鹏之前，我让李爱国帮忙查了一下蒋鹏父亲的档案。

蒋鹏的父亲叫蒋富民，2000年牺牲之前，在古柏镇派出所干了十年协警——并没有正规编制。据说蒋富民牺牲后，因为单位没给申请烈士，家属还到单位大闹过一场。

过了两天，临近饭点时，我和李爱国去了二监区，顺道从职工食堂打了三份盒饭，有一份是带给蒋鹏的。李爱国在科室工作多年，做犯人思想工作比我有经验。他说别小看一份盒饭，犯人的伙食长年累月是水煮大锅菜，盒饭也能馋得他们流口水。但也不能搞得太刻意，买三份一块吃，犯人才不会觉得别扭。

我们在二监区谈话室等着，几分钟后，青蛙眼领着蒋鹏来了。李爱国让蒋鹏坐，递他一份盒饭，说："你吃盒饭吧，我们聊一会儿，估计会错过监区开饭的点。"

蒋鹏接过盒饭，推到一旁，直接说道："以前的事我不想再提，你们别白费功夫了。"说完他指了指放在桌面上的摄像机。

我顺着他的话问："是不是因为你爸以前的事？"

这话好像激怒了蒋鹏，他语气变得生硬起来，一边说一边站起身："我现在这样是我活该，我爸怎样，也是他活该——你们走吧。"

我和李爱国吃了一惊。我想激他一下，故意说："你爸当年替人挡枪子儿很英勇，你怎么能这么说话？"

蒋鹏不吭声，径直走到谈话室门口站着。

出了谈话室，李爱国说："你这样不行，他不愿说，弄不好真有难言之隐。我们挖人家的经历都是出于私心，你这刺痛他一下很没必要。这采访，我看算了吧。"

青蛙眼追到门口，送了我们两步，他说："你们不信我吧？都说了，没戏，你们还是找点其他素材吧，不送了。"

李爱国放弃了这个"创新"节目，半个月没来找我，只留下了那张教改科批的采访证。

蒋鹏的再次拒绝，却让我更放不下好奇心。我揣着采访证四处打听，想知道冷国辉是谁——这是蒋鹏判决书上最后一个线索人物。

直到元旦假期，也只了解到一点档案资料。冷国辉是本地人，1970年代出生，1997年底到1999年曾在江浦监狱服刑，案由是偷盗。2000年初，出狱后没多久，他再次行窃被抓，因涉案金额小，关了一个月就被释放了。抓他的人，就是蒋鹏的父亲，协警蒋富民。

当时，距离蒋富民中枪牺牲不到一个月。

这令我兴奋不已。虽然之后几天再也没打听到什么具体的事，但这种关联已经极大地刺激了我的想象。我甚至想，就算采访不了蒋鹏，这也够我"创作"出一段错综复杂的悬疑情节了。

5

元旦假期过后，李爱国又来演播厅找我扛机器。监狱要在会见室搞一场开放日活动，让犯人亲属入监探视。

我跟他到了会见室，那是一个两百多平方米的大厅，有很多玻璃隔间。走廊尽头站了一群家属,穿着花花绿绿的羽绒服。正常情况下的会见,犯人坐里面,亲属坐外面,隔着玻璃用电话沟通。因为开放日的缘故,亲属也可以进来和犯人近距离接触。进来之前,先要核验家属身份,然后再通知各个监区将犯人带入会见室。

聚集的亲属太多,两个负责核验身份的女警喊我和李爱国帮忙。

有个五十多岁的妇女,头发花白,瘦骨嶙峋的,拎着一袋子书往队伍前面挤。她站到李爱国面前,着急忙慌地说:"警官,我光顾着这个袋子了,把包落在了公交车上,身份证钱包都在里头。"

李爱国说,那不行,下次再来吧。妇女把一袋子书送到他面前,说:"警官那麻烦你把袋子转交我儿子。"李爱国挥手打断了妇女的话,严肃地告知她,警官不能私带物品给犯人。说完,就把妇女往队伍后面推,妇女心不甘,拎起袋子往前送,喊着:"我儿子是二监区的,警官帮帮忙。"

那袋子里有十几本书,她猛拎起来,吃劲了,整个人跟跟跄跄,跌坐在地上,脸色发白。

我赶紧去搀了一把,她摇摇手,不愿站起来,说,低血糖,晕。李爱国示意我把她带到会见登记室。我把地上的袋子拎起来,里面都是漫画书,有《名侦探柯南》和漫威英雄系列。她扶着墙站起来,跟我去了会见登记室。女警官的办公桌上摆着麦片,我要了一袋,给她冲了一杯。她喝下麦片,脸色缓和了一些。

她的眼神空洞洞的,法令纹深刻得像两条对称的刀疤。我看她捧着杯子的手,皱巴巴,长了冻疮,骨节粗大。她放下杯子,抱怨自己:

"记性差得不得了,右手拎着这个袋子,左手就忘了钱包,里面有身份证、现金。要给我儿子上账的呀。他性格本来就倔,以前不让我来看他,只准通信,好不容易今天来看看,我这记性坏事。"

我没话说,也硬生生地劝了一句,下个月再来吧!

说完,我转身出门。她拎着一袋子书追上来。"帮帮忙,我儿子在二监区,叫蒋鹏,帮帮忙,他叮嘱我带这些书给他的。"

我停下脚步,转身重新打量一下她,再次核实一遍:"您是蒋鹏母亲,当过狱警的那个蒋鹏?"

她点点头,问我:"你认识我儿子呀?"

必须承认,我心中掠过一阵自私的喜悦,立即扶她重新坐下,想马上问她蒋富民和冷国辉的事情。然而,看到她不知所措的表情和那两道刀疤一样的法令纹,话到嘴边突然卡住了,摇了摇头,岔开话题。

我说:"这样吧,我也不是狱警,这些书我只能帮你转交给二监区的狱警,看他怎么办。"

没等她再开口,我拿过那袋子书,抱在怀里。她看看我,连声致谢,颤巍巍地往门外走。我跟上去问一句:"您钱包掉了,怎么回去呢?"

她说:"口袋里有四个硬币,坐趟公交转个地铁就到了。"

我塞给她五十块钱,"公交站走过去有小一公里的,您打个车吧,您这身体别又晕在路上"。

她接过钱,又连声谢我:"那我下次来还你。"

看她慢慢走远,一阵沮丧突然涌上来。我觉得自己真是无聊极了,像个窥探隐私的狗仔。

转眼又一个月过去,我再也没和李爱国提过蒋鹏的事。春节后的一天,我在演播厅煲剧,青蛙眼来了。刚进屋,他就掏了五十块钱递我,说:"蒋鹏让我还你,跟你说声谢谢。他妈上个月来会见时没找到你,把这事跟蒋鹏说了。"

我给青蛙眼倒了杯开水,说这种小事也至于跑来。

青蛙眼接过水,笑笑说:"蒋鹏让我来说一声,采访的事他答应了。"

我拿起那五十块钱,盯了几秒。

关于悬疑小说的想象再次从心底飞升而起——至少,在我真正了解蒋鹏身上的故事之前,我幻想出的那点"风云"传奇还挺令自己激动。

第一案

师徒案

蒋 鹏

根据 2015 年 3 月 10 日至 3 月 12 日的采访录音整理而成

和苏小杰在水房打架这事，我知道自己躲不开的，已经做好了最坏的准备。

当时的状态也有点令人沮丧，本来考警校是想当刑警，参加警察录用考试时，第一志愿是刑事侦查，第二志愿是司法系统的警察岗位。结果第一志愿没过，第二志愿当了狱警。不太想干的工作，丢了也就丢了。当时想着，等处理结果下来，找个拳馆当教练去。

想当刑警这事受我爸的影响，这么说吧，我是在我爸牺牲后躺在医院太平间里，我妈带我去看他那天我才知道，我爸活着的时候是跟我吹牛，可他压根儿不是正编警察，一直只是个协警。他还骗我，他那件肩章上带国徽的警服只有高级警察才能穿。

你知道当时什么场面吗？

我妈是端着半块蛋糕去太平间的。当天是她生日，我爸答应回家给她过生日。我那时候才十岁，她拉着我站在我爸遗体旁边。我爸躺在那里，闭着眼睛，脸色乌黑，额头上一个弹孔，脖子上一个弹孔。脸上的血被擦干净了，除了黑点儿、显老点儿，总体上，他还算英俊。这是我妈的原话，要不是面相上的优点，她哪里肯嫁给我爸呢，一个乡镇派出所的协警。

她把半块蛋糕糊在我爸脸上，趴在我爸身上哭喊："干了十年协警，每个月就给你三百来块钱，你这么拼到底图啥呀——图啥？"

围在太平间里的警察都低着头出去了，我妈的哭声由低到高再由高到低，持续了一个上午。我就木愣愣地站那儿，看着她哭。

按道理，没理由不给我爸评烈士。我妈带我去派出所闹，所长姓徐，我管他叫徐叔。我妈抱我坐到徐叔的办公桌上，扬起巴掌，啪啪啪地扇我的后脑勺，让我哭给徐叔看。她一个女人，拖个孩子，难也是蛮难的。怪我不争气，半天哭不出来。徐叔起身来劝，警队的人也都进了办公室，大家手上都拿着黄信封，一个接着一个地，把信封交到我妈手里。

徐叔说："这事具体情况我不能跟你说，但请你相信，我这么做是在保护富民最后的尊严。"

这话我妈听不懂，跌坐在地板上，把信封里的钱撒得满地都是。闹也不起作用，徐叔索性腾了地方躲她。后来有值班的女警进来送饭，劝她："嫂子，这事真怪不了所里。老蒋那么好的人，谁不想帮他申报烈士。话说老蒋这事，也怪他自己。"

我妈急了，问到底是怎么回事。

女警说："老蒋牺牲前,办了一个小偷的案子。"话刚开口,被后头跟着的男警察打断,他接过饭盒,把那女警推出去了。

我妈更急,问什么小偷的案子。男警察不接话,搁下饭盒说："嫂子,你得相信我们,都是为了老蒋考虑的。"

我妈愣了会儿,从地上站起来,拉着我往办公室外面走。那男警察弯腰收拾地上的钱,追上来要把钱塞给她,她也不伸手,钞票一张张往后飘。

我妈要骨气,该争的名誉争不来,同情的东西她也不会收。从那之后,我妈打两份工,天不亮出工,天乌漆漆收工,日子两头黑,一个人拉扯我长大。关于我爸的事,她再也不提。我只要开口问,就是一顿骂。

但是,那女警的半截话我死死记住了。

很多事就是奇怪。我想当刑警,结果当了狱警。当上狱警,我就有了个想法:自己肯定能找到那个小偷和开枪打死我爸的犯人。

刚进江浦监狱实习,我就琢磨这事儿,想办法看我爸出事前后的犯人档案。跟苏小杰撞上之前,我其实已经查到了那个小偷。

他叫冷国辉,是个惯偷。我爸抓他那次,他没有被判刑,因涉案金额不够立案标准,在看守所关了一个多月就被放了。

等待打架处分结果的那天我值夜班,晚上十一点,我坐监控台前，看见106监房有两名犯人发生了推搡，监控画面里他们正在抢一本书，有发生打斗的可能。

我通过对讲系统下达了口头警告，但他们的争执反而更加激烈起来，我只能起身去监房处理。

走到106门口的时候，两个犯人已经打了起来。他们一高一矮，高个子犯人裸着上身，穿一条磨透了的蓝色三角裤，正将手中的书砸在矮个子犯人脸上。

矮个犯人正准备举拳打人，我已经打开了监房门。

"都给我蹲到墙脚！"

我下达口令后，把那本书拿到手上。书破烂不堪，足足600多页，没有封面，随便翻动几张，页页见黄。

"这书哪里来的？"

两名打架的犯人昂着脑袋，一声不吭。在监狱看淫秽书刊是违规的。

我把监房组长喊出来，他说：

"这栋楼以前关过一批90年代的犯人，这批人刑满后留下了一大堆违禁物品，没来得及销毁，全囤在地下室里，那里还有很多本黄书。"

我本来不想管这事，毕竟当时我还在等待处理结果，说不定过几天就收拾东西走人了。但那天和我一同值班的是个老狱警，他知道了我打架的事，老对我说教。我没处躲，借着上厕所的理由，去了地下室。

打开地下室门，一股霉腐味扑面而来。我有点儿好奇，犯人们除了藏黄书，还会藏什么违禁品。我进去翻找了一会儿，里面都是犯人刑满之前丢弃的衣被，还有一大堆破损的劳动工具。

我在几块蛀烂的木板上找到一个编织袋，编织袋已经老化，用手一拉就破了个大洞，里面掉出来一堆杂物，乱七八糟地散在地上。其中就有一些破破烂烂的黄书，我用脚翻了翻，看到一个绿色的软面抄，皱巴巴的。

我捡起来随意翻了两页，本子里都是些算卦的术语，看不懂，但觉得有趣，就带去了值班室。

这个本子的第一页有个潦草的签名，写着"阚桂林"三个字，应该是一个叫阚桂林的犯人记下的周易算卦笔记。

监狱什么人都有，有人天天学习彩票预测大法，有人打坐参禅，学周易八卦、气功治病的也大有人在。说白了，犯人都是做做白日梦，耗耗时间。监狱里最可怕的就是时间。

所以，我当时认为，这个笔记本里记下的可能是犯人写来打发时间的东西。我翻到十几页的地方，看见一个卦例，我以前见过人算卦就是这么写的。

那个卦例，很多字我还不认识，但认真读起来，倒也能看个一知半解，是个测婚姻的卦例，求卦人可能被妻子戴绿帽子了。

我觉得有趣，就把整个记事本快速翻了一遍，一个个全是卦例。最后一张纸只有半截，上面只写了一些名字，一共七个。

冷国辉，刘学信，吴乐，马鸣，顾志峰，谢宝华，

刘广民

冷国辉。我吃了一惊。

再一想，重名的人不少，这个冷国辉不一定是我爸当年抓过的那个冷国辉。但我又一想，冷这个姓氏不多见，坐牢的人也不多见，再想想时间，也差不多能对上，很可能是同一个人。

我仔细从头往后再翻了一遍记事本，里面果真有冷国辉的卦例。

我数了一下，记事本一共记录了三十三个卦例，但后页只挑了七个人名出来。我不知道阚桂林专门拎出这七个人名是什么意思，但我当时看了看那半张残破的后页，觉得不对劲。半页纸边缘都是霉斑，不是被人撕掉的，很可能是我捡本子时，自动掉落的。

我又去地下室翻了一圈，果真找到小半截纸，往记事本后页一拼，一张纸凑齐了三分之二。还有三分之一，我没心思找了。离开监控台一刻钟，督察组就会打电话来询问情况，狱警的值班情况也被狱政科监控着。

重新找来的半截纸上写着：《家人卦》，命案，一人死亡。

监狱的文教楼有图书馆、心理咨询室、演播厅，本来还有一个服刑人员档案室，后来搬去狱政大楼了。

档案室在狱政大楼一楼，楼层面积大，狱警自己打扫不

211 冷国辉测财运

98年11月1日

戊寅年 壬戌月 壬子日

风火家人	艮为山
兄弟 . 卯木	兄弟 . 寅木 应
子孙 . 巳火 应	父母 .. 子水
妻财 .. 未土	妻财 .. 戌土
父母 . 亥水	官鬼 . 申金 世
妻财 .. 丑土 世	子孙 . 午火
兄弟 . 卯木	妻财 .. 辰土

断：99年得财（己卯），卯年太岁生子孙财源动而生财有力。

案发后，该笔记本保存在警方物证室

过来，于是每个月会带几个犯人去搞一次大扫除。那次，我主动带了六个犯人进去。

在档案室逗留的时间有限，我原以为找到阚桂林的信息，可以从他那儿把冷国辉这个人挖出来。冷国辉牵涉着我爸的案子，还在狱中找阚桂林算过卦，这个阚桂林甚至还能通过算卦知道些冷国辉的秘密，说不定能找到我爸当年没被评为烈士的真正答案。

但真进了档案室，我却发现根本找不到阚桂林的档案，这个人就好像从未在江浦监狱服刑过一样。其实档案室要找某人的档案并不难。比如冷国辉的，他算那一卦的时间——1998年11月1号，我只要参考这个年代范围排查下去，很快就找到了。我决定先查冷国辉，这个阚桂林是否真的存在也想验证一下。

冷国辉的档案上有他的照片，光头、三角眼、鼻侧一颗黑痣。他住后白镇，70年代生人，十六岁蹲过少管所，后来又进去两三次，全因为盗窃罪，是个惯偷。我爸2000年抓他那次，因涉案金额不够立案标准，在看守所关了一个多月就被放了。这有点反常，那个年代，冷国辉这种惯偷即使不够判刑也会被送去劳教。

他1997年12月投入江浦监狱服刑那次，案由也是盗窃，在后白镇东城水产市场偷商户钱，涉案金额较大，被判刑两年。之所以获得轻判是因为有自首情节。

我感到疑惑，一个惯偷怎么会跑来向警方自首的。又仔细看了一下他判决书上的作案情节，判决书上显示1997年9月20号凌晨1点，冷国辉携带作案工具锯条4根，在东城水产市场锯断联排4家商铺的卷帘门锁具，盗窃2400元现金。9月21号，冷国辉便向后白镇派出所投案自首。头天偷了钱，第二天就自首。这份判决书里肯定隐藏着事情。

来不及细想，对讲机里催我去科室，单位给我的处理通知下来了。

我掏出手机给档案拍了照，把犯人带回监区。当时已经过了九点，监区有个叫赵金宝的犯人正好刑满，教导员让我顺道带他去科室里办出狱手续。这算我当狱警的最后一桩差事。

办理出狱手续，需要将犯人的服刑档案移交到科室，我看见了赵金宝的判决书。赵金宝是个三进宫的惯偷，他第一次服刑的时间和冷国辉的服刑时间有交集，而且他当年和冷国辉还在同一个监区改造。

离开单位的第二天，我去了马平山。赵金宝出狱后去了那里。

我跟赵金宝约在一个茶餐厅见面，点了两份简餐，算是早午饭，和赵金宝边吃边聊。

我问他第一次坐牢是什么情况。

他说是1995年，跟人学了单钩开锁，开着大面包车，扫楼式盗窃。那回是大案子，全省督办，他因为不是主犯，逃过一死，坐牢两年，1997年就刑满了。

我问他当年是不是投改在二监区。

他想了一会儿，说是。

我追问："记得阚桂林这个名字吗？"

他摇了摇头。我提示他，阚桂林会算卦，在监区帮很多犯人算过卦。

他说有点印象，那时候是有这么一人，但当年二监区分成两个分监区，这人和他不在一起，不算熟。

我从手机里翻出冷国辉的服刑照片给他看。他将手机举到眼前盯了一会儿，说这人啊，认识，圈子里的，名字想不起来了。长得像根竹竿，扁头，开锁技术牛逼。当时是个"二进宫"的老改造了，听说偷东西都是为了他嫂子，在里面经常编排他和他嫂子的黄段子，也不知道真假。

赵金宝的这番话，又让我听出了疑点。冷国辉盗窃东城水产市场的方式是暴力开锁，用锯条把卷帘门的锁锯断了。但是赵金宝说冷国辉有很牛逼的开锁技术，将这些信息结合起来就是：一个有开锁技术的惯偷，用暴力开锁的方式偷了2400块钱，第二天就去自首。

赵金宝接着说，冷国辉收过一个徒弟，不知道徒弟叫什么名字，只知道以前没干过盗窃这一行，是个猥亵幼女的花案犯，高高胖胖的，好像是他第二次坐牢时的同改。

有了这些信息，我跟派出所的几个老同志打听，找到了冷国辉的行踪。

出狱的这些年，冷国辉一直中规中矩，甚至还发了点小财，在市区开了家锁具店，叫国辉锁行。虽然是卖锁具的，但冷国辉也给人开锁，因有前科，在公安局备不了案，就偷偷接点私活。

国辉锁行在市中心的一条弄堂里，是个小门脸，面积不过十平米，里面密密麻麻放着各种锁具。

傍晚到了国辉锁行，只见店里有张躺椅，一个40岁左右的男人躺上面玩手机。这人满脸胡楂，尖嘴猴腮的，穿一件圆领厚毛衣，个儿很高。

"老板，卷帘门能开吗？"

我站到店门口瞧了一眼。知道他就是冷国辉。

"一百。"

他歪着脑袋打量了我一下。

"锁别给我弄坏了。"

我掏出一百元现金扔到躺椅上，他站起身，弓着背都比我高出几厘米，身高在一米八五左右。

"我收的就是技术钱，瞧你这话问的。走，在哪儿？"

"不远，花桥公园。"

我看他走到店门口，骑上了一辆电动车，我也径直跨上后座。花桥公园我很熟，那有个卖饮品的门店，估计生意不好，店面的卷帘门总关着。

路程大概就五分钟，转眼就到了店前。下车前他突然问我做什么生意的，我随口说是饮品。

电动车停在店门口，冷国辉掏出开锁工具，三下五除二打开了卷帘门。

他站在门口愣住了，我也愣住了。门面房里根本就不是饮品店，十几平米的空间内堆满了建筑材料和盘成卷的电缆，虽然外面挂着饮品店招牌。

"得加钱，五百。"

见了店内的情形，冷国辉把我当成了偷建材的同行，坐地起价。

"加五百，我就当什么都没看见，也没来过这里。"

"大哥，进去聊，进去聊。"我伸手挽住他的肩膀，将他引进店里。

他刚走进来，我就拉上了卷帘门。

"你这是干吗？别他妈跟老子来这一套，老子混江湖的时候，你他妈还吃奶呢！"

见我关门，冷国辉知道情况不妙，迅速抄起身旁的一根钢管。

"知道你是老江湖！16岁进少管所，三次入狱，最后一次是在东城水产市场锯卷帘门。"

我倚在卷帘门上一边点烟，一边数冷国辉的前科。

"你他妈是谁？"

冷国辉有些发怵，比画了两下钢管。就在他准备袭击我的时候，我将烟头弹到他脸上，火星还没落地，我已经使出一招飞身后踢。

被踢中之后，他整个人都塞进了身后那个高约一米五的电缆线圈里。

我走到线圈面前，将他拉了出来。"你竟然还袭警？"

"你是警察?"他捂着胸口,抖乎乎地问道。

我朝他亮了一下警官证,上面写着两个大大的金属字——公安。这是我花200块钱买的假证,私下查案总得有个掩证的时候。

"我私下帮人开个锁,不至于被钓鱼执法吧,警官!"他拖着长腔,好像受了更大的委屈。

"1997年东城水产市场那案子是不是你干的?"

"我不是都刑满这么多年了!"

我逼视着他说道:"那些商户的卷帘门是被锯开的,但是你会开锁。"

"我忘带开锁工具了!"

"偷了东西第二天就去自首?"

"我他妈改邪归正呀!"

我站起身,拎起了他的鬓发,他发根部位的头皮就像鸡皮一样。拎鬓发这招是我从初中班主任那学的,亲身体验数年,效果很好。

"痛痛痛,我说我说,是我徒弟的案子,我顶替的。"

我没想到冷国辉这么怂,接着问他:"你徒弟是不是叫张伟?东城盗窃案发生后他去哪儿了?"

冷国辉抬着眼睛看了看我,眼神有些迟疑,我又使劲提了一下他的鬓发。

"哎哎哎,张伟死了,被一小女孩杀了。"

我问他那天到底发生了什么,张伟的尸体埋在哪里。冷国辉不敢看着我,慢慢讲了那大晚上发生的事情,说张伟就被他埋在肇圩村的化粪池里。

至于小女孩为什么杀张伟。冷国辉说小女孩是张伟带回家的，他也不知道为啥。我又问他为什么帮张伟顶东城市场那起案子。

"我总不能报警吧？我自己身上那么多案子。况且当时警察都已经找上门了，屋里一摊血，我赶紧揽下这案子是为了不让他们进屋，他们进屋就得发现这起命案。当时我已经埋尸了，光这事就比盗窃罪判得重。"

为了不出纰漏，我准备带着他连夜去挖尸骨，如果找不到尸骨，他进了局子完全可以反口，说是受了我的暴力胁迫编的故事。

我抽掉冷国辉的鞋带，绑住他的双手，然后找了个纸袋挂在他手上。打了辆出租车，直接去了肇圩村。

到了肇圩村，冷国辉带我来到他和徒弟从前住的旧屋，说尸体就埋在屋后的化粪池边。

我给他解开了手上的鞋带，在附近工地上找了把铁锹给他。有现成的苦力，我可不想淘粪。

夜深了，冷国辉卖力地挖尸骨，我蹲旁边监工，有一搭没一搭地又问了他一些问题。盯了一会儿，有点犯困，掏出手机解乏。一不留神，冷国辉就铲了一捧粪泼到我脸上。

我沾了一脸粪，但冷国辉随即挥打过来的铁锹被我避开，但我的手机掉进粪水里了，强忍住恶心捡了回来。周围黑不溜秋，只听见一阵脚步声，冷国辉的人影就不见了。

我跨过一堆碎砖，走到屋前，朝窗户里张望了一会儿。屋里黑沉沉的，地面是反潮的水泥，墙根处长满青白色的霉斑，所有的家具都蒙了一层蛛网。

我把两扇蛀空的木门一脚踹开，进到屋里。

厨房灶台上摆着几个泡面盒，橱柜里有四五包过期的泡面。我走近灶台，发现泡面盒里有几截烟头。

这些烟头有些有牙印，有些没有。每个人抽烟习惯不一样，屋里应该不止一个抽烟的人。

接着我去了卧室，卧室中间摆着一台老款彩电，积了厚厚一层灰。电视柜底下有一台老款录像机，一堆录像带散落在一张仿造革的铁艺沙发上，我抽出一盘来看，录像带侧面写有一排日文大字，我认出"幼女交"三个汉字。

我走到卫生间，里面很简陋，搭一条灰色布帘，摆着马桶和澡盆，还有一个塑料的梳妆镜。我在镜子旁找到一个粉红色的卡通发夹，女童用的。

冷国辉
内容据蒋鹏追捕中审讯冷国辉的录音整理而成

1995年4月份，我19岁，第二次进去，在这之前我吃过三年少管官司。坐牢这事，一回生两回熟，分到二监区没几天我就摆老改造姿态，收了个徒弟。

我徒弟叫张伟，个子比我矮点，但也有一米八，体重过两百斤。我俩是一起分到二监区的，我因为老行当获刑一年九个月，他因为猥亵幼女罪判了两年。

收他当徒弟那天，他正被几个犯人围在厕所吃"蛋炒饭"——用狱内配发的黄色饭盒抽打屁股。我准备去给他出个头，帮他解解围。

厕所站了四五个犯人，光头，穿着春季蓝色囚服。每个人挽着袖子拎一个黄色的饭盒，张伟正撅着腚不停地转圈儿，转到谁的面前，谁就用饭盒抽他一次。

我走进厕所，脱了裤子蹲在厕坑上。犯人们正嘻嘻哈哈地整新丁，我冲他们骂道：

"噼噼啪啪吵死了，整新丁到外面去整，别他妈躲在厕所里，老子拉屎都拉不安生。"

我刚骂完，犯人们回头看着我。挑头的犯人瘦高个，衣服敞开一半，胸大肌练得跟石块一样。他将手里的饭盒朝我砸了过来，指着我的脸骂：

"呆逼，看你是'二进宫'，没给你立过规矩，你他妈拉泡屎都这么犯嫌啊？把屎拉干净了，老子马上给你洗头[1]。"

两个犯人准备到厕坑来拉我，我抓了一把厕坑里的东西，一群人吓得左右避开。

"狗日的太恶心了。"

挑头的拧着鼻子大骂，我哈哈大笑，伸着手假装要砸过去，几个人赶紧往外头跑。

---

[1] 把头摁在厕坑里冲水。

"你们这帮傻逼，老子吃官司的时候，你们还在家吃老婆的奶呢。"

我骂完，看了看缩在水池子下面的张伟。

"你个孬包，长得五大三粗的，屌用没有。把裤子拉起来。"

张伟从池子下面爬了出来，提裤子的时候，我发现他两个屁股瓣都紫了。

"哥，谢谢你帮我解围。但我们出不去这个厕所，他们在门口守着了。"

他指着厕所外面的瓷砖地面，那上面一叠人影。

"小子，给我看好了，跟老子学着点怎么耍改造。"

我从厕坑站起来，去水池子洗了洗手。刚走出厕所，四个犯人就上来揪住了我，他们还没来得及动手，我就四仰八叉地躺在了地上。

我一边打滚，一边伸舌头装癫痫，监房组长赶紧喊来了干部。

干部查问怎么回事，准备带我去医院看癫痫。我立刻好了，从地上坐起身，说：

"有几个犯人要打我，我吓得头晕，低血糖，不是癫痫。"

我是盯着那个挑头的犯人说这话的，他恶狠狠地盯着我，怕我下一句话就会出卖他。

"哪几个犯人要打你，给我指出来。现在严打牢头狱霸，我倒要拎几个出来当典型呢。"

干部的右手按在橡皮棍上,眼睛扫了周围一圈,刚才想揍我的几个犯人全都低下了头。

"头晕没怎么看清,也记不得是谁了。"

我从地上爬起来,点头哈腰地回答着干部的问题。干部白了我一眼,很快就离开了。

这件事之后,监房里所有人都不敢惹我,知道我是特会"耍改造"的老官司[①]。

张伟这小子从那时成了我的"小妖",洗碗、拌小菜、洗衣服、叠被子,什么事情主动抢着做。有次他问我:"哥,我看你有颗菩萨心,坐两次牢了为啥?"

我一听,觉得这小子说话和一般人不一样,哪儿像个劳改犯!

"什么菩萨心,你以后说话要对得起你这块头,粗犷点儿,野蛮点儿。这他妈是劳改队,不是菩萨庙。"

我一骂,张伟不敢吱声了。我走到他跟前,问他阅过女人没,他红着脸摇了摇头。我又问他总该见过女人那东西吧,不然怎么犯了个猥亵罪。他没吱声,不接我话。

"你他妈这没出息的样。我告诉你,那东西的形状也没啥稀奇,一眼看上去像个蚌,近处细看像个剖瓜。这里绝大部分的男人,不管犯啥罪,绕来绕去都是为了这东西进来的。你也是,我也是,我偷来偷去都是为了养我嫂子。送你一句劳改队名人名言:妇人腰下之物乃生人之门死人之户。"

[①]指累犯或者服刑时间很长的犯人。

我刚说完，张伟竟然笑了，他说这是李渔的话，不是劳改队名人名言。我让他少顶嘴，管他谁说的，反正厕所的墙壁上刻着，这都是老官司总结的人生教训。

不过，张伟这么一顶嘴，我倒觉出了这小子读过书，有文化。

我没怎么读过书，9岁死了爸，他从运水泥的货车旁经过，几十袋水泥突然掉下来埋了他；11岁死了妈，她得了一种病，死的时候都没钱去医院查，也弄不清是什么病，反正脸色越来越黑，身体越来越瘦，死的时候瘦成了一把骨头。

孤孤单单活下来都是个难事，我哪还有机会读书。

我有一哥哥，比我大两岁，爸妈死后他就去给人当木匠学徒，和师傅去外地闯荡了很多年。返乡后他和我认了亲，他能赚钱，很快娶了老婆。那几年算家里转运，我跟着我哥享了几年福。

我嫂子原来精瘦，没两年就胖得不见了腰身。她好赌，输了我哥几年的辛苦钱，还欠了债。追债的人找我哥麻烦，四五个人将他摁在臭水沟里逼债，我哥一点儿不禁折腾，呛了两嘴淤泥，死了。

这事发生后，怪我嫂子的人不多，怪我的人多。为啥，我家四口，平白无故独独我一人活着，命硬克亲哪。

我觉得还真有命这么一说，我爸、我妈、我哥，都是本本分分的劳苦人，靠汗水混饭吃。接二连三就这么一个个地死了，不是命是啥。

既然我的命是个邪命，我就干脆走走邪道，跟人学开锁，跟人去偷盗。

本分生活的人也抗不过命，那我本分了干吗，我就当个贼，就坏到底。可能我天生也是做贼的料，开锁的悟性很高，学单钩开锁就练了几小时，逢锁必开。我哥死后，我和几个同行结伴去偷了俩月，回家时手头还有点余钱。我见我嫂子还守在家里，蓬头垢面的，瘦了一圈。她这人懒，也不知道怎么这么懒，就是不愿意干活，不愿意自力更生。

我问她这些日子怎么活的，她说有朋友接济。我在卧室走了一圈，闻见了男人的脚臭味，床缝里有双男人的臭袜子。我问她是不是那些赌鬼朋友，她没吱声。我打了她一耳光，问她怎么就不能本分点儿。

她捋了捋头发，歪着半边肿起来的脸，慢慢吞吞地对我说道："本分的女人有几个好命？本分的男人有几个好命？"

她这一问，还真把我问愣了。她走到我面前，用胸脯顶着我，说：

"以后你养着我，肥水就流不到外人田，没那些赌鬼朋友什么事了。"

我嫂子那天说的话都挺有道理，突然，我就不怪她害死我哥的事了。活着谁都不容易，也没啥怪不怪的。

我和我嫂子的这点事经常对张伟讲，晚上睡不着，就跟张伟讲她身体上哪儿哪儿的好。张伟每次听了，都背过身去，我一边跟他讲，一边打个飞机。我问张伟几天打一次飞机，他说没打过。这话骗谁呢，还有谁坐牢不打飞机的。

改造了一段时间，虽然我一直罩着张伟，但有时候也罩不住，监房里的人充其量不惹我麻烦，但张伟免不了。毕竟他是个花案犯，别看他块头大，但看上去像个糯米团子，很受拿捏，少不了受欺负。

不过有件事，这小子还挺倔的。

劳改犯每天要静坐反省，为了维持纪律，反省态度不认真的犯人要受罚。张伟总被挑出去，因为他坚持不认罪不悔罪，拒绝反省，管教就给他罚镣①。

十几斤的脚镣把他的脚踝磨得稀巴烂，我会开锁，每天睡觉时就偷偷帮他解了脚镣。

干这事挺冒险，我和张伟非亲非故，我一而再，再而三地帮他，是因为我早就看出这小子家里有钱。

普通犯人一年才收到两三个邮包，张伟几乎每周都有。而且，他邮包里全是好货，吃穿都是名牌。我盘算出狱后找他借笔钱，毕竟我在牢里这么照顾他。

不过这算盘打错了。

我巴望着出狱后找张伟借笔钱，拿着钱去广州找我嫂子。坐牢的时候和她失联了，我想找她回来。

谁知道，张伟刑满后不回家，不仅身无分文，竟然住到我家里白吃白喝。我问他愿不愿意跟我出门盗窃，这小子也不回话，天天就知道吃吃睡睡。

他来的时候带着一牛仔包，里面就是几本破书，还有他的判决书和刑满释放证明，我看了那份皱巴巴的判决书。

---

①罚犯人戴镣铐。

判决书只有薄薄两页纸，案情极其简单，他将亲戚家七岁的女儿关在卧室里三个小时，女孩回家后下身流血，送到医院缝了四针，亲戚立刻报警。

这看上去哪像猥亵，要么是强奸，要么是故意伤害。

我问他："你搞的是亲戚，是不是没脸回家？"

他坐在沙发上，光着膀子，含着胸，肚皮三层，身上油汪汪的。我见他一副不声不响的样子，没忍住火，给了他两拳一脚。

脚踢在他背上，反倒把我自己弹倒了，手指摁在地上，肿了一圈。

张伟将我搀了起来，我又照着他后脑勺来了两巴掌，打完之后手指更疼了。

"老子现在伤了，出不了工，一起喝西北风吧。"

那些天，日子过得困难。

有天早晨，张伟睡在沙发上打呼噜，吵醒了我。我侧个身睡回笼觉，还是被吵得难受。忍不住火，我把张伟赶出去偷钱，偷不到就不让他再进屋子。

张伟被我赶出屋子后，我更加烦躁。那些天我俩已经断粮，两人连吃了一周泡面，没沾过米。自从带了这个赖徒弟，日子越过越他妈丢份儿。

其实，张伟出狱后回过一趟家，和父亲闹了矛盾，扬言要断绝关系，然后来投靠了我。当时，他就背着一破包，换洗衣服都没有，一见面就嚷嚷着，靠偷靠抢也要靠自己。

刚开始，我觉得他就是犯矫情，哪有真敢和富豪老爸断绝关系的傻子，无非说两句气话。

后来，我决定带着张伟去偷点东西，他虽不太乐意，但也跟着出去偷过几次。不过他压根儿没兴趣学开锁技艺，每次盗窃回来清点赃物，我发现老是少东西。起先我怀疑张伟私吞财物，后来发现狗日的竟偷偷将一些值钱的东西还回去。

收了这种徒弟，我真是气吐血。

从那之后，我不带他出门偷了，他倒好，天天睡在沙发上坐等吃喝。

赶他出门的那天是9月20号的晚上，我压根儿不指望这尿货偷来东西，就是找个借口赶他走。

没想到张伟被撵走后，11点就回来了，进屋时手上提着酒菜还有两盒好烟。我凹在沙发里看电视，手上拿着一把木柄藏刀，正削几个烂掉的苹果充饥。藏刀是我偷来的，不知道值不值钱。

我看见张伟手上一大包东西，立刻问道：

"你小子逮到大鱼啦？"

张伟放下东西后从口袋里掏出一沓现金，说是从东城水产市场偷来的，他知道最近螃蟹上市，那些批发商在店里囤着现金。他不会开锁，就锯了四家商户的卷帘门。

这小子走了狗屎运，我高兴极了，伸手去夺钱，但他却避开了。

张伟要求我帮忙办件事，钱才能给我。

"我家的防盗锁你帮我开了,这钱都归你。"

听了这话,我骂他神经病,这他妈叫什么事?进自己家门直接捅钥匙就完了,还至于让我去卖弄手艺。

张伟解释那是父亲买的新房,他没钥匙,有个重要的东西要从那里拿出来。

我一听也是,这小子离家出走啥也没带。我又骂他,这点小事还至于用钱来指挥老子办事,况且要真铁了心和家里断绝来往,今天直接去偷家里值钱的东西,去水产市场锯什么卷帘门。

张伟被我骂得受了刺激,没头没脑地喊了一句:我死都不用那变态一分钱!

对于张伟和他父亲之间的矛盾,我本来不怎么感兴趣,不过那天张伟的表现,实在令我吃惊不小。

我带上开锁工具答应去帮张伟开锁,是想去他家看看,弄清楚这小子到底怎么回事。我们出发后,用了半个多小时到了市区的仙水雅居。

新房在12栋3单元102室,装的是好锁,看上去很贵,但我也没费多大功夫就打开了。屋内装修豪华,四室两厅。出于职业习惯,我在屋内四处翻找,张伟则直接去了卧室。

我发现屋子有些奇怪的地方,每个房间都配置了木质梯子,衣橱和书柜却并不高。门口玄关处的鞋架上全是女款童鞋,整间屋子看不见成人的鞋。在客厅的电视柜里,我还发现了大量幼女情节的色情录像带。

我正准备弄一盘看看,张伟气呼呼地从卧室冲了出来,嘴巴里喊着:"老变态把人藏起来了!"没等我问,张伟已经跑到我面前,抱着所有录像带冲出了屋子,我跟在他后面追了一里路。

重新回到肇圩村,我把张伟狠骂一通。

"呆逼东西,你他妈就为了拿这些变态录像带?害老子白跑一趟!"

我气得要命,要不是看在他偷到一笔钱的分儿上,我非得把这小子的屎打出来。

12点半,我对张伟说出门一趟。张伟随口问我去哪儿,我借口嫌弃他打呼噜,说腾地儿让给他。张伟打量我一下,问道:"是不是去洗花澡?"

我骂他:"允许你狗日的看变态录像带,不许老子有点生理追求?"

其实,张伟只猜对了一半。我洗完花澡,打车回了仙水雅居。

进屋后,屋内没人。阳台的防盗窗可以打开,我将房门反锁,万一有人回来也能察觉,然后直接跳窗逃走。我四处张望了一下,准备先翻点钱财,然后在屋内休息一会儿。

在卧室翻了一圈,我发现一件反常的事,屋内竟然找不到一张全家福或是任何一个家庭成员的照片,但到处堆着童装和一些儿童类用品。

这些都是无关紧要的事,我马上去翻找首饰和现金,在床头柜里找到一只男款劳力士手表。

我赶紧揣进口袋,杀个回马枪真是值了。

我走到卫生间，那里装了个嵌入式浴缸。我去酒架上找来红酒和酒杯，准备再泡个澡。那浴缸很先进，我连开关都不知道怎么调，折腾半天才出水。往水里一躺，我的眼睛就像糊住了似的，一点儿睁开的力气都没了。

睡了不知多久，我感到呼吸困难，像有人在捏我鼻子。睁开眼一瞧，吓得我在浴缸里滚了一圈。浴缸边蹲着一个小女孩，十岁左右的样子。

我知道糟了，是户主回来了。这要是照了面，我可不能束手就擒。我在卫生间找了把皮老虎，准备见面就干仗。

缓了缓气，又觉得自己也太应激反应了，我是张伟师父，待会儿照面了可以拿张伟做挡箭牌。

我探着脑袋在屋里张望了一圈，没其他人，这才松了口气。

我看了看女孩，她神情很怪，眼神有点涣散、呆滞，肤色白蜡一般，像很久没见过太阳。

我将她拎出了卫生间，重重地关上了木门。

我见屋子里确实没人，便吼了她一句："你爸妈呢？怎么把你一个人丢在家里？"

"我是妹妹，姐姐不在。"

这女孩精神不对劲。我准备离开了，她歪着脖子又这么来一句：

"我是姐姐，妹妹不在。"

这孩子脑子肯定有毛病。开门的那一刻，我突然想到刚才进屋时将屋门反锁了，女孩是怎么进屋的呢？所有的房间我刚才都查过了。

我盯着她问："你怎么进屋的？"

女孩还是一句车轱辘话：我是妹妹，姐姐不在。我是姐姐，妹妹不在。

我后脑勺有点发冷，但懒得再琢磨这事，毕竟自己确实粗心大意，可能女孩藏在屋里我没发现。我只想赶紧离开，这屋子稀奇古怪的，不对劲。而且我口袋里还有块表，等户主回来什么都鸡飞蛋打了。

没等我打开门，女孩走到电视柜边，打开了录像机。音乐响起，电视画面里是一个跳艳舞的裸体女童。

伴着音乐，女孩也跳起了艳舞，舞姿热辣，她越跳越近，我不断后撤，脑袋撞在房门上。

"你个屁大点女娃，谁教你这些乱七八糟东西的？"

我见女孩开始脱衣服，赶紧制止了她，跑去关掉了电视。然后质问女孩：

"张伟是你什么人？是不是这小子教你的？"

女孩还是木愣愣的，突然尖声大喊：

"张大昌！"

我赶紧捂住她的嘴，那声音很吓人的，惊了我一头汗。

女孩动静小了，我站在房门口想了想。女孩嘴里的张大昌肯定是张伟他爸。

我当时脑子里冒出一个想法，我猜这小女孩会不会是父子俩养的雏妓，被折磨疯了。

蹲过两次监狱,让我对什么事都见怪不怪。只知道发财机会来了,一块劳力士手表可打发不了我,张伟他爸既然是个富豪,得为这种见不得人的秘密"大出血"。我要带走小女孩,敲笔财。小女孩傻不愣登的,我抱起她就出了门。

我带着女孩回到肇圩村已经凌晨4点了,张伟还没睡,躺在沙发上看电视。他看我带着女孩进屋,慌得差点儿从沙发上滚下来。

"你咋把她抱来了?"

"人非要跟过来,说跟你亲,想你呢!"

我阴阳怪气地说话,小女孩始终躲在我身后,牙齿还咬我的裤绊,身体瑟瑟发抖。

张伟绕着我的身后找她,女孩绕着我的腿躲着。

"你们把这么点儿的孩子折磨成啥样了?你叫我去开锁,就是去偷这孩子的吧?"

我把女孩抱到床上,不让张伟靠近。

"叫你爸送钱过来,不然这事我得去派出所检举揭发。"

我刚说完这话,张伟解释女孩是他亲妹,变态父亲老对她动手动脚,他决定明天去深圳打工,也要将她带走。

我不信,指了指那些色情录像带,骂道:

"骗谁呢?你俩脸上有一块肉长得像吗?你小子自己变态,绑人泄欲,还想拉我下水,幸好当时你没找到这孩子。赶紧叫你爸送钱来,不然我就要行善去,告你们狗日的变态父子!"

张伟不再解释,保证明天去叫父亲送钱来。

我一听这话踏实了，让小女孩去卫生间洗漱，让了大床给她睡。我搬了两张板凳拼在一起睡床边，让张伟睡在沙发上，不许靠近。

讲良心话，那女孩半痴不傻的，可怜得很。我盘算着明天狠敲张大昌一笔钱，既能救了女孩，也能让张大昌掉块肉，我自己得一笔财也能去广州找嫂子。

那晚睡了一个多钟头，我突然被一阵尖叫声吵醒，迷迷糊糊睁开眼，看见小女孩站在沙发边哭闹，手上拿着我那把削苹果的藏刀，刀尖还在滴血。沙发上的张伟仰着脸，胸口两个血窟窿，血液从沙发底下爬出来，结了一层凝皮。

我顿时慌乱无措。肯定是张伟动了歪心思，要弄小女孩，弄出事了。

我探探张伟的鼻孔，早断气了。小女孩在我身旁喊叫，我赶紧捂了她的嘴巴，夺下她手中的刀。我看这孩子半疯半傻的，后悔将她带回家，眼下弄出了人命，也只好自认倒霉，先把尸体处理了再说。

我扛起尸体，走出了屋子。一边走，一边对肩膀上的张伟说道："你小子谁也别怪，谁叫你喜欢看那种录像带的。"

我在化粪池旁边挖了个坑，将张伟埋在里面，然后又去清洗屋子。忙到下午，我终于清理完，不过张伟体格大，血量多，屋里的血腥气还没散。就在这时，突然有人敲门。

敲门声并不大，但我很慌张。我在村里没什么熟人，谁会来家里找我？

门没上闩,眼看就要被人推开,我夺了两三步,挡在了门口。门被推开后,是村长,还有两个警察。

"国辉,昨夜你在家吗?"

村长显然在替身边的警察问话。

我当即明白,昨天东城水产市场被盗,警察肯定先找本地有盗窃前科的人员排查。我当场脑子都炸了。

"你就是冷国辉吧?你也别紧张,说说你昨天在哪儿?干了什么?"

一名高瘦的警察开口问我,村长抬腿要往屋子里闯。

"进屋聊。国辉,你给两位警官倒杯茶,好好说清楚,知道吧?"

"去所里聊吧,你们想知道的我都说。"

下意识间,我不想让警察进屋,屋内还有血腥气,带血的尖刀还留在沙发上。

虽然人不是我杀的,但张伟的身份一旦被核实,我们前几个月的盗窃案会被牵连出来。我还顺了张伟家一块劳力士手表,要是被警察顺藤摸瓜查出来,够蹲十年大狱。

我决定将东城水产市场盗窃案揽到身上,弄个自首情节,顶多判个两年。

"等我一下,我换身衣服就和你们走。"

我将门关上,迅速走回房间。女孩正缩在床边,目光惊恐。

"别怕,这事我揽了。你能跑就跑吧。"

我从床上整理了一沓钞票,那是张伟偷来的赃款,塞了几张给小女孩，用剩下的钞票卷了手表藏在沙发缝里。

那天，我跟着警察去派出所自首了。盗窃这行当干久了，老子算是黄泥巴掉了裤裆，反正都是屎，多坐两年牢也无碍。

坐牢期间，我反反复复琢磨小女孩捅死张伟这事，觉得太蹊跷。两年牢坐下来，事也琢磨得七七八八。

我对张伟很了解，这孩子平时清心寡欲的，我俩一起坐牢那时候，和他说了那么多我和我嫂子的床事，他都没啥反应。飞机都不打的人，竟然犯了个花案。

第一次去仙水雅居，发现的一大堆黄色录像带，肯定是他爸张大昌的。

蒋 鹏

冷国辉跑了，我在附近的一栋破屋里将就了一宿，假如冷国辉告诉我的情况属实，那张伟的死肯定和他父亲张大昌有关。我赶紧找同学帮我查张大昌这个人，查完发现，张大昌曾经是个包工头，专门接大型房地产开发项目，发了一大笔财。

不过，1997年他名下曾有一家奇怪的公司，名字叫夜莺表演艺术团，是个残疾人演艺团。这个演艺团的法人原来不是张大昌，后来才变更为他。

房地产行业和演艺行业大壤之别，张大昌为什么要将这种民间跑江湖的演艺团纳入名下。夜莺演艺团已经没什么可查的线索了，因为早关闭多年，当年的演员都联系不上了。

张大昌的户籍地写的是市里的别墅区仙水雅居。

仙水雅居那套房子门口的信报箱锈迹斑斑，上面贴着停电停水的通知单，日期是十几年前的，看来屋子早就没人住了。

但是门把手很干净，没蓄一点灰，看来屋子最近有人进出过。地上有几个残缺的脚印，像是泥印，暗绿色的。我俯下身体闻了闻，是干了的粪。

冷国辉昨天来过这里。

楼道里没人，我对着门锁位置踹了一脚，102室的房门"砰"的一声打开了。一阵灰扑面而来，屋子里乱七八糟，几个粪脚印从次卧一直延伸到门口，轨迹往返多次。

沿着粪脚印走向次卧，脚印在衣橱边消失了，我拨开一堆衣物，衣橱后面露出一个直径约一米五的方形暗门。这个衣橱是镶嵌在墙壁上的，没想到里面还设了隐秘空间。我打开暗门，爬进了洞里，一股强烈到令人作呕的臭味排山倒海般压了过来。幸亏为了查案我随身带着手电筒，打开电筒叼在嘴里，先穿过一条横井，爬到尽头是一个深度两米有余的地窖，窖口处装了一架钢筋爬梯，爬梯下有一个高大的影子。

踢开那具尸体，从爬梯下到地窖内，里面黑乎乎的，我没想到这个地窖的密闭性这么好，臭味快把我淹没了。窖内有盏防潮灯，顺手拉了一下，没有亮。

我四处照了照，地窖有十几平米，地上铺了防潮垫，墙壁上贴了防潮瓷板，墙边装置了一圈练习舞蹈用的把杆，还贴了一面镜墙。西边的墙角处装了马桶和洗漱池，整个地窖既像囚犯单间又像舞蹈演员的排练房，还有一只200升的蓝色收纳箱倒在爬梯下面。

一具腐化严重的小尸体一半在箱里一半在箱外，我走过去看了看，面目不清，还有一具身形差不多的尸体横在地窖中间。

冷国辉
口述内容来源于蒋鹏追捕中审讯录音

顶东城水产市场盗窃那事，我蹲了两年牢，1999年9月20号出来的。出来后，我先回老屋拿了钱，好好消遣了一番。钱花完就决定再去一趟仙水雅居找点钱。

在牢里，有个狱友叫阚桂林。这人是个骨干犯，不用劳动，和管教关系不错，但身份很神秘，同监区的人都不知道他什么来历。不过，传言他会算卦，很准。我找他问了问财运，他算卦真神，刚算完卦，就说我藏着事。

我一慌，加上他一追问，嘴快没兜住张伟的事，就都跟他说了。

他又为我算了一卦，给我挑了个时间，说想得财必须出狱当天去办事，不然求财不顺。

到了张大昌家门口，我想，就是在屋子里住上一年，也不怕张大昌撵我，老变态有把柄握在我手里。理直气壮地砸了两遍门，没人应。我就跑五金店买了点材料，做了个简易开锁工具，直接进屋了。

门刚打开，我吓了一跳，杀张伟的那个小女孩在屋子里，正躲在次卧门边瞪着眼尖叫。

我关上房门，顿时觉得不对劲。两年过去了，这小女孩一点没长个。这岁数的孩子一年一个样，她却一点都没变。唯一不一样的就是精神状态，两年前她目光呆滞，现在一双眼睛机灵着呢。

"你是小偷吧？你不走，我就报警了。"

"装不认识？不知道我谁？你闯了祸杀了人，我帮你擦的屁股！"

小女孩跑去了电话旁，我把她拉到跟前。

"小丫头片子，真不认识我啦？你扎人那事还没完呢，怎么还住这里？"

我一边问话一边在屋里四处张望，屋里没其他人。小女孩跟在我后面，惊恐极了，她看起来真不认识我。过了一会儿，她抬起脑袋问我：

"你是不是认识我姐？"

我愣住了，没反应过来这话啥意思。

"我有个双胞胎姐姐，叫王霞。你见过她？"

小女孩说完这话，我吃惊不小，难不成杀张伟的小女孩是另一个人？

"你姐呢，在家吗？"

我在屋子里找了一圈，没发现其他人。我将小女孩一把拉到客厅，将她推倒在沙发上。

"你逗我是吧？你知不知道自己捅死人我帮你顶了事？反正你年龄小也不犯法，但我不能白坐两年牢，这牢还是替张伟坐的。你告诉我张大昌在哪里，他欠我两个人情呢！"

说完这话，我往沙发上一躺。小女孩从沙发上起来，走到电视机边上，从电视柜里掏出两本荣誉证书，抛到了沙发上。

我拿起来看了看，两本荣誉证书上分别写着："王丽被评为1996年度最佳舞蹈演员""王霞被评为1996年度最佳舞蹈演员"，证书上的钢印是"夜莺表演艺术团"几个字。

还没等我完全明白这事，小女孩开口问我："你今年多大啦？"

"23。"

"我比你大6岁。"

我缓了缓情绪，眼前这女人叫王丽，杀张伟那女人叫王霞，两人是袖珍双胞胎姐妹，办过一个残疾人演艺团，名字叫什么"夜莺"。

王丽跟我说，她们姐妹都是1970年生的，山东菏泽人，3岁被卖去了沧州吴桥县的某个民间杂技团，那地方后来被提名，叫"中国杂技之乡"，她俩以前还出国演出过，火了一段时间。

姐妹俩虽是袖珍人，身材比例却很协调，身高都是一米三五，长得也好看，一眼看上去和十岁女孩差不多。两人表演"穿越魔术"，利用双胞胎的身份迷惑观众。

有一年，姐妹俩的"穿越魔术"作为压轴节目登场。当时，王霞需要跳进舞台上方吊着的一个木箱内，然后王丽从地上的另一个木箱爬出。也许因为王霞跳跃的力度太大或者吊着的木箱本身不牢靠，她从空中漏了出来，摔在了舞台上。当时王丽已经从地上的木箱里爬出来了，正站在舞台中央向观众致谢。

那次的"穿越魔术"演砸之后，两人双胞胎的身份暴露了，艺术团想处分她们。姐妹俩跟团里置气，拿出积蓄自谋生路，拉拢了几个跑龙套的侏儒演员，成立了"夜莺"残疾人演艺团。

演艺团承接了一些乡镇地区的红白事演出，每逢演出就跳艳舞，在周边的乡镇地区小有名气。

听完这些后，我问王丽："你和你姐怎么住在张大昌的房子里？"

王丽重新坐回沙发上，她歪着脑袋看我，眼神还真有种成熟女人的韵味。

"张大昌恋童，以前出过事，让儿子去顶罪的。他不敢再弄那口，我和我姐的身体不是像女童吗，就包养了我们，所以就住在他的房子里了。"

王丽轻描淡写地说完这话，我还是有点吃惊。张伟真是个冤大头，为了替父顶罪甘愿承担故意伤害幼女的罪名。

"你说我姐杀了张大昌的儿子？"王丽突然问我。

我点了点头,对她说:

"事情现在变大了,你姐是成年人,杀人可是要偿命的。当时的场面搞得像张伟要强奸你姐似的,现在我一想,你姐那是蓄意谋杀,她是不是和张大昌有仇?我帮你姐瞒住了这事,你们姐妹俩怎么也得给我一笔封口费……"

我话说到一半,王丽突然挥手打断了我。

"我姐是精神病,杀人不犯法。"

我嘴巴张了半天,后面想说的话都说不出来了。怪不得我第一次见王霞时,看出她精神不对劲儿。

王丽说,王霞的精神病是张大昌搞出来的。

"张大昌不仅恋童,还虐童。"

王丽说完这句话后,我想起张伟那起故意伤害案的情节,受害女童下身缝合了四针。张伟替父顶罪,张大昌应该花钱找了关系,不然张伟不会是故意伤害幼女这种小官司,应该是奸幼。

我问王丽,王霞杀张伟是为了报复张大昌吗。她刚开始没吱声,后来她说张大昌的钱包里有和儿子的合影。

"张伟和张大昌长得挺像,都是大块头胖子,我和我姐都见过。"

她这话说完,我就明白那天王霞为什么要杀张伟了,这疯女人肯定把他当成了张大昌。

"你姐人呢?"

王丽拉着我往次卧走,站到次卧衣橱边,她拨开一堆衣物,衣橱后面露出一个一米多宽的方形暗门。

"还有密室？"

看见暗门，我突然想起第一次见到王霞的事，当时我明明将房门反锁，但她突然出现在了浴缸边，原来她之前藏在密室里。

王丽打开了那扇暗门，迅速爬进了洞里，我跟着爬了进去。先是通过一条三米左右的横井，爬到尽头是一个地窖，有个钢筋爬梯通到窖底。

还没爬进窖内，我就闻见一股臭味，像死掉的老鼠味。我趴在横井处，没想下去。王丽下到地窖内，拉亮了一盏防潮灯。

地窖十来平方米，地上铺了防潮垫，墙边弄得像跳舞的场地，贴了不少镜子。东边的墙角摆着一个蓝色收纳箱，箱体微透明，地窖内臭烘烘的味道就是那箱子发出来的。

臭气越来越重，正想往回撤。王丽打开那只箱子，我看见一具干掉的腐尸蜷在里面，体形像儿童，半片脸都露出了白骨。

"我靠，这是你姐？谁弄死她的？"

我捂着鼻子问王丽，她站在地窖角落，面无表情，冷冰冰地回话：

"张大昌。"

王丽说这话时，我趴在横井口，突然闻见正下方也有一阵臭味。我探着脑袋看了一眼，爬梯下面还有一具身形高大的尸体，也已经烂了。

我捂着鼻子又问：

"这人是谁？"

王丽没回头，盯着王霞的尸体冷冰冰地回应我：

"张大昌。"

我吓得差点儿从横井口掉下去。王丽走到爬梯处，她好像鼻子不好，地窖内臭成这样，她站里面跟没事人似的。

"张大昌杀了我姐，我姐杀了张大昌。"

王丽仰着头跟我解释地窖里发生的事情，我捂着鼻子听了半天，张大昌的那点事全弄明白了。

张伟帮张大昌顶罪，坐牢之前，张大昌给他写过保证书，承诺戒掉恋童虐童这种下流事。张伟服刑期间，张大昌确实履行承诺，没再碰过女童。不过，他包养了王霞和王丽，她们是袖珍人双胞胎，长得像女童。

张伟不知道张大昌在外面的所作所为，刑满后回家，看见了王霞。他把王霞当成了女童，以为父亲狗改不了吃屎，就离家出走，搬到我那去住了。

张伟死的那天，让我帮他开家里的锁，目的是想把女童带走，结果那天他扑了个空，一气之下把张大昌囤的变态录像带卷走了。

我那天晚上来这儿偷东西，见到了王霞，没想到把王霞带回家后，她会精神病发作，把张伟当成张大昌，杀了人。

张伟就是个冤大头，替父顶罪又替父偿命。

那天我被警察带走后，王霞回到仙水雅居，进屋后撞见了张大昌，张大昌询问她一整夜未归，去哪了。并且，还少了一只劳力士手表。他抬手就给了王霞一耳光，王霞挨了打不哭不闹的,还傻站着让张大昌接着打。

张大昌打了好一阵,王霞却一直咧着嘴哈哈大笑。当时,王丽就站在她身边,劝了半天没劝住。

王霞一边笑,一边指着张大昌说:"断子绝孙了,哈哈,断子绝孙了。"

张大昌还不知道张伟被杀的事情,听不懂她的胡话。他立马把王霞关进了地窖,让王丽去送药送吃的。

吃了药,王霞精神状态恢复了一些,姐妹两人在地窖里聊了一会儿。王霞问王丽晚上吃的什么,王丽说吃的火锅,问她想不想吃。王霞说想吃,让王丽给弄一些酒精块来,再找个打火机,说地窖湿冷,烤烤火。

王丽爬出地窖给姐姐弄吃的,她弄了些酒精块和打火机,将晚上的剩菜和半瓶白酒也给她拿了一些。为姐姐做完这些,王丽便回屋里睡了。

不知道睡到什么时候,她听见地窖内传来一阵惨叫,张大昌也被吵醒了,赶紧起来去地窖查看。

王霞将五六个酒精块全部塞进了下体,然后喝完了整整半瓶白酒,点燃了酒精块。

王丽也跟着下到地窖里,看见姐姐正捂着焦黑的下体在地上打滚。

烧伤有些严重,但王霞住院十天后,张大昌就给她办理了出院手续,又把她重新关进了地窖。张大昌将一只蓝色收纳箱运进地窖,里面装满了饼干和矿泉水。

从地窖上来后,他对王丽说道:"你要敢学她,就和她一个下场，这辈子都关那里。"

张大昌原本不怎么在仙水雅居留宿，但王霞闹得太凶，他那几天都守在那里。等张大昌睡了，王丽蹑手蹑脚地来到次卧的衣橱边，她去地窖看望王霞。刚下地窖，王霞就急着要和她说话，似乎一直在等她。

"你上去，把厨房的刀带下来。"

王丽被这话惊住了，站在爬梯上进退两难。

"姐，你可别再干傻事了。"

"少废话，叫你去拿刀，不然你以后别来见我。"

姐妹俩在地窖里吵了一阵，这时王丽才知道王霞在肇圩村把张伟当成张大昌杀掉的事。

说到这里，张伟的死有一半也得怪我，我不知道王霞每天晚上要吃控制精神分裂的药，那天晚上直接把她带回家了，一断药她就神志不清。

王霞知道杀张伟的事早晚瞒不过张大昌，她自伤自残是想让张大昌放过她们姐妹，结果张大昌变本加厉起来。她决定和张大昌拼个鱼死网破，既然已经杀了他儿子，干脆再杀了张大昌。

王丽在厨房挑了一把长刀，走到地窖门口，又返回换了一把削水果的短刀，那刀已经钝了。

重新下了地窖，她将刀小心翼翼地递给王霞。王霞一把将刀夺在手上，搂住她的脖子，比画着刀对她说道：

"你上去，我把那人引到地窖。你把门关牢，死都别开，知不知道？"

"姐,你别再做傻事了……"

王丽拖着哭腔,话还没说完,脸上挨了一巴掌。

"你要不听话,姐做了鬼都不放过你。听姐的话,下辈子我们还投一个娘胎。"

王丽挨了打,哭哭啼啼地爬上了地窖,她预感有可怕的事情要发生了。

她刚躺到次卧的床铺上,就听见王霞在地窖里发疯似的狂叫。没一会儿,张大昌被吵醒了,他怒气冲冲地走进次卧。王丽假装睡熟,背上却在淌汗。

"妈的,大晚上发疯。"

她听见张大昌一边怒骂,一边下了地窖。下去没一会儿,什么声音都没了。屋子静极了,都能听见自己的心跳声。慢慢地,地窖传出呻吟声,她贴着地窖口去听,有人正气息微弱地唤她。她想下地窖去查看,刚将地窖的门打开,瞬间她又想起姐姐之前的警告。

正在这个犹豫的当口,她看见张大昌已经从爬梯上露了半截身子,拼命要从横井里爬出来。他捂着腹部吃力地前行,血从指缝里渗出来淌了一地。

"快关门!"王霞紧追在了张大昌身后,她脸色青紫,双手虎口都是血迹。

横井内很狭小,她和张大昌纠缠在一处,张大昌将她手上的刀夺了过去,给她背上刺了一刀,继续爬向窖口。

王丽赶紧关上了木门,背紧紧地靠在上面。

"开门,王丽。听话,你姐还能活。"

听见张大昌叫门，王丽吓得躲到了床上。里面砰砰地砸门，她又迅速靠回了木门上，生怕木门被砸开。门后面又传出来打斗的声音，她吓死了。

"开门，王丽。不开门，我把你姐眼珠子挖出来。"

"王丽，别开门。刀太钝了，姐一下扎不死他。"

门后两人说话的声音越来越小，王丽捂住耳朵，埋着头坐了很久。等门里彻底没声音了，她大着胆子打开地窖门，发现到处是血。她爬到姐姐身边，发现她已经咽气。张大昌突然坐了起来，他腹部血流不止，浑身一点劲儿都没了，他对王丽说：

"你打120，这事就算了，房子以后就是你的，我们之间再没关系。你姐杀我在先，我是正当防卫。"

王丽点头答应，可她爬出横井后直接关上了木门，张大昌也死在了里面。

蒋 鹏

我在地窖发现了尸骨，匿名报警。之后的事，通过公安内部的关系，我打听到一些情况。

地窖里死的三人里，男性尸体叫张大昌，房地产老板。女性尸体是一对袖珍双胞胎姐妹，一个叫王霞，一个叫王丽，两人创立过一个民间残疾人演艺团。

这条线索我前面查到了，姐妹俩的演艺团叫"夜莺"，后来演艺团的法人变更为张大昌，现在三个人一起死在了地窖里。

后来有个向警方提供线索的报案人，是个中年男子，戴着棒球帽、墨镜，相貌只能看清一半。我从他那里买了一遍详细的线索：

1996年4月份，张大昌去参加一场朋友家的白事，在那里认识了侏儒姐妹，当时她们正在搭建的小棚子里跳艳舞。

身边朋友都知道他有恋童癖，特意安排了侏儒姐妹给他陪酒。侏儒姐妹虽已成年，但相貌上和童女差不多，发生关系也不用坐牢。

当时，侏儒姐妹的演艺团没钱，欠了外债，对于张大昌提出包养她们的要求，她们同意了，答应陪睡一年。不过张大昌玩儿赖皮，找施工队在家里建了地窖，专门囚禁姐妹俩。王霞和王丽都不敢跑，团里几个残疾人全靠张大昌发工资，演艺团也纳入了张大昌名下。这些残疾人都是一起走南闯北过来的，姐妹俩重感情，为此一直忍着张大昌。

她们要是跑了，这些残疾人就无处谋生，那时候演艺团已经接不到活儿，要不是张大昌出钱养着，肯定就关了。

张大昌变本加厉，隔三岔五领着趣味相同的朋友来。后来王霞两个月没来月事，张大昌带她去医院看妇科，结果查出来王霞怀孕快六十天了。

"玩儿的人太多，张大昌也不知道孩子是谁的。况且王霞是侏儒，孩子生出来也可能是侏儒，张大昌就逼着王霞流了产，那女的后来据说精神有问题了。"

戴棒球帽的中年男子抛完这些线索后，点了一支烟，嘬一口吐一口。我盯着他的脸看了一会儿，他扶了扶墨镜，躲着我的目光。

"你知道的细节还挺多。姐妹俩的心事，张大昌的心事你都知道，和张大昌一起玩儿过？"

我试探中年男，他一下子急了，催我付钱。

"你们这也算不上轮奸，顶多是聚众淫乱，当时也没报案，这么多年过去了，不会抓你的。"

我说完这话将钱递给他，他刚伸手来接，我又把钱收了回来。

"哎，你现在站出来说这些线索，是看在钱的分儿上还是看在两个袖珍女死了的分儿上？"

我这话问完，他摘掉了墨镜，他的左眼被一块肉疤封住了，右眼使劲瞪着我。

"是我介绍两姐妹给张大昌认识的，姐妹俩图钱，张大昌图乐子，本来没啥。可你知道吗，那个年代能靠房地产发家的，有几个没混世的背景？两姐妹被整那么惨，我就劝了几句，看，这眼睛就这么没了，用烧红的汤勺，我再多说一句就封嘴了。"

他很激动，说完，一把夺走了我手里的钱，戴上了墨镜。临走前，又冲我发了一通牢骚：

"要不是张大昌死了，我是不敢出来说这些的。我那时候白瞎一只眼睛，你们警察谁管了。少他妈给我扯什么良知，老子这只眼睛就是为良知瞎的，张大昌的死靠的是天谴，公道从来没靠过你们警察，老百姓谁不是见天吃饭。"

那个年代搞房地产的老板杀个人也有办法摆平，张大昌显然属于那种黑白两道通吃的人。

得到这些线索后，我接到一个陌生来电。接通后，是赵金宝打来的。

"蒋警官，你不是打听冷国辉吗？昨天贼圈里有朋友见了他，他四处找人弄假身份证，好像遇到什么事要跑路，我想起这事跟你吱一声。你要想找他，去尼龙巷堵，他肯定要在那坐黑车。"

赵金宝的这个消息来得及时，我立刻去了尼龙巷。

尼龙巷在长途车站旁边，那有很多黑车司机，全是跑云贵川专线的，他们上午睡觉，下午三点后发车。我看了下时间，已经过了两点半。街道上堵车严重，我索性跑步去了那儿。

尼龙巷不大，是一条四百多米的"Z"形窄巷，里面聚居着车站的黄牛和黑车党，还有一小部分黑旅社。冷国辉的体貌特征比较突出，个子太高，身体极瘦，我刚查了五六间出租屋，就发现了他。

他在巷内第六间出租房内，坐在一张沙发上，身边围着一圈等待发车的乘客，一群人正低头玩手机。他裹着一件黑大衣，蒙个口罩。我悄悄走进屋内，挨着他坐下。他正在打盹儿，呼噜声很沉闷。

我看见屋内的饭桌上有便当盒，还有几双未使用的一次性筷子。我折开筷子袋，取出牙签后在他耳后根扎了一下。

他猛打个哆嗦，醒了。我立刻假装打盹，低下脑袋。他摸了摸耳后根，四周查看了一番，又睡了。我又扎他一下，继续装睡。

"妈×！谁呀？"

他从沙发上蹦了起来，摘下口罩在人群里大声叫骂，所有人都抬起脑袋看他，看了一会儿，又低头各玩各的手机。

"妈了×的！谁呀？"冷国辉再扫一眼，看见了我，撒腿就跑。

我不能在人多的地方跟他动武，一旦路人报警，我私下查案的事肯定会受干扰。

冷国辉在巷子里猛跑了一阵，才跑出去几百米就腿软了，扶着墙气喘吁吁。

我追到他身后，两个低扫腿打在他屁股上。他屁股上全是骨头，硌得脚疼。

"别打，别打。哎哟，哎哟。警官咱俩有话好好说。"

冷国辉挨了揍，呻吟两声，扶住墙站了起来。他一边求饶，一边从口袋里掏出一沓现金准备行贿。

我顺手就接了过来。

"想让我放过你？行，把张伟、袖珍姐妹，还有张大昌死的事说清楚。我回去起码有个交代，你看本事跑路，怎样？"

我掏出袖珍录音笔，打开后又塞回口袋。

冷国辉扶着墙站了起来，深呼吸了两次后说道："好多事到现在我还没琢磨透呢。"

冷国辉

王丽跟我说的那些事，我仔细一琢磨，不对劲。

我趴在横井口，往后挪了挪身体，用警惕的眼神打量着王丽。

"你姐和张大昌斗死了，你咋不报警，你咋还住这屋？"

"我害怕，要不你帮我报警吧？"

王丽可怜兮兮地看着我，地窖里臭死了，她站在里面说了半天话，一点不适感都没有。

"死都死了，别报警了。快上来，快上来。"

我可不傻，惊动了警察，张伟那事瞒不住，还得牵连自己。我这刚出来，可不想又进去。我先爬出横井，站在爬梯上转了方向，开始返回次卧，女人尾随身后。

三米不足的横井，几步路就爬到了，但我总感觉不对劲。我脖子长，从腿缝里瞧了瞧后面。那个女人跟在我屁股后头，她突然对我笑了笑，她一直没笑过，这么一笑，真瘆人。

我正准备朝前爬的时候，感到左腿肚子上像被烫了一下，不怎么疼，火辣辣的。我再往后一看，发现女人手上举着一把尖刀，刀上已经沾了血。那刀很眼熟，是我的那把木柄藏刀。王霞当时就用这把刀扎了张伟，不知道怎么出现在王丽手上了。

她举着刀又准备扎我，刀尖对着我的屁眼。

我顾不上腿伤，拼了命像驴踢后腿似的发疯，把女人踢进地窖里去了。

我快速爬出横井，从衣橱里出来，拼命抵住了那扇暗门。要不是第六感灵，我差点儿就死了，并且死相难看，肠子都要从肛门里漏出来。

不知道王丽为什么要杀我，我腿肚子上挨了一刀，鲜血如泉涌。也不能立刻去医院，这种刀伤会招来警察，我就拖着腿在屋子里翻找医药箱。

我找到一大堆药品，但都不是处理外伤的。就干脆拿了一瓶白酒，倒在腿上消消毒，然后将床单撕烂一条包扎了伤口。

这点事忙完，我疼得满头大汗，浑身都疼软了，坐在床边起不来身。我看看了床上那堆药品，上面写的字都不认识，就认识一个叫什么"奋乃静"的。我看了下药品说明书，上面写着治疗精神病的。

我又看了下生产日期，突然脑子"嗡"的一下。药品都是最近的日期，说明是活着的人在吃这堆药。到底王丽和王霞谁有精神病，我脑子一下子全炸了。

腿实在疼得厉害，我想不明白这事，就一瘸一拐地赶紧离开了。

我当时把扎我腿肚子那女的给踢下地窖了，不知道她是王霞还是王丽。受伤逃回家后发现右鞋底净是血，可我受伤的是左小腿。原来我右鞋缝里卡了一颗尖头石子儿，猛踹那女的时候,估计踹伤了她。那地窖两米深,我担心那女的被踢伤后摔死了。

隔了一个月,我去看门口有没有停电停水通知单,发现还真有,她肯定摔死了。这事隔了这么久,我哪知道还能被翻出来,还是早点儿跑路早点儿好。

蒋 鹏

我让冷国辉卷起裤腿,把伤疤露出来,我拍个照片。他弯腰卷起了左腿裤管,朝我亮了亮腿肚子上的刀疤。那疤奇形怪状的,像是一团肉从一条窄缝里挤出来了。

"没敢去医院缝针,这疤就长成了这样。跑不动,估计伤了筋落下了后遗症,跑两步就疼。有次盗窃失手,被一个协警追,翻围墙摔了一下,原位置又伤了一次,伤疤就这么难看了。"

我知道他说的协警就是我爸,我没接他的话,让他把裤管放下去。他交代的这些事虽然能够自圆其说,但还得靠公安仔细审查。

冷国辉说完整件事情的来龙去脉,急着要走,说云贵川的黑车要发车了。我拦住了他,他疑惑地看着我,说钱都收了,干吗还纠缠不放。

"张伟的尸骨藏哪儿了?"

"那天晚上,我是为了脱身引你去化粪池的,其实张伟的尸骨早被我运出来埋了。毕竟是我徒弟,而且死得很冤,我也有一半责任,就给他葬在我家坟地里,修了一个水泥坟。"

"看来这些话,你还得去局子里再说一遍。还有,你多了条行贿罪。"

我朝他甩了甩手里的一沓钞票,他脸一下绿了,朝着另一条巷子撒腿就跑。我跟在他后面追了几步,看见那条巷子是条死路,被一道红砖墙壁堵住了,墙头那边是火车道。

冷国辉无路可跑,正准备翻墙。我走到距离他三米的位置,抱着手,看着他爬墙。

"妈的,来呀,追老子呀。"

他站在墙头朝我示威,还朝我吐了口唾沫。我冲他喊道:

"当年你翻墙摔断脚,做手术的钱是那个协警出的吧?"

"你他妈怎么知道的?"

他很惊讶,站在墙头弓着身体问道。

"那个协警是我爸,我可不像我爸那么心软,你再摔断腿,我只会把你这种人渣扔进监狱。"

说完话,我冲过去,脚蹬着墙壁,爬了上去。

他慌张跳墙的时候,一辆火车正好开了过来,他一边扭着头去看,一边朝我吼。

火车轰鸣而过,我却清清楚楚地听见了他的话。

"操你妈,你以为你爸是什么好人啊?老子当年偷了一条拇指粗的金项链还有四百元现金,最后案值就按四百元定的,那条金项链去哪儿了,问你爸去!他出钱帮我做手术,是为了堵我口。其实他不帮老子出手术钱,老子也不可能揭发他,一条金项链够老子多蹲好几年了。你爸就是个贪心又胆小的傻逼。"

他吼完,火车已经过去了几截车厢,车道距离围墙不到一米,一阵风刮得他左右摇摆。

我被他的话激怒,冲过去想抓住他问清楚。他突然后仰了下去,头碰到一截车厢的玻璃上,身体被撞飞出去十几米。

我吓傻了,突然想起他左腿肚子上的那条恶心的刀疤。

火车完全经过后,我跳到火车轨道上找冷国辉。他整个人跌倒在铁轨旁,摔炸了肚子,肠子挂到几根枯枝上。

我瘫软在地。

盯着冷国辉的碎尸看了很久,我的脑子里一片空白。另一辆火车在远处鸣笛,我爬起来,踉跄地穿过铁轨。火车的鸣笛声越来越大,那种碾轧铁轨的声音,我至今做噩梦时不时还能听见。

后来,警方找到张伟的尸骨,这案子算破了。不过杀害张伟的到底是王霞还是王丽就查不清了,反正姐妹俩都已经死了。

我破了个案子,过足了当刑警的瘾。但弄出人命,这事就回不了头。我就想着,把那笔记本上几个人的案子查完,说不定能立功,少坐几年牢。

我爸那事?不想聊了。冷国辉死无对证,但无所谓了。我爸冤了一辈子,到死还当自己是个警察。从那之后,我就认定了我爸是个人民警察——穿不穿警服，都是。

冷国辉死后，蒋鹏经常做梦。

"梦里闯进一辆火车，车头从耳孔呼啸着穿过，车尾把我从噩梦里拽出来。"

当晚，他躲进了一家黑旅馆，一宿未眠，不停抽烟。只有盯着不断升腾起来的烟雾才能使他稍稍镇定，懊恼、焦虑、恐惧，一波一波袭击过来。

他觉得自己的人生被那个绿色的烂本子彻底牵绊住了。命运仿佛在跟他开玩笑，自己从小立志成为一名刑警，却被分配为狱警，如今沦为一个企图立功减刑的通缉犯。

冷国辉的尸体被警方运走后，他的名字就立刻被挂上了网络通缉名单。

虽然知道这一切都不可挽回，但蒋鹏也不是那种轻易服软的人。两包烟抽完，他平静下来，忍不住伸手翻到记事本的最后一页。

冷国辉，刘学信，吴乐，马鸣，顾志峰，谢宝华，刘广民。

他将"冷国辉"的名字划掉，打算查完就去自首。该什么命就什么命。

刚采访完蒋鹏后的那几天，我一直沉浸在蒋鹏的世界里，很快便利用下班后的时间将录音稿整理成了文字。蒋鹏所说的笔记本勾起了我强烈的好奇心，我急切地想知道笔记本上的"刘学信、吴乐、马鸣、顾志峰、谢宝华、刘广民"这几个人究竟藏着什么样的秘密。我想了好几天，才正式向领导提出对这些当事人以及对蒋鹏进一步深入采访的申请。领导也觉得蒋鹏的故事具有传奇性，像小说，采好了说不定能用上，于是答应了。因此，才有后面的这一系列故事。

哭坟案

第二案

蒋 鹏

根据 2015 年 3 月 13 日至 3 月 15 日的采访录音整理而成

我躲进一家黑旅社,日租房 40 元一天,房间是三合板隔出来的,发霉的墙板上贴了一张露屁股的艳星海报。除了海报福利,整个房间只有孤零零一张单人床。

站街女在过道里穿梭,一半房间都可能住着她们的客人。隔壁传来撞击声和叫床声,木床吱吱作响,我不敢用力翻身,怕铺塌了。

刘学信的服刑档案和基本资料,我都想办法弄到手了。其实,剩余六个人的资料我都收集全了,我知道这样有点儿坑同事坑同学,但当时满脑子都想着查案,顾不了这么多。

我把记录七个人卦例的笔记和这些档案资料一页一页拍了照,原件塞进背包暗袋里,贴身携带,一刻也不离开。谁也不知道,这里头藏着多少罪行。

档案上记载,刘学信将他未满月的儿子砸在地上,脑瓜崩裂。幸好,孩子命大没死。他因故意伤害罪获刑 15 年,供述的作案动机是重女轻男。

我拿起笔记本,翻开了刘学信的卦例。

但看完这个卦例,我觉得他的口供存在疑点。

314 刘学信测婴儿性别

98年4月13日

戊寅年　丙辰月　庚寅日

《晋》卦，初爻、二爻发动，变卦为《睽》。

火地晋　　　　　　　火泽睽

官鬼 . 巳火　　　　　官鬼 . 巳火

父母 .. 未土　　　　　父母 .. 未土

兄弟 . 酉金 世　　　　兄弟 . 酉金 世

妻财 .. 卯木　　　　　父母 .. 丑土

官鬼 .. 巳火　　　　　妻财 . 卯木

父母 .. 未土 应　　　　官鬼 . 巳火 应

断：此卦子孙爻休囚，并且双是阴爻，同时内卦阴变阴，女孩。

案发后，该笔记本保存在警方物证室

根据档案记载，在摔婴案发生之前，刘学信让他老婆流产过一胎。显然，这个卦例就是在查问此事，求个事后心安。既然前一胎他都不知道妻子怀男怀女，干吗要让妻子流产呢？第一胎在不辨性别的情况下，他强迫妻子流产，第二胎在妻子生下儿子后，他又企图摔死婴儿。

看上去，他反而更像是在折磨妻子。

刘学信生于1972年，大学毕业分配到设计院工作，做桥梁设计，单位在天塘小区给他分了套房。他实际服刑十二年，减了三年刑，2009年释放。档案照片上，他白白净净，身高一米七六，戴一副近视眼镜，很文弱的样子。

我出了旅馆，去复印店打印了两张"刑释人员狱外情况登记表"，打车去了天塘小区。这是个90年代的老小区，小区健身场有几个遛狗的大爷大妈。

我问大妈33栋怎么走。

"你右手边走到头左转就是。"

我正准备离开，大妈突然问我去33栋找哪个。我说去402找刘学信，大妈的眼睛突然睁大了，朝我摆摆手，小声嘀咕了一句，不是要紧事，别上他家门。

我找到402，在门口观察了片刻。防盗门布满了铁锈，门口堆着几袋垃圾，袋里一堆呕吐物，泛着股酒味。

我敲了敲门，没有反应。我贴上防盗门，也没有听到一点动静，刚要把耳朵撤回来，里面突然传来"砰"的一声响，像是一个金属物件朝我砸了过来，我吓了一跳，耳鸣了一阵。屋内明显有人,但不欢迎我。

我手上握着两张登记表,本来计划冒充社区工作者,上门接触一下刘学信。屋里人不开门,我就喊了两声刘学信的名字,没想到门内传出一阵女人的咆哮声,像个疯子。

过来之前,我身上带着一种职业盗贼专用的作案工具——"反猫眼",类似单筒望远镜,对准门上的猫眼便可以看清室内。这是我托人从警校设备资料库里搞来的。

我将"反猫眼"对准房门,眼睛凑上去,眼前却是一片漆黑。我挤了挤眼睛,突然看到一双布满血丝的红眼睛直直地盯着我。我吓退了两步,屋里传来丁零哐啷的声音,感觉是铁链拖在地上的声音。

我赶紧再趴上去。

一个披头散发的女人站沙发前,背对着我,个儿不高,穿着一件毛衣罩衫,衣服几乎遮不住她肥大的屁股。她的脚上戴着一副镣铐,中间拖个大铁球。室内凌乱不堪,地板上散乱地丢着啤酒瓶、衣物、纸团,整个房间看起来像个垃圾场。

我想看清女人的样子,捶了捶门。女人缓缓蹲了下来,一直不回头。我继续捶门,女人突然转身,拎起一个痰盂,朝门上砸了过来。

房门一震,"反猫眼"从我手上滑掉了,一直滚到三楼。我冲下楼梯,迅速捡起来,赶紧回去。刚才疯女人转身的瞬间,我看见了她的大肚子。

楼下传来呼喊声,我回过神,发现刚才遛狗的大爷大妈正朝我招手。

我匆忙下楼，追上大爷大妈，打听疯女人的事。

大妈说女人是刘学信老婆，刘学信蹲大狱后，老婆就半疯不傻，被娘家人接走了。当年摔婴案发生后，小孩虽活了，长大后却有癫痫、智力缺陷，落了一身后遗症，刘学信干妈一直照料着。那屋原来住着刘学信干妈和他儿子，刘学信出狱后，又把老婆接回来养，刘学信干妈和他儿子搬到乡下住了。大妈还说，那女人原先没被锁，到处疯跑，好几次还在楼下抢别人的孩子。邻居们都慌得不得了，叫刘学信将她送精神病院，但他就是不肯。

大爷有点不耐烦了，问我打听这些事干吗。

大妈急了，冲大爷嚷嚷，说你这叫麻木不仁，他老婆受那种苦，天不管地不管的，还不许人帮她说两句，这个刘学信说是把老婆接过来养，不知道在家对老婆做什么，还用链子锁起来了。

大爷大妈边走边吵，狗也跟着乱叫。我追问："刘学信干妈住哪里？"

大妈背着身喊了一句，团结圩。

刘学信

我干妈叫李淑芳，比我大 13 岁，高高瘦瘦，是个禁得住岁月的女人。她的屋子在团结圩河边，那是一条村民用来洗马桶的浅河，散发着恶臭。秋冬季节没什么影响，夏天是没法开窗户的，拇指大的苍蝇沾满了墙角。

"妈，等我工作了，就带你进城住。"

每次回家，我都会说这句话。

当时，干妈正在灶台边做饭，灶台上摆着两碟菜，一碟乌黑的豆瓣酱，一碟暗黄的腌菜。以前我回家，干妈都会买鱼买肉，做几个我爱吃的荤菜。

"进不进城的事，我指望不上。你赶紧结婚，明天让村里的李婆婆给你说姑娘。"

干妈往灶膛里填干柴，阴着脸说话。

"干吗急着让我结婚？"

干妈不说话，突然从灶膛里抽出一根木柴，砸我脚跟。那根木柴半截已经燃成了红炭，地面砸出一阵火星。

李婆婆给我介绍的都是村姑，一些没文化的女孩。想到这儿，我借口单位有事，没在干妈那儿留宿，回了实习单位。在宿舍，我久久未睡。干妈要我立刻结婚，这虽然是个很荒谬的要求，但干妈提出来了，她养了我这么多年，干苦力供我读书，把我供出来了……我欠她的远比这多得多。

但是，我的婚姻不能靠李婆婆安排，我得找个有文化的。想到这儿，我想起来还在母校读书的老乡马晓莲，我知道这女孩早就喜欢我。

我去母校图书馆等马晓莲，等了两天，见面便约她去操场走两圈，她很意外，但没有拒绝我。

我们在操场慢走，走完一圈，谁也没说话。又走一圈，马晓莲停住了。我站在她身前，背对着她，等她先说话。

"刘哥，别走了。我知道你什么意思，你是不是想那种事？"

被她这么一问，我的脸突然很烫，想回一句嘴，喉咙好像堵住了。

马晓莲说："小学四年级的时候，你上五年级，是学校的国旗手。你不认识我，但我早就认识你。后来看到大学橱窗里贴着你的获奖海报，我才知道和你上了同一个大学……我也不知道说什么好了，反正，你想那种事，我……"

说着，她羞涩地低下了头。

我转过身看着她，心里既感到羞愧，又有点感动。

我们谈了两个月恋爱，每天下班后我便去图书馆见她。图书馆关门就去学校后面的公园瞎逛，牵着手，抱一会儿。

有个周末，我带马晓莲吃了汉堡、薯条，还去小录像厅看了盗版电影《廊桥遗梦》。晚上我骑车送马晓莲回去，还没进学校，我们就溜进公园里亲嘴。

那次，我俩都是初吻，瞎吻。吻完，我对马晓莲说：

"实习结束了，进了编制，你要愿意跟我过日子，就领个证吧。"

马晓莲很惊讶，什么也没说，只是揪着自己的麻花辫，好像有点纠结。

我觉得她不会答应了，准备离开，她突然说："等我毕业吧。"

我没给马晓莲买金器，没对她说任何甜言蜜语，甚至没见马晓莲父母。内心深处，我并不那么喜欢马晓莲，她不算漂亮，但是人好，迁就我，我在心里打定主意，以后要好好对待马晓莲。

领证那天，马晓莲问，急着结婚，是真心喜欢她吗？

我不想骗马晓莲，对她坦白，是干妈急着要我结婚，她让我干的事我必须办到。

马晓莲不说话了。我问她介意吗，她举起手中的结婚证，晃了晃，没说话。

蒋　鹏

离开天塘小区时，已经晚上6点多，我准备搭末班车去一趟团结圩。

刚走两步，撞见一个黝黑的男人。他戴着眼镜，发际线很高，快要秃顶了，提着两袋快餐急匆匆往楼上跑，门口停着一辆出租车。

我追到楼上，他果然打开了402的房门。

刘学信邋里邋遢的模样令我吃惊，档案照片上，他白净又文弱，跟现在的他反差巨大。我没有追进去，决定先去看看他干妈。

晚上7点，我到了团结圩，村路上装了太阳能路灯。阴天的缘故，路灯光线昏沉。向村里人打听到了刘学信的老家，这是一栋废弃平房，屋顶已经塌了。我走进去，院里长满半人高的野草。

我以为那人指错了地方，正准备往旁边找找，感觉鞋底下面沾了一片土。我抬脚一看，土里有一小块足球图案的橡胶皮。我将橡胶皮撕下来，走出了院子。

弃屋旁边有栋二层小楼，一个村妇在门口吃饭，她端着碗倚着一棵树，脚跟前围着一只黄狗，一只花猫。我一走过去，狗叫了两声，嗅着我的裤脚。

我跟她打听刘学信干妈的地址，她打量了我一下，小伙子你是生面孔啊，来团结圩干么事？李淑芳住那面。她用筷子指了一下对面的村庄，那里零零星星亮着灯火，天色早就黑透了。

我问："他干妈叫李淑芳啊？"

她"嗯"了一声，声音轻飘飘的，将碗里的骨头扔给黄狗。

我挪了挪脚，靠近大妈，问"他父母是不是也住村里啊"。

"他哪有父母？早死了。看，坟地就在坡上，离这不过两里地，就没见这小子来上过坟。"她指着房子后面的山坡说道。

我问刘学信的父母怎么死的，她把饭碗里的米粒都拨给了猫狗，抬起头说道：

"诅咒，惹了神明。"

我追问她到底发生了什么事情，她敲敲饭碗说：

"头顶三尺有神明。刘学信亲妈叫陈美娟，陈美娟和李淑芳两个女人在坟地里假哭坟，戏弄了亡灵，她俩的丈夫都死了，陈美娟死了，李淑芳的女儿也死了。两家死了四个人。"

村妇突然想起来什么似的，盯着我的眼睛问：

"小伙子，你找李淑芳干啥？不是要紧事，离这家人远点儿，晓得吧？晦气沾到身上，你甩都甩不掉！"

天黑透了，我决定明天再去找李淑芳，便离开村子，去县城找了个不用登记身份证的家庭旅馆住下。

躺在旅馆床上，我回想刚才打听到的事。事情听上去很邪，既然此事当年流传很广，当地派出所不可能没立案。

我找人帮忙查这事，第二天中午，收到一些资料：

1987年3月4号，团结圩东村村民高殷富和三个月大的女儿高婷失踪，下落不明。3月4号晚十一点，高殷富妻子李淑芳去团结圩西村找陈美娟帮忙一起找人，陈美娟丈夫刘立国对县城道路熟悉，骑自行车先去寻人。刘立国在距离县城5公里的"U"形盘山弯道处坠崖身亡，4天之后，陈美娟在同一地点跳崖自杀。

这堆资料之外，我还得到一条线索，据说刘学信父母曾欠下巨额赌债，两人死前不久，跑去派出所自首，希望通过坐牢的方式逃债。但参赌人员一般不治罪，况且赌博要抓现场，派出所没搭理他们。

刘学信

那件事情发生在我15岁时，1987年元月下旬，团结圩抓赌,地下赌庄设在郊野,原是一片坟场。抓赌那天,有个赌妇往西边逃窜,身后追来两三个举着手电的公安。

赌妇当时刚生了孩子,没出哺乳期,跑快了胸口晃得难受,胀痛。加上她个子瘦高,腿软跑不快,不准备跑了。

她在一块墓碑边停下来喘气,突然,碑旁伸出一只手,拽了她一把,她直接跪了下来,碑前正跪着个披头散发的女人。

公安追到墓碑的时候,两个女人开始哭坟。

公安问她们:"你们大晚上哭什么坟?说!坟里人叫什么名字?"

"刘立国。"

披头散发的女人直接回答。

公安举着手电看了看墓碑,便离开了,去抓捕逃得四散的涉赌人员。赌妇脱了险,她感谢那个披头散发的女人。回家后,这件坟地脱逃事件立刻传开了,村民们说赌妇遇到了女鬼。

最近村里没死过人,况且大晚上谁哭坟,天色乌黑,那个披头散发的女人还能将墓碑上的名字报出来。

赌妇吓病了,卧床不起。

她想起披头散发的女人报的碑名叫"刘立国",就让丈夫去查村子里有没有死过这个男人。

一查,村里没有刘姓人士。不过,邻村倒是有个叫刘立国的,人还活得好好的。

赌妇更受惊吓,病得更严重,躺床上挂水十几天,医生看了不管用，说是心病。赌妇的男人就请马脚婆（农村通神灵的巫婆）来驱鬼，马脚婆说这是邪魔上了身，要在家里驱魔七七四十九天。

怪事很快就传遍了整个团结圩，赌妇成了乡镇"名人"，团结圩的人都说她是"被鬼上身的女人"。

事情传了没几天，邻村那个叫刘立国的男人找上门了，一同前来的还有他的妻子陈美娟。陈美娟自称就是那个披头散发的女人。闲话在团结圩传得太凶，陈美娟不想被当成鬼，就拉着男人上门澄清这事。

赌妇在赌场和陈美娟照过面，但两人不熟没说过话，那天在坟地，四周黑黢黢的，她没认出来。陈美娟上门认这事，赌妇刚开始还将信将疑。她问陈美娟，为什么报完刘立国的名字，警察扭头就走。陈美娟解释，那些碑上的刻字都模糊了，她瞎报了自己男人的名字，警察也没法对证，急着去抓其他人，就放了她们。

陈美娟解释到这里，赌妇的心病彻底好了，她们也因此成了好姐妹。

赌妇的丈夫是一个很壮的男人，他留陈美娟一家人吃饭，家里还有个诵经念咒的马脚婆，吃饭的时候，他没请马脚婆上桌。

马脚婆被怠慢了，说要走，本来她和男人谈好要驱魔四十九天，工钱都谈好了，让男人先付三分之一。男人不愿意付钱，还骂她骗钱。马脚婆走的时候，在屋里装神弄鬼比画了一阵，说赌妇已被恶鬼附体，谁沾上谁没好日子过。

屋里谁也没理马脚婆。她收拾了一番法器，气急败坏地走了。

"陈美娟是我亲妈，刘立国是我亲爸，那个赌妇就是我干妈李淑芳，她丈夫叫高殷富。那天一屋子人很高兴，我妈结识了新姐妹，就拉着我认李淑芳当干妈。"

我跟马晓莲讲完这段被村里人传得神神道道的往事，她推了推我，但还是怯生生地问，你亲妈亲爸怎么死的，是像传说的那样因为诅咒吗？

我说，是因为命。

我认了李淑芳当干妈不久，她家就出事了。

丈夫高殷富和三个月大的女儿深夜未归，她找我妈帮忙寻找，我妈让我爸打头阵，骑自行车去前面先找。寻人过程中，我爸意外坠崖，死了。

同一天，陈美娟和李淑芳，我的亲妈和干妈，两个女人同时失去了男人。团结圩很快传言，两个赌妇是因为假装哭坟的事件，戏弄了亡灵，所以克死了她们的丈夫。

我妈受不了乡村传闻的刺激，几天后，她就在我爸坠崖的位置跳了下去。

干妈认为这几件惨祸都因她而起，我又没爷爷奶奶，叔叔婶婶也不愿抚养我，她就将我带到家里生活，供我读书。

"我干妈这些年戒了赌，她一个人干苦力供我读书。这都是命，每个人都有自己的命。"

我和马晓莲才领证两个多月，她就怀上了。干妈不想让马晓莲生，让我带马晓莲打胎，我弄不清她到底想干吗，就带着马晓莲躲出去住了一个月。

我在市区租了一居室,毛坯房,除了床,没有大家具,但我和马晓莲在这个二人世界里住着很开心。

马晓莲怀孕第六周,我们去乡下见了干妈,干妈还是冷着脸,但没有提打胎的事。我把干妈接到市区,出租房离医院近,我上班也方便,她也能照应一下马晓莲。

接干妈来的第一天,马晓莲买了菜,做了大餐。干妈一直冷着脸,一句话不说,但忙前忙后地帮马晓莲打下手。

那天我下班早,等着吃个团圆饭,心情很不错。马晓莲做了一桌菜,出租屋里没大桌子,搬了几张木凳拼一起,菜放凳子上。没凳子坐,大家就蹲地上吃饭。我喝了两口酒,拉着嗓子说道:

"单位马上就给我分房子了,你们再忍忍,苦日子很快就到头了。"

这话说完,就我一个人脸上在笑。干妈阴沉着脸,马晓莲喊肚子疼。干妈端着碗去了厨房,提了两袋垃圾,说出门散步。马晓莲身体不舒服,撂下碗筷,卧床休息去了。

我一个人喝酒吃菜,酒喝多了一点儿,打了几次盹儿,老感觉房间里有老鼠在"吱吱吱"地咬东西。我眯着眼,循着声,摇摇晃晃地去逮老鼠。老鼠好像在床上,声音从那儿传过来的。

我站在床边,眼睛醉得睁不开了,喊马晓莲捉老鼠。老鼠的声音越来越大,马晓莲却没搭理我。我费力睁开眼睛,看见马晓莲蜷曲在被窝里,牙齿咬着床沿,喉咙里发出哼哼的声音。我嘿嘿一乐,伸手去被窝里摸马晓莲。

"原来是你这只母老鼠,我的小老鼠呢?"

我摸到马晓莲肚子,她肚子下面湿漉漉的,我抽出手,看见手心红了。我瞪大眼看,又嗅了嗅味道,是血。掀翻被子,马晓莲半边身体泡在了血里,人已经昏过去了。

我立刻醒酒了,抱起马晓莲去医院。

医生说马晓莲可能吃了堕胎药之类的东西,但是胚胎没流干净,残留在宫腔里引起了感染和出血,必须马上做清宫治疗,不然后果严重。

医生的话说完,我脑子炸了,想着马晓莲怎么会吃堕胎药,一下子就想到了干妈。干妈说出门散步,但却一直没回来。

马晓莲孕期已经超过6周,堕胎药下得这么猛,干妈根本没考虑她的死活。我也不知道她从什么渠道买来的黑药,更不知道她这些日子以来,为什么这么蛮不讲理。

我在医院陪护了一夜,干妈始终没来。坐在病床前,看着虚弱的马晓莲,我难受极了。等马晓莲出院,我去乡下找干妈。

那天,我俩在厨房吵架。我蹲在门口,干妈靠着灶台,灶膛边架着一口铁锅,里面一堆冥币正烧得冒浓烟。

我说话时烟进了喉咙,忍不住咳嗽。咳完,我质问干妈:"为什么给马晓莲下药?"

干妈拿着一根木棍,在铁锅里拨了拨,火苗蹿上来很高,她的脸被照亮了。

"我请人算过，马晓莲怀的第一胎是女孩，你们给我生个男孩，我要抱孙子。"

我知道，干妈思想迷信。但也不知道该怎么样劝她，只能以后和马晓莲尽量少回家，少跟干妈碰面。

整件事给我造成了很大的心理阴影，我晚上老做噩梦，梦里有个面孔模糊、性别不明的人问我：男孩女孩？潜意识里我也老想弄清楚第一胎的性别。

后来坐牢，我请一个懂周易的狱友算过一卦，他算出来是女孩。噩梦再来的时候，我就告诉梦里问话的人，女孩。之后，还真没再做过这个梦。

在出租房里住了一阵，我跟单位提交了住房申请。我在实习期间表现突出，提前转正，单位又有扶持政策，给我在天塘小区分了一套房。我和马晓莲搬去那儿后，好几个月都没去看干妈。

在新房里住了几个月，马晓莲很快又怀上了，她自嘲是易孕体质。那段时间我整天阴着脸，心情很差。马晓莲看穿了我的心思，她知道我在纠结要不要去看干妈，要不要把干妈接到新房子里住。

马晓莲怀孕四个月的时候，我下定决心把干妈接到新房。这次，干妈没再闹，虽然每天还是闷闷不乐，但把所有的家务事都揽了下来。

马晓莲的预产期在8月，那年夏天奇热，白天像被火包住了，夜晚又像罩在蒸笼里。7月29号凌晨，马晓莲满身汗水，躺竹席上说肚子疼。我问她是不是要生了，她说不像，因为隔七八分钟疼一下,痛感可以忍住。我扶着她去了两趟厕所,等到天亮带她去了医院。

医院内检后,发现她下面已经开了七指,需要立刻进产房。我给她喂了一罐牛奶,她疼得满头是汗,手一直抓住我的手腕。我让她受不了就叫出来,别硬撑。护士将她推进产房的时候,她对我说道:"就是疼死也要给你生个儿子。"

下午六点多,我在产房外面听见了婴儿的哭声。医生说很顺利,是个胖小子,母子平安。我悬着的心放了下来。

干妈赶来医院陪护,她还是一副冷漠的样子,做了一些护理工作,一声不吭,做完她便回家了。

医生说马晓莲需要住院五天,让我回家收拾一些生活用品带来。

走到家门口,我看见房门开着,进去一看,干妈冷着脸坐在客厅里。她朝我挥挥手,让我站到她面前。她的手上拿着一张印有复写字的薄纸,她将薄纸递给我,我一看,双腿一下软了。

我不敢接那张薄纸,干妈一松手,薄纸飘落在了地板上,上面写着"高般富1986年工资结算单"几个蓝色的潦草字,纸上还沾有血迹。

薄纸原本藏在我的文具盒里,文具盒垫着练习本上撕下来的纸,这张薄纸就夹在里面。我已经忘了它很多年了。

"干妈,你说我要做啥事,你心里才痛快?"我抱着干妈的腿,脸靠在上面,打着哭腔。

"你去把你那孩子摔了，也尝尝我当年的苦。"干妈咬着牙说。

我松开了她的腿，吓得往后退了几步，撞翻了客厅的茶几。

我仔细回想，实习的时候，我将学校的东西都搬回了乡下。她肯定是帮我整理物品时，发现了这张薄纸。7月29号是个天堂和地狱混淆的日子，白天像天堂一样，我成了父亲；晚上8点，我就将自己的亲生骨肉抱到家里摔了，成了魔鬼，掉进了地狱。

蒋 鹏

我退了房，去团结圩找李淑芳。

李淑芳住的宅子是两间长满了爬山虎的青砖屋，爬山虎已经枯了，藤蔓上残有稀稀疏疏的枯叶，叶子卷着，透着光。

要不是所有的窗户都被砖块封死了，这两间小屋看上去还挺别致。门是双开的，木质，包了铁皮，上面装了一个猫眼。农村的双开门很少装猫眼，我掏出"反猫眼"查看屋内情形。

屋外光线很足，但屋内却暗不见物，不知道有没有人。我叩响了门上的铁皮，一个黑影在眼前晃动了一下，像有人来开门了，我快速收起"反猫眼"，退后一步，端正了身姿。

一个头发花白的妇人打开一条门缝，她五十来岁，眼眶深陷，颧骨奇高，穿一件绿色的毛衣开衫，凶巴巴的。

"敲门干吗呀？"

"是李淑芳吧，刘学信的儿子在你这儿吧？"

妇人神情疑惑，愣愣地看着我。

我谎称是刘学信服刑监狱的警官，他是重点改造对象，刑满后也要重点帮扶，单位派我来了解一下他的情况，有什么困难登记登记。

我一边编排说辞，一边抻着脖子往屋内张望，说刘学信有个儿子在乡下，是不是在这里。妇人突然把门打开，我险些扑了进去。阳光照进屋内，里面没几件家具，但很干净。

妇人将我迎进屋内，她始终阴着脸，气场很怪，很强烈，好像克制着某种怒怨。

我进屋后，她也没招呼我坐下，去厨房倒了杯糖水送来。乡下人对第一次登门的客人会用糖水招待，即使我从不爱喝糖水，也立刻接在手上。

端着糖水，我在屋子里转悠一圈，看见堂屋正中摆着张照片，是张全家福。妇人抱着一个襁褓中的婴儿坐在天安门城楼上，婴儿的头发扎成拇指长的辫子，一个高大的男人站母女旁边，笑容灿烂。天安门的场景只是一块背景布，从前的照相馆总是出品类似的全家福。照片前面摆着贡品，是几个皱巴巴的苹果，两个烛台上各粘着一坨白蜡。

我站到一面污迹斑驳的墙前，墙上用糨糊贴满了奖状，但都被撕毁了。不过，因为糨糊的原因，大部分奖状撕不干净，破破烂烂地贴在墙面上，显得很脏。我凑近看，奖状上全是刘学信的名字。

"刘学信服刑时说起过你们的关系，说你供他读书不容易啊。"

我绕到李淑芳身边，临时编了句谎。我想诱导李淑芳说说刘学信，说说那桩摔婴案，套点线索。

"喝水，喝水。"李淑芳没搭我的话，只是招呼我喝糖水。我端着喝了一口，好甜。

"他儿子呢？不在家啊？"我坐到一张木板凳上看着李淑芳，又准备将话题往摔婴案上转，她正在一个木柜子里翻找物品。

见她老不搭话，我走到她身边，看她到底在柜子里翻什么。

柜子里摆着各种木匠工具，有墨斗、斧、刨，还有一把羊角锤。看到羊角锤，我突然想起刘学信额头上两个凹陷的伤疤。正当我疑虑时，李淑芳从柜子里翻出一团麻绳，随手扔在了我脚边。我盯着麻绳看了看，看见一团麻绳变成两团，两团变了四团……

李淑芳在糖水里下药了，我晕乎乎地朝麻绳位置倒了下去。倒地时，我还有一点微弱的意识。李淑芳用绳索捆绑我的手腕，我渐渐失去意识，彻底晕了。

也不知道自己什么时候醒来的，睁开眼睛，头晕乎乎的，四周一片漆黑。我被丢在一处黑咕隆咚的地方，屁股底下很多茅草，嗅了嗅周围，闻见一股烂白菜味。

我觉得自己应该被关在了菜窖里，双腿被麻绳捆得很紧。以前我在警校受过特训，亲手绑过这种麻绳，能把我双腿捆这么紧实，不像女人的手劲能办到的，我怀疑刘学信来乡下了。

醒来不久，我听见头顶有人经过，是皮鞋走在木板上的声音，接着我又听见男人的说话声。

"你去借个手推车去，我把屋后那半块楼板运来。"

男人的声音停住，接着是李淑芳的声音。

"运楼板干吗？"

"扔菜窖里，把人直接压里头。"

男人的话音刚落，李淑芳从木板上经过，她步子轻，应该穿着布鞋。他们准备将楼板砸进菜窖，想把我弄死。

好在我受过特训，昏迷倒地的瞬间，下意识间做出手肘分开、手心合十的动作，是为手腕部位预留出了足够多的空间，醒后方便挣脱绳索。

我将手臂伸直，使劲搓手心。绑我的绳索太细，必须拼命搓，双手被绳子磨得发烫，开始淌血。警校特训时，教官说绳子越细就越难搓，但只要足够耐心，不怕疼，就一定能挣脱。

一会儿之后，双手血淋淋的、火辣辣的，涩疼难忍，但终于挣脱了。顾不上这些，我立刻去解腿上的绳索。头顶传来轰隆隆的响声，是重物碾轧地面的动静。我知道那半块楼板即将投入菜窖，一旦砸中我，菜窖就成了坟墓。

我快速解腿上的绳索，但绳索太紧了。

菜窖打开后，木板缝隙里透进几缕光线，楼板坠了下来，掀起一股尘土。我打了个侧滚翻，楼板正巧砸中我的左裤卷。我的脚踝部位被压脱了一块皮，血很快黏住了裤管。

光线透进了菜窖，我看清了菜窖结构，地面铺了薄薄的一层茅草，里面围着一排木质架板，一排胳膊粗的钢管撑住了窖口周围的木板。楼板坠落之后，窖内飞扬起来的灰土还未散尽，我正好隐身其中。

双腿的绳索已经解开，我迅速脱下裤子，然后将裤子包扎在小腿胫骨位置，用低位扫腿猛击那些钢管。

一个合格的中量级搏击手，腿部的爆发力可以踢弯一根钢管。这需要连续猛击，以及体力最大化地爆发。我因为脚疼，扫了几腿，钢管纹丝未动。我将小腿上的裤子垫在肩部，然后像橄榄球运动员那样冲撞顶压，钢管开始松动。

窖内的粉尘渐渐散去，我撞击钢管的声响惊动了上面的人，窖口探出两颗脑袋查看。我站直身体，甩开一个大鞭腿，横扫那些早已松动的钢管，窖口的木板塌了，整个菜窖全塌了，李淑芳和刘学信掉了下来。

窖内一下子亮堂堂的，卷起一股更高的灰土。两人落在我脚旁，李淑芳屁股着地，皱着脸呻吟，估计屁股开花了；刘学信右臂反折，呻吟不止，眼镜摔裂了。

我说："你们这是谋杀，知道吗？"

李淑芳的脸皱得更厉害了，紧闭着眼，一声不吭。"你们不交代也行，碰运气吧，有人救你们算造化，不然这菜窖就当个母子坟吧。"

说完这话，我假装开始向上爬，刚爬了两步，我扭头对刘学信说："你家里还有个大肚子的疯老婆呢，你要上不去，那也是两条命。"

我继续蹬出一只腿，已经爬高了一截，又扭头看着刘学信说："你俩要谋杀我，但我这人心宽，不仅不计较，还会叫警察来带你们去医院。等我上去后马上就报警，你们就踏实待着吧。"

"等等，我说，都是我的主意，全是我一个人的事。"刘学信痛苦地睁开眼，满脸都是灰尘，像是哭过。

"干妈打电话给我，说来了警察，我不想被警察查出以前的事。干妈没杀你的心，都是我的主意。"

我重新爬下菜窖，打开录音笔，等着他招供。

刘学信左手伸进上衣内的口袋，掏出一张带血的薄纸，嘴唇猛烈哆嗦了起来。

刘学信

干妈掏出那张薄纸时，我彻底崩溃了，我知道那是她丈夫的工资单，上面沾满了血迹。它无数次在我的梦里飘来飘去，我好不容易忘了它，结果它在现实中向我的命运摊牌了。

1987年的哭坟事件发生后，我家和干妈家拜了把子，两家人往来密切。当年我15岁,个子快一米七了,突然就超过了我爸。

我爸这人,个矮眼小眉稀,身体像纸片,说话像蚊子叫。但他只要上了赌桌立刻就变样,声如洪钟,张牙舞爪,谁都怕他。他无父无母,干体力活也不是长项,能娶到我妈靠的就是赌。

我妈是个老实巴交的乡下女人,家里一堆姐妹。娘家人不同意她嫁给我爸,我爸命好,有一年赢过一麻袋的现钞,提着钱往我妈的娘家人面前一撂,一群农村妇女下巴颏都掉地上了。

她们没见过这么多钱,也想不到我爸今后会输掉比这更多的钱。

娘家人很快同意我妈嫁给了我爸,后来很快生了我,月子还没出,我爸那一麻袋钱就都输光了,讨赌债的人踩破了我家的门槛。

我爸嗜好赌博,我妈觉得他戒不了赌,就索性多一个人去赢,他们一同赌,赢的概率估计会大点。不过,我妈这种天真的想法很快便被家中越积越多的债务改变了。

我从记事开始,爸妈都是刚还完去年的赌债,又躲着今年的。也有赢的时候,赢了,家里能开大荤,我也多两件新衣服。小时候想吃肉,天天盼他们多赢钱。

那时我不怎么长个,营养不良、面黄肌瘦。班级排队出操我永远是前三的位置,同学们都喊我"刘豆芽"。过了个暑假,我个子蹿了上来,但身板却越发瘦了。两条腿像竹竿，肋骨一根一根的，看得清清楚楚。

村里人见了我就会骂我妈，日子再窘迫也不能饿孩子。我妈会板着脸反驳，说我是"抽条子"（发育阶段营养优先保证身高生长）营养不吸收，家里顿顿给肉吃。我妈这是爱面子，回家了就抹眼泪，和我爸吵架。日子太苦了，哪能顿顿有肉呢。

个子高了，我一直缺钙，先是上不了体育课，跑不了几步就腿疼，然后是上厕所蹲不住，天天憋着，等着放学回家坐马桶。

1987年3月4号，那天立春。下午两点多，我本来应该在学校上课，但下午第一节是体育课，上课时间自由，我逃课回家解大号。

我坐在卫生间的马桶上，从门缝里看见我爸回家了，身后还跟着一个高大的男人，那男人抱着一个婴儿。

男人我认识，是干妈的丈夫，叫高殷富。自从两家人结亲之后，高殷富常常来家里串门，但平时都是和干妈一起来。

高殷富的块头比我爸大两号，人长得浓眉大眼，撸起袖子，胳膊上全是肌肉，一看就是卖力气的好手。

我爸倒茶给高殷富，高殷富往椅子上一坐，椅子都吱吱吱的。

高殷富接过茶就灌了下去，估计是赶路渴了。我爸又倒一杯给他，这回他才有点喝茶的样子。

"富哥，今年工钱结了不少吧？"

"哎，三百来个工，还行。"

我爸给高殷富递烟，他还没来得及点上，嘴巴就开始冒白沫，怀里的女婴也抱不住了，掉了下来。

女婴大哭，高殷富捂着胸口在地上打滚。

我爸赶紧关了门，背靠在门上，盯着高殷富。高殷富命牢，半天不死。我爸又跑去厨房拿刀，要捅他。我爸手抖得厉害，几次欲图靠近又退了回来。高殷富力气真大，屋里的家具都被他一边打滚一边掀翻了。

他就像个蚯蚓一样翻来滚去，嘴巴里吼吼地乱叫："烧心啊！烧心啊！"

我爸鼓足勇气扑杀上去，却被高殷富压在了身下。我爸扎了他三四刀，血冒着热气哗哗淌了一地。人虽弄死了，但高殷富的尸体反而把我爸压得更紧，我从卫生间跑出来，裤子都没提，吓得一屁股坐在地上，呆呆地看着。

"学信，别怕，快回屋去！"

我爸使出全力才把高殷富的尸体移开。地上是夯实的泥地，高殷富的血把地上都泡出了红色泥浆。我爸一起身，立刻给地上的女婴来了一刀，她早就哭哑了声。

我还没解完大号，受到这番惊吓，裤裆里黄了一大片。我爸从高殷富口袋里掏出一沓钞票，那些钞票都沾了血。晚上，我妈回来，她知道我亲眼看到我爸杀人，直接甩了我爸一耳光。她哭了很久，骂我爸没用，输钱输到这份儿上，一家三口被他从赌桌上拖进地狱里了。

两人吵了很久，我什么都听明白了。

白天，我妈去找干妈约赌。

干妈站在门口给孩子喂奶，高殷富正把一辆自行车推到院里。我妈催干妈出门，干妈喊高殷富抱孩子，高殷富不情愿，说道："我去县里算工钱，带着个孩子来来去去的，不方便。"

干妈生气了，脸色一上来，高殷富乖乖地去抱孩子。我妈突然停住，说钱包忘带了。

"这样吧，你坐殷富车，回家拿钱包去，我去村口等你。"

去县城的路正好经过我家门口，我妈便坐高殷富的车后面返回了一趟家中。

我爸正在家里睡觉，他前一晚赌通宵，会睡到晚上再去赌通宵。我妈把我爸从床上拽起来，跟他说高殷富去县城结算工钱，回来时会路过家门口，想办法找他弄点钱。

那段时间，正逢年底。爸妈身上的赌债躲不过去了，我妈得知高殷富要去县城结算工钱的事，便谎称忘带钱包，返家的目的其实是为了告诉我爸让他劫财。

我妈的意思是让我爸在路上设伏，看见返家的高殷富就请他回家"喝茶"，毒死高殷富，然后抛尸山崖。没想到，高殷富命牢，还带着女儿来，我爸心慌，一下子把高殷富和女孩都捅死了。尸体来不及抛，就匆匆埋后院了。

当天晚上，爸妈一直在争吵，吵来吵去都是因为计划没赶上变化。晚上 11 点多，干妈来了。爸妈怕我嘴风不牢，就让我躲卧室别出来。我从被窝里爬出来，趴在房门口偷看。

干妈穿着一身毛呢风衣,坐在堂屋的木椅上,神色慌张。她说丈夫和女儿一夜未归,我妈便假装询问:"他在县城有没有什么朋友和亲戚?该不会被人拉着喝酒了?"

干妈摇摇头,说高殷富老实巴交的,对她百依百顺,从来没有过深夜不归的情况,况且高殷富还是带着女儿一起出门的。

我妈劝她别急,让她坐会儿等等。干妈坐不住了,求我妈帮忙找人。我妈便给我爸使眼色,让他出去找人。

"这深更半夜的,去哪里找?明天老子还要去村南口给人家修屋顶。"

我爸很不情愿,但我妈的脸色越来越难看,他只能推着自行车出了门。我爸经常出入县城,路熟,骑自行车打头阵,干妈和我妈跟在后面找。大人们出了门,我不敢留屋子里,后院埋着人呢。我撒腿跑出去很远,跑不动了才停脚。

去县城的路上有一道"U"形盘山弯道,那些天下了几场雨,路面很泥泞。

捅高殷富的时候,我爸被他压在身下,两只手腕压伤了筋骨。本来他准备让我去买膏药,结果我妈回来后和他吵架,耽误了。

他骑着自行车,双手扶不住车把,车身摇摇晃晃,山道泥泞不堪,轮胎一滑,就连人带车坠崖了。这种事算不算报应,我不知道,反正这是命。

同一天,干妈丢了丈夫,我妈死了丈夫。村庄里都说是假装哭坟后的亡灵诅咒,我妈心里很清楚,压根儿不是亡灵的事，是人干了鬼事。

她说要出门几天，临走时给我买了一扎娃哈哈。当年，那饮料才刚出来，村里孩子喝得不多，特别稀罕。我妈平时连汽水都舍不得买给我喝，那扎娃哈哈我不敢喝。等她出了屋子，我就把娃哈哈扔了。

我妈几天都没进门，我不敢在屋里住，就睡学校的课桌上。过了几天，村里很多人来找我，我才知道我妈跳崖了。尸体落入山涧，被流水一直冲到城里，捞上来的时候浮肿得像团海绵。

我爸杀完高殷富后掏出的那沓现金，就是用高殷富的工资单裹住的。他把钱藏在雨靴里，把那张薄纸扔在灶膛里。

不过，那天之后，我家的灶膛再没生过火。

我没有爷爷奶奶，我妈娘家的亲戚劝我辍学打工。我没同意，他们也不愿管我。干妈后来接我去她那儿住，说她供我读大学。

她来接我那天，我在屋子里收拾东西，脑子不知道怎么回事，一直念着灶膛里的薄纸。鬼使神差，我竟把它从灶膛里拾了出来。

我从早上开始收拾物品，中午还没出门。干妈在家里进进出出，催我好几次。我东西并不多，但总觉得有什么东西遗漏了。

是雨靴里的2000多块钱。

趁着干妈不注意，我拎着那双雨靴去了后院。我拿着铁锹，在埋高殷富的位置挖了个坑，把雨靴埋在了里面。钱是高殷富的，得还他。

本来想把工资单也一起还给高殷富，但干妈一直在催我，那张薄纸就一直留了下来，藏在文具盒里。

蒋 鹏

刘学信在菜窖里的这番供述，已经不是我最想知道的了。

我从邻居的话中和手头的线索，早猜中这个方向了。但他这一番招供，令我十分惊讶。摔婴案竟然是个复仇事件，背后还隐藏着这么骇人的秘密。原来李淑芳给我下安眠药，甚至还喊刘学信来灭口，绝对不只是出于担忧这桩摔婴案的隐情被查出来。

摔婴案的隐情无非两件事：第一，案件主谋是李淑芳，但她只是口头授意，实际执行的主犯还是刘学信，只要李淑芳口供上坚持不交代，她根本不用承担任何刑责；第二，摔婴案牵出刘立国和陈美娟抢劫杀害高殷富和其女儿的案件，但刘立国和陈美娟均已死亡，这桩案件无非就剩下收尾工作，把两具尸体刨出来，将高殷富和其女儿的失踪案撤销。

摔婴案的隐情不至于让刘学信赶到乡下来杀我，况且，这些隐情我一时半会儿也查不出来。他和李淑芳肯定还有秘密没说，是宁死不说的那种秘密。

我告诉刘学信，我都录音了。

我爬到菜窖口,又回头看他俩。刘学信坐起身,爬到李淑芳旁边。他想扶李淑芳起来,李淑芳可能盆骨骨折了,一碰就喊疼。

我说别乱动,等我找人来——你们还要接受案件审查,一个都回不来。我叫了声刘学信,说你儿子在哪儿,最好安排他住别处,不然没人照顾。

进李淑芳屋子时,我撒了两句谎,问的都是刘学信儿子。李淑芳肯定怕我查出什么,她才给我下药。

"星星不在这!用不着你操心!"李淑芳抢着回答,情绪激动。我不想耽误查案时间,直接爬出菜窖。

我去屋里转了一圈。

李淑芳的卧室有股酒味,循着味道,我发现床下面好多塑料酒桶,很多已经空了。我伸着手去够,提了一桶酒出来。桶是5升的,打开后酒味很怪,不过这怪味我很熟悉。

气味这东西闻一遍就忘不掉,我马上想起天塘小区402室门口的那几袋垃圾,里面泛着同样的酒味。

酒里不知道泡了什么,很浑浊,瓶体还沉淀了一团灰渍。没见过这么难闻的酒,我将它放回了床底。

环顾这间屋子,哪里都怪,窗户全部封死,不像人住的地方。李淑芳的床头挂着一幅送子观音的画像,床尾摆着一些"金元宝",还有一沓烧给菩萨的经文纸,每张纸上都写着一句话:求大慈大悲观世音菩萨保佑吾女安康降世。

屋里没有任何男孩生活过的痕迹,我在杂物房里看见一只35码的球鞋,鞋子破破烂烂,鞋头掉了一块圆形商标,鞋底都是擦痕。那些擦痕很奇怪，集中在鞋头部位。

刘星星十五岁，35码的鞋适合十二三岁的男童，年龄不符。

我发现一堆木料里有个圆形的橡胶片，捡起来一看是鞋头的那块商标，一个足球图案。我立刻想起，昨夜在刘学信废弃的老宅院子里，捡到过一模一样的橡胶皮。

顾不上脚疼，我在杂物房抄起一把铁锹，立刻冲去刘学信的老宅。

破院子的面积挺大，我东挖西挖的，天都快黑了。地被晒得干巴巴的，我使竭了力气，铁锹却总是不吃土。

天黑后，土壤湿润了一些，我举着铁锹又挖了一阵。土层越挖越松，我已经挖了好几处半米长宽、深度半米的坑，这样的挖掘方式可以覆盖埋藏尸体的多数方位，又不至于将所有的面积全部攥翻过来。

我坐在草丛里，已经筋疲力尽。手机电筒开了很久，提示电量不足。我翻翻口袋，烟也抽完了。我很烦躁，将身旁的铁锹丢进了土坑里，突然听见一声异样的撞击声，好像砸中了什么东西。

举着手机照过去，看见坑里嵌着只球鞋，刚费力拔出来，手机突然黑屏了。四周黑漆漆的，伸手不见五指。我一慌，鞋子竟然从手里掉了下去。我赶紧摸出打火机点上，火光照亮了眼前几平米的空间，那只鞋子嵌在一个窟窿里。我将鞋子捡起来，发现坑里埋着两具白骨，骷髅头白森森的眼眶从泥里露了出来。其中一颗骷髅头缺了一块头骨，脑部受过创伤，骨架矮小，像十几岁的儿童；另外一具体形庞大，骨骼粗壮。

按照刘学信的供述，这埋的应该是高殷富和女婴的尸骨，女婴不满周岁，但坑里没发现和女婴年龄相符的骸骨。

我把那具儿童骸骨刨了出来，骸骨头部受创，是个脑部残疾人。这肯定是刘星星，他在十二三岁时就被杀害了。

刘学信实际服刑时间是十二年，刘星星应该在他出狱前后脚被杀的。我没有刨出女婴的尸骨，却刨出一双破烂雨靴，靴子里竟然还有一堆残币。

我抓了一把残币在手上，正准备细看，一阵夜风从我耳边刮过去，火机灭了。我重新打着火机，光圈里多出一截影子。猛一回头，一把羊角锤横扫了过来，我下意识地蹲身躲闪。

袭击我的人是刘学信，他竟从菜窖爬上来了。他左手握着一把羊角锤，耷拉着右小臂。因为骨折受伤的缘故，袭击我的时候，明显气力不足。

偷袭没成功，他慌了，胡乱比画着羊角锤，又朝我扑杀过来。我迅速闪开，他跟跄了几步险些跌倒。我趁势给他一个右摆拳，打在他腮帮部位。我潜身抱住他的腰，来了一招后翻投，他左胳膊着地，也骨折了。

两条胳膊都断了，疼得他满地打滚，两条腿像抽筋似的乱蹬。

我跳进土坑，指着那具儿童尸骨问他："是你儿子吧？

谁杀的?"

我又指着那具成人尸骨问:"是高殷富吧?"

刘学信一声不吭,像个哭丧的女人一样,痛哭流涕。我蹲到他身边,跟他说事已至此,别掖着藏着了,李淑芳把那个三个月大的女婴尸骨弄哪去了?

刘学信

出狱后我听见"酒"这个字,身上的汗毛都会立起来。

干妈迷信,出狱后逼我喝一种怪酒,逼我和马晓莲生孩子。我原以为摔婴案发生后所有可怕的事情都会到此结束,没想到出狱后真正可怕的事情才刚开始。

刚出狱那天,我回到天塘小区找星星,干妈却不理不睬,让我回乡下。我以为星星在乡下,到了那,干妈抱出来一桶酒,叫我带回天塘小区。

"马晓莲住娘家,你接她回来,一起喝我泡的酒,行房事前两个人都要喝。"

我追问星星在哪儿,干妈两眼无神,冷冰冰地说:

"星星我都安顿好了,不会去打扰你,你把马晓莲接回来,再生一个。"

干妈可能是为我的将来考虑,让我和马晓莲趁着还年轻,赶紧要个二胎,星星毕竟不是个正常孩子。

我把马晓莲接回来,她当时已经疯得不成人样。接回来没几天，就跑了出去，我和干妈找了很久。找回来之后，我只能用铁链锁住她，给她灌了两年酒，好不容易她的肚子有了动静。

我是个受过高等教育的人，按道理不能迷信。但这些年经历了这么多邪门的事情，我不得不跟着干妈一起迷信，相信她泡的酒可以给这个家庭带来好运。

如果不是那个警察上门找干妈，我还在期待着好运降临。干妈给警察下了药，打电话让我去善后，到了这一步，我才知道星星早就死了。

星星这个名字是马晓莲起的，怀孕的时候，她说不管生男生女，都叫星星。摔婴案发生那天，我将星星高举过头顶，闭着眼睛砸在我干妈面前，下了决心，他死我也死。

星星命大没死，然后我坐牢了，马晓莲疯了。干妈并没有因此得到复仇的快感，她心有愧疚，害了失眠症。天塘小区的房子挨着马路，晚上有车辆路过，车灯扫到窗户上，干妈更难睡。当时，马晓莲被她娘家人接走，干妈就带着星星去了乡下，乡下住烦了再回来住上一阵。

当年哭坟事件发生时，干妈请过一个马脚婆治邪。马脚婆断言她遇到了鬼邪之物，要驱魔七七四十九天。但没想到我爸和我妈突然上门来认这事，高殷富觉得马脚婆骗钱，原本答应下的酬劳一分没给，马脚婆临走时诅咒了干妈。

后来，高殷富和女儿失踪、我爸坠崖、我妈跳崖，灾祸接踵而来，干妈怕得要死。她觉得肯定是得罪了神明，马脚婆的诅咒应验了。

她将星星养到十二岁那年，又碰见了马脚婆。

马脚婆还是老样子，走街串户搞迷信。干妈把这些年的遭遇都告诉了她，她告诉干妈有一个办法，只要她敢干，当年那个三个月大的女儿就能复活降世。

干妈掏钱求法，马脚婆告诉她：但凡受过凶杀的婴魂都入不了六道，有一种古术，挖开婴儿的墓，用仇人的尸骨替换婴儿的尸骨，再用婴儿的骨灰泡酒，让代孕的女人服下，婴魂就能入胎降世。如果想让婴魂投男胎，就要让屋子里多聚阳气，如果想投女胎，就聚阴气，屋子越阴越好。

干妈信了这套邪说，把屋子的窗户全部封住，把星星勒死，把她女儿的尸骨替换出来，烧成灰，泡了酒。

蒋鹏打电话给警校老同学，说天塘小区33栋402室有个疯孕妇叫马晓莲，被铁链锁在家里需要解救。

过了两天，老同学告诉他，刘星星被害案中牵涉一个神婆，也被抓了，神婆为了骗钱胡乱编了一个还魂法术。为了规避风险，故意加重了法术的难度，她没想到真会有人这么干。

后来，蒋鹏偷偷去过一趟医院。讲这件事时，他让我关掉摄像机，说医院的事跟案子没关系，就不要录进去了。

他打听到马晓莲的病房时，马晓莲刚死，几个护士正围着病床，收拾她身上的管子。

一个护士把口罩揭开，马晓莲的嘴露了出来，嘴角向下撇，唇色发青，微微张开，露出一行牙齿。人已经断气了。

他问这是怎么回事。护士说，她被长期灌酒，灌出了肝硬化，女人又有精神病史，不会表达病痛，错过了最佳治疗时机，肝腹水了。

另一个护士叫他挪挪步子，他才发现自己挡住了通道。护士将被子掀开，马晓莲双手搭在身体两边，肚子高高隆起，肚脐都出来了，内衣似乎绷不住变形的躯体，就要裂开似的。

护士将最后一根管子也拔了，是马晓莲脸上的那一根，从鼻翼埋进去的，很长，拔出来时能看见管子里有褐色的液体。

蒋鹏一阵反胃，转身出了病房。

他说后悔去了医院。回去的路上，脑子里总是回放马晓莲那个隆起的肚子，好像真有什么东西要从那里孕育出来。

抓到刘学信时，蒋鹏本想打听一下阚桂林的事。他是记事本的主人，从源头下手查案，可能更高效。但他当时腿上受伤，刘学信也浑身是伤，他着急脱身，就把这事忘了。

这番折腾伤得不轻，他曾动过放弃的念头。从医院回旅社的路上，他却发现被人跟踪了。

那人穿呢子风衣，一路抽烟，中等个儿，大胡子，穿一双圆口布鞋，跟踪技术很好，一直跟到旅社所在的巷子对面，蒋鹏才从广角路镜里察觉到他。

之所以看出他跟踪，是因为他布鞋上的污泥。

三天前下过小雨，路面早就干透了，蒋鹏之前抄近路去黑旅馆，从一条施工的小巷穿过，那有几个黄泥坑。大胡子的布鞋上也全是黄泥。

他在一个垃圾桶上拧灭了香烟，又续了一根。为了确认不是自己多疑，蒋鹏掉头往旅社旁边的一条巷子去了。

巷子是两栋废弃的厂楼隔出来的，通道不足两米，楼体非常破旧，大片的墙皮都脱落了，露着红砖。楼两侧全是厂区的后门，有十几扇铁门，几十扇玻璃窗户，纵向延伸到巷子底部。

冬日正午的光线很足，巷子里却阴暗冰冷。

蒋鹏躲进一处门槽里，贴靠着一扇锈迹斑斑的铁门。大胡子跟了进来，慢慢朝铁门走来。蒋鹏跳出来，朝他头部打出一个高鞭腿，他右臂一挡，上步给了蒋鹏一肘。打到了蒋鹏胸口，把他击退了四五步。

蒋鹏立刻摆出格斗架势，问大胡子是什么人。大胡子将烟头扔在脚下，又掏烟续上，没吭声。蒋鹏见他抽十四块钱的黄鹤楼，不像本地人。

"是蒋鹏吧，附近有茶馆吗，聊聊去。"

大胡子走上来派烟，蒋鹏退了一两步，不敢放松警惕。

"你到底是谁？"蒋鹏又问。

大胡子笑笑，不回话。他背靠着墙，脱了布鞋清理鞋底的黄泥，一股脚臭味立刻弥漫过来。

"我住天府大桥下面的旅店，遇到麻烦来找我，跟旅店老板报我的名字老夏。"

他拿着布鞋拍打窗台,将鞋缝里卡住的黄泥都拍了出来。蒋鹏听不明白他说的话,正要回问,他已经穿上鞋走出了巷口。路上车多,他抓住护栏,一个猴跳跳过去,往街对面走了。

拉拉案

第三案

蒋 鹏

根据 2015 年 3 月 17 日至 3 月 18 日的采访录音整理而成

我给伤腿换了药,抓紧时间查下一个案子。

我翻开笔记本,第三个名字叫吴乐,卦例如下:

虽然卦看不懂,但阚桂林的断语我读明白了,他说吴乐要么娶不到老婆要么害老婆。

服刑档案上的照片,吴乐身形魁梧,眉眼英俊,虽然剃了光头,但能看出来嘴角和腮帮部位长了细密的胡须,是个可以蓄出金刚脸胡型的美髯男。

1997 年 2 月 14 号晚,情人节,他在市区五爱广场试图殴打一对在附近游乐场亲嘴的"拉拉",两个女人逃脱。吴乐不罢休,一直跟到女人的住宅,冲进她们的厨房拿刀乱砍,一个女的脸上挨了一刀,左耳朵被削掉半截,锁骨被砍断。另一个冲上来护着,后背挨了五刀。

两个受害人在案件笔录里声称不认识他。警察当晚便抓到人,此人是无业游民,并且是黑户。口供里,他说自己叫吴乐,脑部受过创伤,什么事都记不起来。

警方找人为他做过精神鉴定,鉴定结果显示他脑子清醒,什么病都没有。

207 吴乐测婚恋

97年8月11日

丁丑年戊申月乙酉日

中孚	观
官鬼．卯木	官鬼．卯木
父母．巳火	父母．巳火
兄弟．．未土 世	兄弟．．未土 世
兄弟．．丑土	官鬼．．卯木
官鬼．卯木	父母．．巳火
父母．巳火 应	兄弟．．未土 应

断：卦为游魂，居无定所，颠沛流离，无婚缘。兄弟持世，世爻空亡，伤妻无妻之象。

案发后，该笔记本保存在警方物证室

这中间还有一个插曲。为了确认他的身份，警方做了大量筛查工作，最后还是一个办过一起杀人分尸悬案的刑警，恰好认出他和这个叫张明强的男尸生前照片高度相似，蹊跷的是，这个案子是三个月前的。张明强生前是个猪肉贩子，尸体被发现的时候已经碎了，案子还悬着。根据当时的资料记录，当场就确认了他的身份，死亡证明都出了。之所以身份确认得这么快，是因为现场不仅留有衣物和身份证，碎尸里还有一块巴掌大的肉皮，上面文了船型图案。张明强唯一的亲人——他奶奶就是通过这个重要的身份特征，一眼就认出是自己的孙子，老人也因此一病不起，很快就撒手人寰了。

刑事诉讼法里规定，对于犯罪事实清楚，证据确实、充分，确实无法查明犯罪嫌疑人身份的情况，可以按其自报的姓名起诉、审判。

吴乐被法院判了十一年有期徒刑，实际服刑九年，2006年2月13号释放。

一时半会儿不知道该去哪里找吴乐，我决定先从两个受害者入手。

当年的两个受害人一个叫赵桃，另一个叫胡兰。手头的资料显示，案件发生在赵桃家，地址是五爱家园9栋一单元301。

我到达五爱广场的时间是中午，广场上很多人在晒太阳，都是老人和孩子。五爱家园是这附近一片最老最破的小区。我爬到三楼,敲了敲301房门,一个穿睡衣的女孩探出半个脑袋。女孩看起来二十多岁的样子,披散着头发,迷糊着眼问我找谁。我说明自己的警察身份,告诉她我找赵桃。

"赵老师把房子租给我们了,你找她有事吗?"

我向她打听赵桃的住址,她摇摇头说不知道。我正准备离开,屋里传来另一个女孩的声音:

"赵桃是××大学的老师,她下午一般都泡在图书馆自习室,可以去那儿找。"

离开五爱小区后,我直奔大学图书馆。

赵桃是大学教师,这条线索令我惊讶。路上我联系派出所的熟人帮忙,让他查一下赵桃和胡兰更详细的身份信息。熟人只查了赵桃,胡兰的要再等等。

赵桃出生于1972年,硕士学历,大学教师。丈夫叫孙尚,是个商人,他在1996年11月4号用厂房做抵押借了高利贷,然后就失踪了。赵桃至今一直独居,没孩子。

熟人把赵桃的照片发了过来,是很久之前拍的,看上去才二十几岁,脸上露出两个梨窝,保持着职业性的微笑和端庄坐姿。

校园图书馆在西侧,要穿过一条马路,路边是两排几十年的老梧桐。图书馆矮小破旧,进去后环境却很舒适,自习室空间很大,我四处转了一圈,在东墙角看见一个穿蓝色卫衣的女人,短发,戴着金属边框的眼镜,乍一看像个男人,正埋头看一本厚书。

我挨着她坐下,问是赵老师吧。赵桃抬起头来,露出礼貌性微笑，眼尾泛起几条细纹。

我说可否换个地方，想跟她聊聊以前那桩案子。话没说完，她就变了脸色，说以前的事不想再提，起身便走。我追问胡兰现在还好吗？她脚步停了几秒钟，然后快步离开了图书馆。

我感觉赵桃像是在避讳什么。

出了图书馆，我在路边抽了支烟，自从开始追查笔记本上的案子，我的烟瘾变大了。三五成群的女生抱着脸盆，从操场旁边的澡堂走出来，头发湿漉漉的，不同的洗发水香味儿飘在空气中。续第二支烟时，手机响了，熟人发来了胡兰的背景资料。

胡兰生于1973年，原是一家卡拉OK的三陪小姐，无婚史，但有个女儿，尿毒症死了。她和赵桃认识时间不长，不到两个月就发生了伤害案。案件发生后，她就和赵桃断绝了关系。她曾在平溪大桥下面当过几年野鸡，但伤害案之后，她脸上有疤挣不到钱，就去清真广场夜市摆摊，现在住在草庵巷。档案上是她二十岁左右的旧照，浓妆艳抹，挺妖艳的。

清真广场是城里回民的集散地。我在广场上转悠了三天，找到了胡兰。

那天晚上，我顺着广场上的一排夜市摊往前走，一个蓝棚子小摊上卖炒饭炒面的女人吸引了我的注意力，她颠勺的动作相当熟练，一簇簇火苗都快蹿到她的鼻尖了。吸引我的并不是她炒饭的动作，而是她戴的那只皮耳罩。那天一点儿也不冷。

我朝她走了过去，问她有什么吃的。

她的脸上有很多雀斑，头发盘着，戴着黑色袖套，围裙兜里装着一包烟。

"自己看，都在摊面上。"

我拿了四瓶酒，不一会儿，她把我点的牛肉炒饭端了过来，又递给我了一碟醋泡花生，说一份炒饭就不了四瓶酒。我慢吃慢喝，炒饭吃完又要了馄饨，还叫了炒面，从十点多一直吃到凌晨一点半。

她说要收摊了，催我结账。

"认识赵桃吧，想找你聊聊1997年那事。"

我边说话边从钱包里掏出两张百元现钞，拍在桌面上。她看了看钱，点着了香烟，坐了下来。

"还有啥说的，一张面孔被弄成这样。"

她脸上斜着一道疤，从右眼角一直到左鼻翼，愈合的伤疤像一条十厘米的蜈蚣。她朝我吐了一口烟，摘下了耳罩，左耳朵只剩一半，卷着。

"喏，看看这里。"

她穿着一件黑色羽绒服，胸口敞开着，里面穿着一件白色薄毛衣。她弯着腰，将领口掀开给我看。锁骨部位有一道刀疤，她将领口拉得很长，好像故意要让我看清那两个垂瘪的乳房。

我让她坐下。她抽了一口烟，慢吞吞地说：

"知道我为什么那行做不下去了？我再怎么脱光了伺候，男人都把我当个怪物。"

我没接她这话，问她怎么认识赵桃的。

她说："当年赵桃去唱卡拉OK，剪个短发，穿男人的T恤，还抽烟。不注意看，以为是个男的。她一个人去唱歌，点我陪唱，唱到半夜问我肯不肯出去。我知道她是个T，但1996年敢出来这么玩的很少。那时我缺钱，手头紧，男女都不管，就跟她回家了。两人抱了一宿，啥事也没干，第二天她给了一千，那年代没遇到过这么豪气的，以后就常出来跟她耍。"

她抽完烟，伸手比画着脸，比画着腰，站起身拍了拍臀部，夸自己从前的姿色绝对男女通杀。

我问她，认不认识砍她们那人。

她不再吱声，只顾着抽烟，烟抽掉半截突然开口：

"我反正不认识。"

"赵桃认识？"

她说她和赵桃就认识两个月，跟她也不算熟，只知道她是个文化人。赵桃知道她有个四岁的尿毒症女儿，案子发生那天，赵桃说要出钱给她女儿换肾。那时候换肾的钱是天文数字，但赵桃不像吹牛。她觉得赵桃要真这么做了，自己就跟她过日子，管她男人女人。结果那天吴乐就出现了，一见面就揍她，然后追到屋子里砍她，刀刀照死里砍，要不是赵桃扑过来护她，她肯定没命了。

我问她当时在笔录上怎么不说实话，她说："赵桃是大学老师,性取向问题会影响工作,说多了不好。我出院的时候,她给了我三千块钱,我们就再没来往了。"

我和胡兰在清真广场聊了一个多小时,她说困了,得回去睡。她把桌面的钱收了,又去收拾桌椅。我问她女儿啥时候死的。她说,早死了,小孩得了那种病都活不到成年。我问她孩子爸爸呢。她说,出来做事早,啥事不懂,也不知道是哪个客人的,舍不得打掉,就生了。

我又递她一支烟,两人站路灯下抽了一会儿。她离开时突然扭头对我说:"那男的,当时的架势想砍死我,赵桃护我的时候,我隐约听见她不停地喊着他的名字,好像两个人是认识的。"

吴 乐

赵桃挺闷的一人,但她还总骂我三脚踹不出个屁,我比她还沉闷。说这话的时候,我和她还是小学同学。

那时她留着又粗又黑的麻花辫,老是皱着眉头。其实她笑起来很好看的,有两个梨窝,特别讨喜。我们不是一个镇的,她是借读生,从小学到初中都是我同桌。

她成绩好,小学有次数学考试,我想抄她卷子。抄完之后,我以为能进一次全班前十,为了不引起怀疑,我还故意答错了两题。成绩公布下来,赵桃第三名,我倒数第三。后来才知道,她跟我耍心眼子,给我抄卷子时,选择题故意全写错，交卷时又偷偷改过来。

我那张卷子的选择题全错，数学老师抽了我两巴掌，说闭着眼瞎填都不至于全错。为这事，后来整个小学期间，我和赵桃一直关系不好。两人都不说话，暗里较劲。

赵桃她妈漂亮，但没遇到好男人，离婚后带着她再嫁了个有钱的后爸。学校的老师说，赵桃是沾了她妈的光。

我家穷，父亲在石头厂干了两年，本来为了建房攒的钱结果买了棺材办了丧事。父亲的工友们说他采石头没给山神敬香，所以被山神收了身体，埋在坍塌的巨石堆里。石头厂出了安葬费，家里人挺感激的，毕竟矿场是没有城里人那些劳工保障、工伤事故赔偿什么的。

头七刚过，母亲就改嫁了，她本来就是父亲从贵州买来的。奶奶没拦着，毕竟已经给家里留了后。乡下人遇到什么事都想得开，想不开也得想得开，都得活着。从那以后，就是奶奶养着我。

我和赵桃虽然关系不好，但她有了好吃的都会分给我。上了初中，赵桃变了，我也变了。她个子高，胸脯大，总穿束胸的衣服，一到夏天，后背和前胸都勒得湿透透。我个子也长高很多，体毛格外旺盛，她总帮我揪胡子，揪完叫我用胶带纸粘她嘴唇上。她喜欢假扮男孩。

初二暑假，我和赵桃在一个野池塘划船。我穿着短裤打着赤膊，叉开腿，站着划船。赵桃坐着，举着头，瞧我的裤缝。

"这东西又丑又黑又大。"

我害臊死了，把腿并拢。赵桃让我往一片水草地里划，要我脱了裤子给她看个够。那天她看了半个多小时，我说要撒尿，她才撒手。

从那天之后，赵桃总会提同样的要求。我臊得慌，但也不知道为什么，每次都遂她的愿。

看的次数多了，我要求赵桃也脱裤子，各看各的才公平。赵桃说她那里什么也没有，没什么可看。我说，就是什么没有才好看。

赵桃叹了口气，说：

"自己这辈子注定命苦，就因为那里什么也没有。"

当时，我不懂她这话是什么意思，硬要扒她裤子。她哭了，说继父扒过她的裤子，她这辈子都不会给男人看那里。

那时候岁数小，我还不知道赵桃心里究竟什么想法，光知道她和其他女孩不太一样。一直到我辍学卖猪肉，赵桃考上大学，我继续卖猪肉，赵桃当了大学老师，我才稍微懂了一些她的情况。

是她亲口说的。

那天下雨，她捧着一本书，坐在我的小肉铺里。她很久没回老家了，那天回来是专门来找我的。

雨很大，没人来买肉，我在桌案上剔骨，她捧着书读了起来。读的什么书我不知道，她喊了我一声，让我听她读一段。有两只湿漉漉的土狗跑进肉铺，蹲在桌案边上。我想撵狗，她让我认真听，她读道：

"虽然同性恋现象古而有之，但同性恋这一概念却是晚近才出现的。随着十九世纪对人类个性发展与人类性行为研究的开展，人们才开始了对同性恋现象的研究，创造出同性恋这一概念。今天社会学研究中普遍采用的同性恋一词，英文写作 homosexuality。homo 这一词根的本意是希腊文'同样'之意，而非拉丁文'人'之意。"

她读完了，看着我。我去撵狗，不明白她读的是什么东西。当时，我已经二十五岁，男女之间凹凹凸凸，裤裆里多一块少一块的事见多了，但同性恋的事没见过，不懂。

狗夹住尾巴跑进雨里，雨越下越大，扬起一阵烟。我走到案台前，继续剔骨，在肉上划开一道长口子，把两根大骨头从肉里剔出来。然后我把刀插在案台上，看了看赵桃，冲她笑了一下，说道：

"你就是想当个男人婆呗。"

我知道赵桃是那种灵魂和肉体不匹配的人，这话文绉绉的，是我从赵桃嘴里学来的。赵桃的灵魂是个男的，但她裤裆里什么也没有。

即使这样，一点也不妨碍我喜欢她。

在我这很简单，她灵魂上有什么要求我就去办，她肉体上有什么要求我也去办。她自己矛盾，是她自己的事。我喜欢她，我只要做好她喜欢的事。

她专程来找我，又告诉我她最隐秘的事，我觉得她有事请我帮忙。

"有什么事，你尽管说，我能办的指定帮你办，不能办的也想办法帮你办。"

我说得这么直接,赵桃倒说不下去了,安静了好一会儿才开口:"你知道我不打算结婚的,你也知道我为什么嫁了那么个人。"

赵桃说过不结婚,但她拗不过继父,又怕自己离家后母亲会遭受到报复,只能先订了婚,继父才放她去念大学。后来,她就嫁给了孙尚。孙尚是赵桃继父生意上的伙伴,个子只到我肩膀,西瓜肚,以前开过狗肉店,后来办了食品厂。

别看赵桃是个大学教师,发起牢骚来也是个小女人,她一口气说出了孙尚的几十条恶习。不过,她真正觉得没法跟孙尚过日子的原因,是孙尚总打她。这人以前开狗肉店,在店门口杀狗给路人看。狗脖子上绑着链条,一人牵着,狗尾巴被另一人拉住,他一刀就能把狗头给剁下来,比我杀猪狠多了。

"你知道那家伙多变态?"

赵桃说激动了,把书放下,站了起来,她穿了一件男款衬衫。我摸烟抽,她要了一支。

"什么时候学会抽烟了?"

她不理会,抽了一口,烟雾和话音一起喷出来。

"那个杂种!还带了个小姐回家,当着我面干那事,让我跟着学。"

我本来想笑的,没想到赵桃非常严肃地看着我说:"敢为我杀人吗?"

蒋 鹏

在清真广场，胡兰说的那番话给了我启发。她说赵桃出手阔绰，还准备出钱给她女儿换肾。1997年，赵桃当大学老师不到一年，哪来这么多钱。她老公孙尚可是欠了高利贷失踪的，厂房都被人拿走了。

吴乐是黑户，但他绝不是从石头缝里蹦出来的，身份信息肯定是刻意隐瞒了。当年办他案子的那批人太大意，急着交案，才让他真实身份这事搪塞了过去。

我去了赵桃老家。

她家住宅面积有五百平方米以上，院子的围墙很高，楼房外面有七八台空调外机，一看就是村里的土豪家庭。

院子这面有扇不锈钢推拉门，没锁，我拉开一条缝，朝屋里喊了两声。一条博美冲出来乱吠，一个穿鸡心领毛衣的老妇站到了窗口，六十岁左右，头发白了半片，但很精神。

我走进院子，站到窗口，自称是赵桃的学生，路过此地，来拜访一下。

"她的事你找她，她早就不回这里了。"

老妇关上窗户，隔着玻璃冲我摆摆手。狗跑回屋子里，绕在她的脚边撒娇。

我看了看屋内，又走到大门往里瞧了瞧堂屋，香案上摆着一张遗照。照片里是个留有小胡子的中年男人，小眼睛，地中海发型，估计是老妇的丈夫。照片泛黄，应该死了很多年了。

离开院子后,我去村办公室找书记,自称是调查赵桃丈夫失踪案的警察,跟他打听赵桃的情况。

村支书给我泡了茶,说赵桃早就不怎么回乡下了。他和赵桃同龄,记得赵桃小时候成绩很好。

他说,赵桃和家里人关系不好,但从来不吵不闹,总是冷冰冰的。1996年,她继父赵修平掉进村口池塘淹死后,她就再也不回家了。赵修平死了,办丧事她都不回来。也不知道一个当老师的,咋这样?要不是家里条件好,那年代哪有大学给她念。她母亲前年胫骨摔骨折了,村里打电话给她,她都没来看一眼。这女的有文无行,基本的孝道和子女义务都不管,书全白念了,念到狗肚子里了。

我问书记,赵桃没考大学之前在村里有没有关系好的人。书记摇摇头,说她这人孤傲。

我又问书记,赵桃继父的具体死亡时间。他想了一会儿,说是1996年12月。我跟书记道谢,准备离开时,书记说,"赵桃小时候的玩伴,我就想到一个人,邻镇卖肉的小强。"

我询问小强的全名和住址,书记说:"全名叫张明强,但1996年莫名其妙地就被人杀了,和赵桃的继父,是前后脚死的,刚才回想赵修平死亡时间,我突然想起这人。"

张明强这名字,我印象深刻。

吴乐的案宗里提到过这人,说他长得和张明强很像。但当年警方已确认张明强死亡无疑,尸块虽然没找全,但尸块里有张巴掌大的人皮文身，是鲜明的身份标记。当年DNA鉴定是很麻烦的事，尸块里出现了这么明显的身份特征，家属也进行过确认，基本就确认了。

我从手机里翻出吴乐的照片，让书记看，问他像不像张明强。书记说，看着像，但张明强不是村里人，不熟，不能肯定，印象里那人也是头发很密，一张毛茸茸的猕猴脸。

我去了张明强住的村子。

据村里人讲，张明强的奶奶前两年得病去世了，眼下张家一个人也没了。

他家住在村东头的矮山坡，那本是个废弃的稻谷加工作坊，后来被张明强买下来杀猪。

我站在作坊前面，那土砖屋破破烂烂，装着两扇被蛀空的木门，门上挂着一把锈迹斑斑的挂锁。门上的子母合页快被锈烂了，我抓住门一阵猛晃，合页掉了下来，门开了。

作坊里潮气很重，砌着几个水泥猪舍，铁栏门倒了一片，猪舍里的茅草也烂了，一股怪味。猪舍最里头隔出了一个大约十平方米的房间，有张木板床，一台碎了屏幕的黑白电视，几双胶底球鞋。

我在水池旁发现一块拱形金属片，像发动机上的铭牌。金属片正面朝上，上面锈迹斑斑，刻的字已经分辨不出，但是反面却没怎么生锈。我将它装进口袋，离开了。

抵达城区的时间正好是晚饭点，我想找人把金属片上锈烂的刻字复原。

之所以带走这块金属片，是因为它锈蚀的状态很奇怪，这块金属片正面锈迹斑斑，说明这是一台老旧机器上的铭牌，但反面却光洁如新，又说明刚掉在地上没几天。作坊里最近几天肯定有人去过，究竟是谁来过这儿，遗落了这块金属片？

按警方证据，张明强无亲无故，况且已死亡，作坊的门上又有挂锁，谁能用钥匙开门进来？

路过市区天府大桥时，背后突然有人喊我名字，我吓了一跳，转头一看，是之前跟踪过我的老夏。

"蒋鹏，别走了。"

他站在桥墩位置，照旧抽着烟。这次，我一点没觉察出被跟踪了。

"那块金属片，交给我，我有办法帮你复原。"

我四下看看，确定没有其他人，走到老夏面前警告他，别再跟踪了。

我转身正要离开，老夏拉住我，说："你这人缺脑子吗？帮你的都是什么人，你不清楚啊？别毁了老同学们的前途。"

他这么一说，提醒我了。我立刻给帮着办事的同学打电话，号码已经拨不通了。

"我现在是唯一能帮你的人，当然了，你确定不需要帮手，我也可以走。"

老夏抽着烟，盯着我。我看了他一会儿，说帮忙可以，但得听我的。

我之所以答应老夏，是因为从这两次跟他接触的感觉，我几乎肯定老夏是警察，不然他的信息来源不可能这么快，而且这么准。但我想不出来他为什么既不对我表明身份,又没有干涉我。也许是上级要求的吧。不管是什么原因,只要他愿意帮我,对我肯定是好事。

天府大桥是立交桥,桥下面是一条老旧的商业街,一到夜晚,洗头房的灯箱全亮了,闲杂人员就像被灯光吸引的蚊蝇,密密麻麻地聚集而来。有同学从警后,常来这里扫黄扫毒,桥下什么人都有,什么都有得卖。

老夏把我往东南方向引,那有一家很破的黑旅社,招牌上的灯光字都掉了,不过残余的胶水轮廓能看出店名——文明旅社。

旅社前台是一个臃肿的女人,店内没开空调,女人的面前放着电暖扇。她躺在一张脏兮兮的布艺沙发上煲剧,肚子上摆着一盘瓜子。

老夏把我带到他住的303号房,房间布置得很有意思,东面搁一张仿红木案台,上面摆着文房四宝;西面是两个大音响,正播着崔健的《一无所有》;南面是床;北面放着张桌子,堆着各种修理工具,像个修手表的摊子。老夏趴桌上捣鼓了半天,复原了金属片上的刻字。

上面写着"蕙翔牌立式绞肉机"。

吴 乐

赵桃让我帮他杀孙尚,我答应了。

过了两天，她又来找我，这次给了我一沓材料和一个地址，让我去帮她贷笔款，40万。那些资料我也看不懂，但事帮她办成了。

办完事那天晚上，赵桃开车带我回城。进城之前，我把杀猪刀磨利索了，用毛巾包住，带在身上。

路上赵桃问我怕不怕，我说怕啥，杀人肯定没杀猪费劲。我问她，人弄死了咋处理。她说，怎么处理猪就怎么处理人。

到了提前定好的宾馆，赵桃叫我先睡一会儿，夜里两点起来办事。宾馆在五爱广场，对面就是赵桃的家，她会给我留门。

我在房间抽烟，一包接着一包地抽，背上冒汗，身体发抖。第一次学杀猪，我就是这尿样，最后我咬咬牙扑了上去，猪肚子被我捅得像个马蜂窝。要去杀人了，这种感觉比第一次杀猪更强烈。

我隔几分钟就抬头看钟，那钟走得太慢。人一紧张就容易累，我不知不觉睡着了，醒来时快四点了，抱着刀赶紧去赵桃家。从宾馆到赵桃家只要穿过半个广场，一路上我反复告诉自己，别怕别怕，把人当猪杀。

到了赵桃家门口，我见门半掩着，悄悄地进了屋子。屋里黑咕隆咚，我轻轻地唤了两声赵桃，没人应我。我想我是来杀人的，不是来偷东西的，就鼓足胆量提高声调又喊了两句。

我摸到墙边的灯，屋里突然亮了，我眼前一晕，吓了一跳。

地板上全是血,赵桃披头散发,光溜溜地坐在血泊里,手上拿着水果刀。她丈夫趴在两米开外,血是从他肚子下面流出来的。

赵桃面无表情地说:"我以为你不敢来,就自己动手了。"

我叹口气,说:"反正出了事我顶着。"

我让赵桃先把尸体运走,不然天要亮了。清理现场的时候,我瞄了瞄卧室,床上乱糟糟的,挂着手铐、皮鞭。我指着尸体问赵桃:"他平时就这么对你?"

赵桃瞥了一眼尸体,没有回答我。我上去狠狠地踢了尸体一脚。

忙到五点,我们将尸体挪进车子后备厢,赵桃开车带我回了乡下。我把尸体扛进作坊,赵桃去拿拖把,到处滴着血。我们一前一后走着,路过猪舍,一群猪闻见了血味很兴奋,咕噜噜地叫。

屋里有台平时处理猪肉的绞肉机,赵桃的意思是把尸体绞了。我说这要是绞了人,以后还怎么绞猪哦。赵桃骂我傻,她说已经有40万了,还卖猪肉呢。我把尸体剖了、去骨,绞了几小时。赵桃躺床上看书,书是从车里拿回来的,很厚。她看了一会儿书后睡着了,我绞好肉她才醒。

"都照你意思办了,接下来咋办,够包几个月饺子了。"

我扶着绞肉机跟她开玩笑,也不知道怎么回事,看着赵桃卧在我平时睡觉的床上,我心里很得劲。

"知道我看什么书吗?"赵桃问我。

我说:"管你看啥书,反正我都不懂。"

她说,是一本讲密宗的小说。我问她什么叫密宗。她说,就是不能公开说,只能偷偷修炼的宗派。我问她修炼什么,她说修自己灵魂,她的灵魂是个男的,充满了欲望,必须把它从肉体里剥离开来。

我骂她,别这么文绉绉,什么灵魂不灵魂的,听着瘆人。

"你愿意当我的灵魂吗?"

她很认真地看着我,眼睛瞪得大大的。我说:"要我为你干啥都行,别再叨叨叨问个没完。"

"脱裤子。"

赵桃盯着我看。

"怎么还像以前那样?以前给你看,是因为年纪小。现在看,我怕忍不了……"

"不是看那个,看文身。"

文身在我的左腿根部,初二辍学时,赵桃替我画的,一艘木船。我用针照着刺了下来,没刺好,模模糊糊的。我脱了裤子露着文身给她看,她问,能忍住痛吗。我问,要干吗?她说,要没收这个文身,没收了,我就不是我了,没有肉体了,就可以给她当灵魂。

我让她去工具箱里找把锋利点的刮皮刀,嘱咐她下手利索点,她的样子有点儿吓人,但我也没再多问,为了她我把人都绞了,干什么都行。

赵桃刮这块文身皮,费了好半天功夫,疼得我半条命都没了。

她帮我简单包扎了一下，说待会儿回城再找个黑诊所处理一下。还说以后我干什么事都只能在暗处，看病要去黑诊所，坐车要坐黑车，住旅馆也得是黑旅馆。

我皱着眉头，脸上都是汗，问她为什么自己要这样？

她举着那块巴掌大的文身皮晃了晃，说道：

"你呀，已经是没有肉体的人，是我的附属品，是我那个男性的、充满了欲望的、飘飘荡荡的灵魂哪。"

我骂她，都疼成什么样了，怎么还文绉绉的，书看多了，脑子都不好了吧。她笑了笑，叫我把衣服裤子全给她，钱包和身份证也给她。

之后的事情都是赵桃忙活了，她找到个塑料袋，装了一些尸糜，把文身皮扔在里面，钱包和身份证也扔在一起。看她做完这些，我明白自己已经消失，在这个世界上，我已经是个死人了。

我问赵桃：

"那我以后叫啥名？"

她歪着头想了一会儿，说叫吴乐。我问这名啥意思。她说，无乐就无欲，无欲就无苦，无苦就不用怕地狱。

我骂道，又她妈的文绉绉了，吴乐就吴乐吧。

蒋　鹏

赵桃的丈夫叫孙尚，当年借了40万元的高利贷。90年代，市区放大额高利贷的公司就一两家，不难查到。

我找到了经手那笔贷款的社会大哥，软硬兼施才说动大哥在茶楼见我。他一头白发，眉毛和胡子却是黑色的，穿着毛衣开衫，胸口挂着墨玉佛牌，左右站两个剃着光头的小弟。他说，当年来贷款的是个男的，拿着孙尚的身份证和工厂产权方面的材料，贷走四十几万元。我也看得出来那男的不是孙尚本人，但是他不计较利息，手续又齐全，我立马就给他办了。我问他贷款那人长什么样。他说，挺年轻的，身材魁梧，虽然刮过胡子，但看得出，跟我一样，好男一身毛。

大哥说完，我拿出几张复印好的囚徒照片给他辨认，他扫了一眼，指了指吴乐那张。

从茶楼出来，我决定去一趟"蕙翔立式绞肉机"以前的厂子。

那里已经改成一家电动车厂，但绞肉机厂的老板也是电动车厂的股东之一。我给他看了金属片，他说这款绞肉机是2006年接的一批定制单，当时是很先进的设备，厂里只留了两台。

老板告诉我，购买绞肉机的是一个男人打扮的女人，所以对她印象比较深，是春节假期刚回来上班的时候。我查了一下，2006年2月左右和吴乐的刑满日期相近。

吴乐刑满不久，赵桃便购买了绞肉机，这种型号的机器是猪肉贩子专用的。但是吴乐出狱后并没有继续经营猪肉生意，赵桃是个大学教师，她根本用不着这机器。

老夏帮我想办法，弄到了赵桃生活区域近年失踪人员的名单，时间起点是2006年2月份，也就是吴乐出狱的当口。

这个范围内一共有33名失踪人员，男性9人，女性24人。

老夏给我打印的名单上，标记了六个名字，其余均已结案。

这六名失踪者均为女性，其中五名都从事色情行业，体貌特征也差不多，且这五人均在12月17日失踪，2007年到2011年，每年的这天失踪一人。

例外的这名女性是大学生，失踪时间是2006年2月，失踪时正在赵桃的房子里租住。

我不知道12月17号有什么特殊含义，但如果这是个连环案，我查案的这个月也会失踪一名色情行业的女性。

晚上，我去了紫金温泉会所，前台服务人员连忙给我递来手牌和拖鞋。我冲她摆摆手，说找二羊。没一会儿，服务员用对讲机喊来两个高大的保安，他们用手扶着我的肩膀，将我往浴场外面请，说，这里没什么二羊。

我反手给右边的保安来了一个背负投，左边的保安没来得及反应，我一个后摆腿已经将他撂倒。

"二羊，给我滚出来。"

我在大厅大吼。

之所以这么高调，并不是我忘记了自己通缉犯的身份，是因为紫金温泉会所是个淫窝毒窝，这里没人会报警。

二羊是这家会所的老板，混社会的活闹鬼，有吸毒史。他个子不高，身材肥壮，左臂刺着一条过肩龙，脖子上挂着一块大金牌。他原来和几个冰妹（陪伴吸毒的卖淫女）躲在夜店包厢里溜冰被抓过。这狗日的是我初中同学。

我在大厅喊了几声，二羊终于露面了。他叼一支雪茄，穿着休闲西装，大背头，脖颈处又多出一个"佛"字文身。

"乖乖，我的蒋大警官来啦？不得了，这么大动静找我，干什么事啊？"

我把他叫到浴场外面，让他帮我找个冰妹。他张大嘴巴问道：

"你他妈好好当你的警察，怎么还好这一口？"

"滚你妈的，老子可不像你，自己毁自己。"

我说话过头了，他立马扭头走。我拽住了他的胳膊，说道："二羊，我现在是狱警了，你爸就关在我上班的地方。"

二羊高中那年，他爸在市区蹬人力三轮，某天没活回家蓄茶水，撞上二羊他妈偷人。他爸一来火将他妈砍死了，被判了死缓。二羊本来成绩比我好，后来就混社会去了。

"兄弟，老子早就不玩这口了。"

"你放心，我没必要来钓你，况且我不是公安，不干狗拿耗子的事儿。"

"我只能托朋友安排，和我没关系啊。"

"行，让我挑挑人。"

和二羊聊完，我去了浴场包厢，不一会儿，来了四五个冰妹。她们穿着蓝色包臀裙、露脐衬衣、黑丝袜，双手掐在细软的白腰上，搔首弄姿。

我挑中了一个身材和气质与胡兰差不多的女孩，让其余的冰妹离开。

"你叫什么？"

"66号。"

"你多大了？"

"你是办事呢还是查户口？"

女孩朝我眨巴眨巴眼，开始脱丝袜。我赶忙制止了她，说不干这种事，干别的事。女孩笑了，朝我挤眉弄眼，手搭到我肩膀上，说：

"知道你是警察，二羊早说过了，试探试探你，警察也是男人。"

我把女孩的手拿开，从口袋里掏出两千块钱给她，跟她说这是预付款，事情办成了再给两千。

"是不是去钓鱼？"

她仔细数着钱。我说"嗯，是个杀人犯"。

"睡过老娘的男人有一半都成了杀人犯，这些人都吸毒，吸毒的弄不好就去杀人了，怕啥？"

我问她怎么吸上毒的。她白了我一眼，说每个人有每个人的命，别什么都想问什么都想查。

我说，行，咱俩现在是拍档，但事情很危险，什么都得听我安排。她把钱塞进黑丝袜里，手指在我胸口点了点说，少吓唬人，事情成不成，我都必须掏钱。

说完，她又问："去钓什么人？"

"一个女的，大学老师。"

她眼睛眨巴了两次，兴奋地问道：

"钓T是吧？"

"明天开工。"

第二天，我带66号去了大学校园。她穿着简单，毛衣、牛仔裤、短靴，手上还夹着一本书。

现在想起来，只能说我当时满脑子只有查案的执念，根本想不到这样钓人有多危险。

我看了看书名，是《红楼梦》。我问她："你平时真看这书？"她说这是中学时期的课外读本。

我夸她机灵，问她准备怎么勾搭赵桃。

"你确定她是T吗？"她歪着脖子问我。

我点点头。

"怎么撩男人就怎么撩她呗。"

我说"行，这是你的专业"，然后给她指了指图书馆的方位，又给她手机上发了赵桃的照片。她转身进了校园，我盯着她的背影，她右手放在臀部，朝我摆出一个"V"形手势，扭了扭胯。

我去了学校对面的网吧，要了个包间。我的口袋里有个小型望远镜，但观测距离只能达到图书馆门口。

两小时后，66号终于从学校出来了。我赶紧迎上去，问她什么情况。她白了我一眼，说，也不看看老娘什么姿色。她直接坐到赵桃旁边，写了个纸条递过去，手大大方方放在赵桃大腿上。两人立刻互留了联系方式，晚上就约会。

我点点头，让她晚上去赴约。她说如果要上床，得再加钱。我说行，但如果有什么其他情况，立刻给我发消息，我就在不远处守着。

她问这话什么意思，什么是其他情况。我让她别多问。

当天晚上，两人果真约会去了，我一直跟着。她们喝咖啡、看电影、逛街，赵桃给66号买了不少东西。夜里十点多，赵桃带66号去了教师宿舍楼，十二点多，我见楼里熄了灯。

凌晨一点，我给66号发了个问号过去，她很快回复一个"OK"手势。我很困，但为了防止吴乐随时出现，我在楼下守了一个通宵。

一整晚没动静，凌晨我又发消息给66号，让她起床后到街对面的网吧找我。早上八点多，她来了，脸上红光满面，手上大包小包。我问她昨晚什么情况。她说，还能啥情况，上床呗，她还挺温柔，比和男人过瘾。

我说："你以后在那过夜，记得给我发视频，设置静音，让我看见屋内。"

我还让她不许睡着，每隔20分钟在视频里咳嗽一声。她怀疑地看了看我，说少这么吓唬人，自己啥场面没见过，这么小心谨慎干什么。我脸色铁青地看着她，她才使劲儿点了点头。

突然，她朝我眨巴眼睛，坏笑着问我：

"你呀你呀，是不是有特殊性癖好，喜欢看拉拉上床？"

"没空和你解释，爱怎么想就怎么想，照我说的办。"

和66号分开后，我找老夏帮忙，租了辆车。第二天，66号又去和赵桃约会，我开车跟着她们。

到她们第三次约会，一切还是老样子。我在车里看了看手机屏幕，66号的视频还开着，她将摄像头对着床尾，卫生间门口亮着一盏射灯，灯光微弱。我看见床尾有只脚在蹬床单，蹬了一会儿就直挺挺地不动了，脚趾上涂了指甲油，肯定是66号。

我赶紧从车上下来，准备冲到楼上，突然手机震动了一下，是66号，她让我抬头。我看见她已经在卫生间洗澡，两个乳房贴在窗玻璃上，朝我抛媚眼。

手机上又发来一条信息："没想到你还挺在乎我，真是一宿一宿不睡啊。"

我让她别闹，赶紧躲进了车内。

天亮之后，我照旧和66号在网吧的包间见面，她嬉皮笑脸地坐到了我腿上。我让她起开，然后开车送她回去。

在车里，她说，赵桃今天下班后约她去乡下吃螃蟹。我说，行，但要等我到了之后才能赴约。

我准备先送她回家，她突然把手伸到我的大腿根部，一边摩挲一边跟我调情。她问道："你怎么这么在乎我，是不是想干我？"我让她放尊重点，她一边解胸罩一边叫我把车子往僻静处开。我说："和你发生关系就是嫖娼，警服以后就没法穿了。"她半天没说话，然后扣好了胸罩。

"你还把我当婊子呢。也是，是我自己忘了。"

她说完这话就下车了，我掉转车头回了旅馆。

盯梢盯了一宿，我在旅馆补了一觉。

醒来时，已经下午五点多。我给66号发消息，问她在哪儿，她没回。我开车去浴场找她，路上给她打电话，无人接听。快六点时，突然下雨了。雨越下越大，我心里有点儿慌。

路上，66号给我回了消息，她发来一个定位，在郊区鸭溪湖旁边的一家酒店。然后她又发来一段文字，叫我抄近道去那。我让她发地名过来，她回复：

"下了高速口右拐，能看见一片果林，从果林直接穿过去就到鸭溪湖。"

我开了不到半小时，就到了那条近道上，雨水太猛烈，路上泥泞不堪，车轮陷在泥潭里打转。

我下去推车，被淋成落汤鸡，冻得浑身发抖。一辆皮卡被我的车挡住了去路，司机是个农民，他立刻下车帮忙。

他在雨水里喊："城里人，咋开这里来了？"

我也喊："约了人在鸭溪湖吃螃蟹。"

我俩一起使劲儿，把车子从泥潭里推了上来。准备离开时，他站在雨水里敲车窗，我问他什么事，他大声说："你掉头回城吧，鸭溪湖今年夏涝，蟹农们还在找保险公司理赔呢，那里的酒店根本没螃蟹吃。况且这条路一直通到鸭溪湖大坝，和酒店反方向。"

我脑子有点乱，感觉不妙。皮卡嘟嘟嘟响了几声喇叭，我才回过神来，把车开到路旁，让皮卡先过去。

我赶紧打电话给老夏，跟他说了进展。他想了一会儿，问我有没有赵桃的手机号，我迅速开车去了五爱小区，问那几个租房的女大学生要到了号码。老夏找人做了手机定位，他发给我一个地名——亚东批发市场。

亚东批发市场有很多食品存储仓库，赵桃丈夫原本就是开食品厂的。到了那里，雨已经变小了，市场里空无一人。天快黑透了，我打开手机电筒挨个巡查，很多仓库的铁门被雨水冲掉了锈。

在市场西边的围墙处，一个仓库的大门紧闭，门缝却露着灯光，灯光虽然微弱，但照在门口潮湿的路面上，反光很明显。

门缝太细，我没办法看到里面的情形。见仓库外墙上挂着空调外机，有个管线孔，我掏出钱包里的瑞士军刀，将空调管线锯断，把连接外机的那段拔出来，把连接内机的那段推进去，然后透过管线孔观察里面。

仓库又大又破，很多木质货架都被蛀空了，满地的木屑。一个女人被吊在一架拖车上，赤身裸体，低垂着脑袋。

我掏出望远镜辨认了她的面部，果然是66号。她皱紧眉头，还活着，身体被吊乏了。一个男人蹲在一台机器前，那台机器刷了绿漆，男人身后拖着一截水管。他很魁梧，满脸络腮胡子，扎着黑皮屠宰围裙，正举着扳手像是在修理机器。

虽然他蓄起了胡子，但我一眼认出他就是吴乐。他的脚下散落着一堆工具和刀具，旁边放着一个很大的塑料桶，桶沿血迹斑斑。

我找了一圈，没看见赵桃。

仓库没有其他入口，我即使立刻报警，也来不及。

这时，仓库传来一阵噪声，吴乐修好了那台机器，发动机嗡嗡嗡地转了起来。

吴　乐

我问赵桃，你当时看孙尚和小姐干那事，什么反应。赵桃说，还能什么反应，你什么反应我就什么反应。我笑了，反问她哪儿来的反应零件。

"以前我没有，现在我有了，你的就是我的。"

她这话说完，我似乎明白她说的"灵魂"这件事。

我问她是不是还想反应反应，她说："你想我当然就想，我俩是一体的。"我从她那拿了五百块钱，去了趟洗头房。

我知道赵桃喜欢什么样的女人，是那种腿长肤白脖子细下颌分明的。大概是念初二时，有次我偷看了她的记事本，上面密密麻麻地写着学习委员的名字，那个学习委员就是这种类型的女孩。

我在洗头房挑了一个学习委员类型的小姐，问她愿不愿意出去玩，给双倍钱。小姐立刻挎上我的胳膊，我领着她去了五爱小区。

进门时,她看出不对劲儿,因为门没锁。她问我是不是屋里还有人,我说有,问她能不能一起玩。她说必须加钱,我说行。

进屋后,她看见了赵桃,扭头就走,说她接受不了。我拽住她,说再加一倍钱。赵桃也来劝她,说自己就看看,什么也不做。

小姐迟疑了一下,然后就去卫生间洗澡了。我也准备去洗澡,一边脱衣服一边问赵桃:"你真就看看?"

她点点头,脸色红扑扑的。我想也是,她除了看看还能干吗呢。

到了卧室,我和小姐在床上办事,赵桃坐在床边看着。办完事后,那小姐又去卫生间冲澡。我躺床上问赵桃,过不过瘾?

她说:"你是我的灵魂,你过瘾了我当然过瘾。"

我又问她:"这婊子怎么办?"

她抬头看着我,万一被她知道了我的身份就不好了。

我立刻下床,去厨房拎了一把菜刀,拉开了洗手间的移动门。

这是第一个。

可到了第二个的时候,赵桃变了。

有天,我偷偷回了一次乡下,返回之后,我发现卧室床上有长头发。赵桃是短发。

我问赵桃,是不是一个人去找过小姐?

她没吱声。

我又跟她说:"在村口池塘撞见了赵修平,昨夜两点,老家伙在池塘边散步。他看见我,吓得落了水。我没想救他,就直接走了,你会不会怪我?"

她也没吭声。

"如果是我故意把赵修平推下池塘的,你会不会怪我?"

她瞪了我一眼,问道:

"你是不是杀人杀上瘾了?"

她冷冰冰地看着我,我知道她变了,她害怕我杀了第二个婊子。

第二个婊子,她是避开我去认识的。我既然已经是她的灵魂,我早就该想到,上床这种事光"看看"是过不了瘾的。

我问她怎么和婊子上的床,怎么上了次床就爱上了。

她没吭声。

我又问:"以后还让我当你的灵魂吗?"

她还不吭声,我立刻走了。

我没走远,住在附近的旅社里。我想看看第二个婊子是谁,她们怎么好上的,能好多久。我跟了两个月,发现那个婊子长得妖艳,很耐看。她和赵桃天天出双入对,没事就在广场附近的游乐场里亲热。我很生气,走过去找她们。

两人坐在游乐场长椅上,搂在一起,亲嘴咬耳朵。游乐场的路灯很暗,我走到长椅后面,两人亲过来咬过去的,没发现我。我扶住椅背,一把掀翻了她们。

赵桃趴着,婊子仰着,我上去就给了婊子一拳。赵桃朝我扑过来，我倒在泥地上，她拉着婊子就跑，我在后面追。

追到赵桃家门口，两个女人拼命抵住门，我一使劲儿，把门撞开了。进了屋子，我把门关上，去厨房取了菜刀。

赵桃过来拦了我，被我掀翻在地板上。婊子吓得惊慌失措，扯着嗓子乱叫。我一刀劈在她脸上，一刀削掉她半截耳朵，一刀砍在她锁骨上。她血流不止，人已经不清醒了。

我准备下死手，赵桃扑过来抱住了她。我让她躲开，她跟我犟，我在她背上也来了两刀。

赵桃背上哗哗地淌血，大声喊着我的名字。

她很久没这么喊过我了，她给我起"吴乐"这个新名字，是想把我当作一个实现欲望的工具。我没理她，又砍了几刀。

"小强，我对不起你，你听我说。"

我停了手，她带着哭腔说：

"她叫胡兰，有个女儿，跟我很像，喜欢打扮成男孩子，她得了尿毒症。"

我问她想和婊子一起过日子，是因为她那个女儿？

赵桃点点头，抱紧了那婊子，两人浑身的血粘在了一起。

我把刀丢下，说：

"赵桃，你就认了吧，你他妈这辈子都是个女人。"

赵桃没接这话，求我把她们送医院。

我将她们送到医院，没一会儿警察就到了。我知道是赵桃叫医生报的警。

坐牢时，我认识一个会算卦的狱友，叫阚桂林。他很受犯人们敬重，因为他卦算得准，总帮犯人们排忧解难。我向他求问婚恋卦，算算赵桃能不能一辈子跟我在一起。

卦算出来，说我是伤妻亡妻之象，很不好。

我慌了，跟他说了些悄悄话，心里事太多了，也得找个靠得住的人倾诉。阚桂林是监区的活神仙，名声很响亮，什么事说给他都很保险。

他让我出狱后往东方活动，东方木相，可以破墓土，我身上的墓土太多。

2006年2月14号，我刑满后立刻去找赵桃，准备让她搬家，搬去方位靠东的地方居住。就算几年未见，她也不能把我真甩了。

在监狱这些年，我想通了一些事。

以前，我想赵桃活得好，为了她能活得好，帮她杀人、让她剥我腿上那块文身皮，甚至把自己整消失了。什么事我都乐意为她干，因为她需要我。

当了赵桃的灵魂后，我发现灵魂这东西是可有可无的，我要是不努力黏上去，赵桃有时候就不需要灵魂。

到了她家楼下，我看见晾衣竿上挂着胸罩和三角裤，赵桃不穿胸罩，只穿平角裤。我想想不对劲儿，在小区商店买了把裁纸刀，然后去砸门。

门开了，里面果然有个年轻女孩，穿着棉睡衣，脸上都是青春痘，单眼皮，矮个，短腿。我一想，这些年不见，赵桃咋喜欢这类型女孩了，口味换得真快。没等女孩开口问话，我一刀就扎进她脖子里，直接推门进了屋里。

傍晚，赵桃回来了。我当时坐沙发上看电视，女孩被我剥光了扔进浴缸里。她看见我后，整个人愣了一会儿，嘴巴张得很大。我说，至于这么吃惊吗，不认识啦。她回过神来，迅速在屋子里找那女孩。我告诉她，别找了，在浴缸里。

她去看了浴缸，出来后就瘫坐在地板上了，半天没吱声。我看完了一集电视剧，她才开口说话。

"这女孩太无辜了，她就是我的一个学生，家远，过年回不去，一个人住宿舍害怕，就住这儿了。这间屋子，我早就不住，租出去了，租客们回家过年，我这两天过来照应一下。"

听她说完，我把电视关了。我错杀了人，难受。但第一天出狱，我不想自己不开心。

我对赵桃说："这个世界对我俩来说还有什么无辜的人！"

赵桃问："你杀就杀了，咋还弄那事？"

我说："老子憋了九年，想弄就弄了。"

赵桃又问："怎么杀人就杀上瘾了？"

我说："不知道。"

我们各自沉默，很长时间过去了，赵桃先出声，声音不大。

"你要是真为了那种事，以后你就找我，别杀人了。"

我笑笑，冲她摇摇头，说："找你没劲，舍不得杀。"

赵桃不说话了。我打开电视，电视机放着歌舞节目。

又过了一会儿，赵桃说："这个学生我帮你处理掉，但你以后能不能少杀?"我说,再怎么憋,一个月起码一次。她说,一年一次,但不准我露面,一切由她安排。时间就定在12月的17号,但那年我不能再杀人。我问赵桃,为什么定这个日子?

她说:"在你的生日干让别人去死的事,说不定你杀人的瘾就能戒了。"

2012年12月,有个警察去学校图书馆找了赵桃。一年一次的计划,就推迟了。本来我躲在乡下作坊里,绞肉机用了几年没清理,赵桃怕警察找到那儿,说里面的皮毛残渣能查出什么DNA,让我躲到了亚东市场的仓库里,绞肉机也运了过来。

刚过了12月,赵桃说约了个婊子,让我赶紧把今年这次要完。我把婊子敲晕了带到仓库,赵桃也跟了过来。

我把婊子脱干净了,但没弄她。赵桃问我咋不要呢,我没说话。突然婊子的一堆衣服里有手机在响,我掏出来一看,是条短信,翻了翻之前的内容,看出来是那个警察。

我盯着赵桃,问她这什么情况,她的脸色瞬间变了。

我问她:"你是不是知道这婊子是警察的人?"

她看着我,表情很平静,慢慢地说:"九七年我把你交给警察,是想自救、救胡兰。现在,我又想把你交给警察,我不想再活下去了,谁也不顾了,大家早抓了早死。警察就跟在后面,我要让警察抓你现场,你跑不了,谁也跑不了。"

我把手机屏幕给她看,说要不要回个地址给他。

赵桃双手捂脸,一阵猛笑,鼻涕和泪水从指缝里漏下来。"那个警察真不靠谱,平时天天跟着,关键时候就掉链子了。"

我也笑了,笑着拿起刀,扎她,扎在她胸口。她捂着胸口倒下,费力地对我说:"张明强,我对不起你。"

我又补了一刀,说:"没关系,我早就不是张明强了,我是吴乐。"说完这话,我脱了裤子,让她看我裆部。

"你以前爱看,现在再给你看最后一次。"

她在我的胯下,瞪大了双眼,咽气了。

我把赵桃先绞了,机器很久没清理,绞了一会儿,发动机坏了。我给那警察回了消息,让他去鸭溪湖,那地方很远,来去得三个小时。这三个小时,够我料理完所有的事情了。

蒋 鹏

嗡嗡嗡的发动机声令人心慌。吴乐拿起一把尖刀,走近了66号。正在我手足无措时,有人拉了我一把,我回头一看,是老夏。

"让开。"

老夏从口袋里掏出一支钢笔。

我问:"你咋这么快?"他没回话,把我手上的微型望远镜夺在手里充当瞄具,通过管线孔,他用笔尖对准了吴乐。拧动笔帽,"砰"的一声,枪声很沉闷,吴乐捂住脖子倒了下来。

"赶快报警收拾残局,不然等麻醉过了,凶手醒过来,死的就是那个吊着的女人了。"老夏撂下话就撤了,只给我留下了背影。原来他的钢笔枪里装的是麻醉针。

我匿名报警后躲到远处,用望远镜偷偷观察。没过几分钟来了七八辆警车,特警把仓库铁门撞开,救出了66号。吴乐也被抬出了仓库,他仍旧昏迷着。

当天晚上,我偷偷去医院陪了66号一晚,她被警察送到人民医院,在那住院观察,警员已经撤了。

我问66号,怎么没等我来就去赴约了。

"那天,你在车里那样说话,我跟你赌气哪,谁知道真遇上了变态。"

我说"你报复心还挺强的,差点儿把自己搭进去"。

"你真名叫啥?"

"香香。"

"真名?"

"丁香香。"

我点点头,借口去厕所,躲在里面抽了支烟。丁香香要真死了,我这辈子都活不安生。

重新回到病房,我塞给丁香香几千块钱,她不收。她说:"你诚实回答我一个问题,咱们就扯平了。"我说什么问题,她问道:

"你相信我能戒了毒,不当冰妹吗?"

我说我信。她问是不是真话,我说,戒毒的成功案例虽不多见，但不多见的事我见多了，我信她。

出了医院，我把老夏约了出来，还车给他。我说"多亏了你的钢笔枪"。我还准备找个酒吧请他喝两杯。老夏拍拍我的肩膀，说不喝酒，开着车离开了。

之后，我一直惦记这桩案子。

我问老夏，可有办法让我进看守所见一见吴乐，我有些事要问他。我知道这有点为难老夏，毕竟看守所的未决犯是不允许会见的，除了律师和检察官之外，其他人很难进去，何况我还是个通缉犯。

果然，老夏拒绝了我，让我别抛头露脸。他已经帮吴乐请了个律师，让我把想知道的事告诉律师，律师帮我转问吴乐。律师是个胖子，戴一副黑框眼镜。我让他问问吴乐，认不认识一个叫阚桂林的犯人。

两天后，律师跟我反馈他确实认识，但不熟，只是找阚桂林算过卦，其他的都不知道，时间太长也全忘了。

律师说张明强全身绑着镣铐。"他是连环杀手，按规矩必须戴镣铐，但也不至于这么五花大绑的。"

律师问管教，怎么给张明强戴了这么多镣铐。管教说，本来就给他戴了一副脚镣，但他在号房里用牙刷戳了一名犯人的裆部，罚镣了。

"我问管教张明强为什么这么做，你知道管教跟我讲什么？"

我让律师别卖关子，催他继续讲。

"张明强没那个，上厕所被那犯人看见了，犯人喊他张公公,他就扎了人。"

我听了律师这话,愣了半天。

律师继续讲:"张明强说了,你要是不去钓他,杀人的事他今年也就戒了。"

吴乐被捕后,一共交代了十起命案:杀害色情服务人员六人、赵桃孙尚赵修平三人、女大学生一人。警方根据他的供述,还逮捕了赵桃的母亲,她涉嫌一起杀婴案。

整个案件一共牵涉十一条人命。

吴乐于2013年被执行了死刑,他的口供录音资料都保存了下来。我拿录音资料和蒋鹏的采访资料比对时,发现一个细节。

蒋鹏认为,是赵桃让吴乐杀了丈夫孙尚,但吴乐的口供里,孙尚是赵桃杀的,他当时在宾馆睡着了,错过了约定的时间。但最终审判时,他又推翻了这个口供,将这起命案也揽在了自己身上。

查完吴乐的案子,蒋鹏精疲力竭,但他一点不敢休息,靠抽烟提神,有时得两根一块儿抽。

他的房间隔壁住进一对哑巴情侣。男的瘦巴巴的,黄毛,手背上烫了一排烟疤,女的也瘦,眼窝很深,脸颊上长了冻疮。两人整天咿咿哇哇地乱叫,估计是吵架。

老板跟他说,聋哑情侣在车站行乞为生,有一大票丐帮兄弟姊妹,别惹他们。

硫酸案

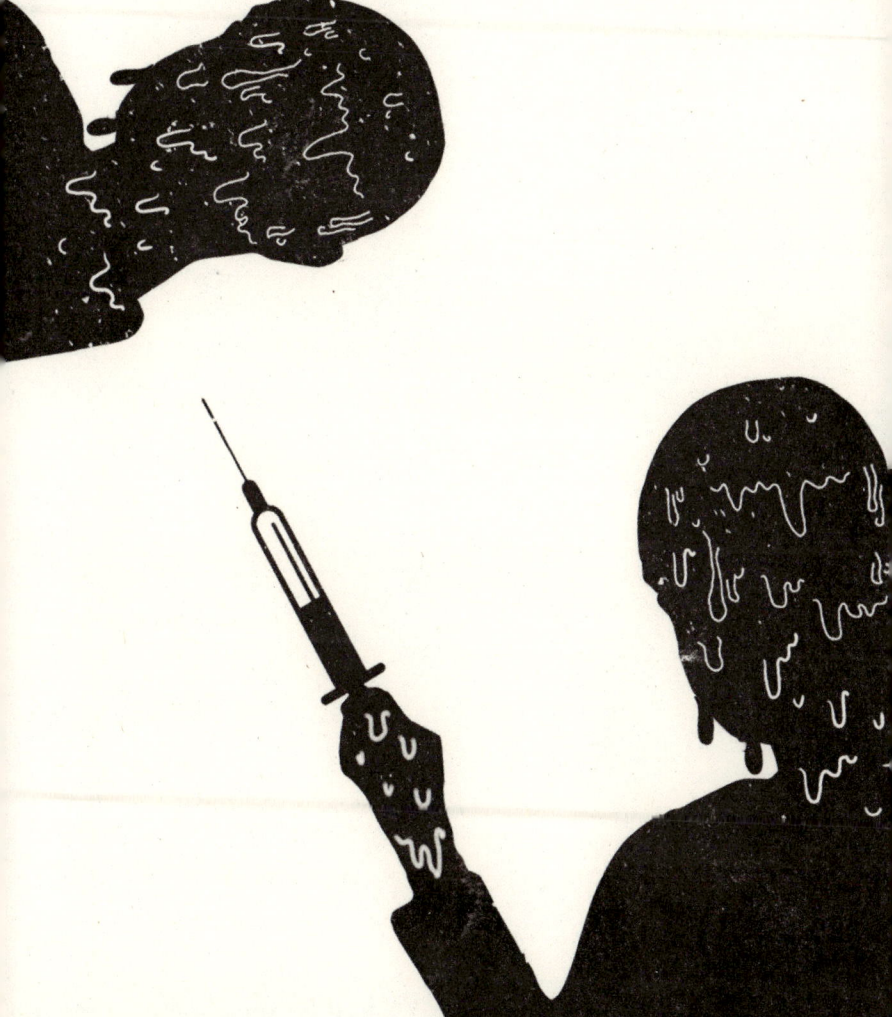

第四案

蒋 鹏

根据 2015 年 3 月 20 日—3 月 24 日的采访录音整理而成

我住到了乡下。这里是片正在开发的风景区，附近有农民用自建房偷偷经营的家庭旅店。我找到一位农民大哥家空出的水泥平房，给几百块钱，他让我随便住。

记事本上的第四个名字叫马鸣。

1995 年 6 月 12 号夜间，马鸣十岁的女儿被一个流浪儿童往嘴里滋了硫酸，口腔严重受伤，抢救回来成了哑巴。

他没有报警，而是花了五千块钱雇堂弟去寻私仇。堂弟带了一个帮手，结果两人都被那个小孩用水枪射伤了，脸部完全毁容。枪里装的是浓硫酸，拿水枪的小孩在打斗过程中也被硫酸误伤，三个人都死了。

从照片上看，小孩的作案工具像是一把改装过的高压洗车枪，枪管是金属材料，枪托部位配了一个玻璃壶，硫酸就储存在壶里。枪面喷了黑漆，看得出来做工挺精细，射程应该挺远的。

警方对水枪里的残余液体进行鉴定，确定是工业酸洗溶剂，硫酸浓度超过百分之八十，是酸洗工用来除锈的常用洗剂。

照片上的小孩看上去八九岁的样子，当年警察没能追查到他的任何身份信息，尸体在医院太平间放了很久，也没有家属来认领。

案子拖了半年，就把马鸣先判了。他雇人寻私仇，造成了三人死亡的严重后果，检察院以故意伤害罪起诉他，他被判了十一年。

记事本上，他测了个生死卦。

马鸣1964年生人，1985年开起了货车，当了十年司机，他的案子其中有一个细节，他女儿被无名儿童伤害前不久，他刚被单位劝退，原因是和一个工友打架。

工友叫李红涛，两人都是兴国建材厂的工人，马鸣是货车司机，李红涛是跟单员，两人搭档了十年，关系好得像亲兄弟。但1995年据称因为债务问题，他俩在厂子里打了一架，正好厂里效益不好，赶在下岗潮的当口，厂里顺势将两人都劝离了岗位，其实等于开除。

警方当年调查过李红涛，但迅速排除了他的嫌疑。我感觉没这么巧，刚好打完架就出事。

我去了趟兴国建材厂，那是一个厂龄接近40年的企业，国营转民营，厂长从爷爷辈更换到孙子辈。我向厂领导表明了"身份"，便大大方方进了厂里的档案室，找到当年的工作登记表。

登记表的时间是1985年第三季度到1995年第二季度，马鸣和李红涛两人入厂时间相近，下岗的时间也差不多。工作中，两人基本都是准时准点交货，没出什么大的纰漏，连

303 马鸣测某陌生女人生死

97年7月9日

丁丑年丁未月壬子日

天地否	离为火
父母 . 戌土 应	官鬼 . 巳火 世
兄弟 . 申金	父母 .. 未土
官鬼 . 午火	兄弟 . 酉金
妻财 .. 卯木 世	子孙 . 亥水 应
官鬼 .. 巳火	父母 .. 丑土
父母 .. 未土	妻财 . 卯木

断：本卦世爻卯木和初爻未土发动，形成亥卯未三合木局，木克土，应爻危险。而且卦中世爻临月建之墓又临卦中动墓，卦中还有申金发动，化出未土回头生，严阵以待，虎视世爻卯木。世爻妻财虽不是用神，但很凶险。死兆。

案发后，该笔记本保存在警方物证室

续七八年都被评为先进工作者。要说大一点的工作事故就是在1985年7月9号这天,那次送货时间晚了半天,不仅把卡车的前灯碎了一只,还丢失了一部分建材。厂里考虑到他们都是新人,损失也不大,就扣了他们当月的工资,也没有再细究。

马 鸣

去建材厂上班是我老丈人帮忙走了后门的,不然我没那本事。

我住在安质门的小巷里,80年代很清净,到了90年代,那儿成了外来务工人员的聚居地,热闹归热闹,但乱七八糟什么人都有。

我家属——我老婆是山东人,大块头,比我小两岁。她生女儿时才十九岁,未婚先孕,这在当年是很没脸的事。从道理上讲,我欠家属的,要不是她怀上了孩子,估计她不乐意嫁给我。我知道自己没什么本事,就尽量做到没脾气。最没用的男人通常没本事还有脾气,我不能当那个最没用的男人。

老丈人看不下去,帮我在兴国建材厂找了份工作,当货车司机。

当年,小巷里住了一大批外来务工人员。家属在院子里晒点啥、晾点啥,总有手脚不干净的人盯着。

我女儿十岁那年,夏天很热。

一天中午,院里溜进来一个流浪小男孩,七八岁的样子,闷声闷气的。他拎一个装了脏水的玻璃瓶,穿着脏兮兮的蓝T恤,手上拿着一根没了针头的空注射器。那天女儿在院子里玩,突然就被这小畜生用注射器在屁股上扎了一下,女儿吓得晚上发了高烧。

家属抱着床上的女儿,又对我发了脾气,数落我挣不来钱,只能住这种破地方。

说到挣钱这事,我也觉得对不起家属。其实,我工资不算低,但到自己口袋里只有对半,另一半被李红涛给借走了,说是借,其实等于给,之所以愿意给,是因为我有把柄在他手上。

那件事发生在整整十年前,1985年7月9号,这日子我忘不掉,当时我女儿刚出生。

那天也是热,树上的知了比现在多好几倍,叫个没完,让人格外心烦。

我到厂里上班已经一个多月了,7月15号可以拿到第一笔工资。当时专跑郊县,每天往返四趟,为郊县几个工地运建材。这条路线的跟单员就是李红涛,一个黑不溜秋、个头矮小的贵州佬。

我俩关系不错,臭味相投。

我喜欢喝酒,顿顿离不开,早上时不时还来个二两;他喜欢嫖赌,打牌老输钱,偶尔赢了,也全挂在女人的裤腰带上。他比我早两个月进厂，两个月的工钱花光后又欠了两个月。

那天是我开车，他坐副驾驶上抽烟。上午两趟货送得很顺利，我和他在路边的面馆喝了半斤酒。面馆开在一家鞋厂对面，不少女工也来吃面。李红涛朝女工吹流氓哨。我用筷子捅他一下，说现在严打，你这样流里流气的搞不好会被抓。喝完酒，我们在面馆睡了一刻钟，继续往工地送建材。

平时喝这么点儿酒我根本没事，但可能因为那天太热，我一直头晕，车子开得东倒西歪。

开到一棵椿树旁，一个女孩突然从树后面蹿了出来。我猛地刹车，还是晚了一步，撞上了。

李红涛惊醒，问我什么情况。我脸都白了，说好像撞人了。我们一起下车，见女孩被撞得满脸是血，车灯碎了一只。女孩十五六岁，穿着的确良衬衣，黑裤子，估计是鞋厂的女工。李红涛跑到椿树后面看了一下，说那儿有泡稀屎，这女孩刚才在那拉肚子，被车惊到了，跑出来的。

我把女孩抱上车，放在李红涛怀里，赶紧掉头往医院赶。开了没两分钟，李红涛说女孩没气了。我一听，急得满头冒汗，油门踩得更重了。

"你越早赶到医院，你就越早去蹲牢房。"

李红涛冷不丁冒出这句话，我猛踩了一个刹车。他一头撞上车窗，头顶磕了个大包，女孩儿直挺挺地从他怀里滑了下去。

我的手脚停住了，但是脑子不停地转，我要是蹲了牢房，家里可咋办。

李红涛随口骂道："你长得倒是高高大大，孬样。"他让我掉头往稻谷场开。我问他去那儿干吗，他说还能干吗，把人藏起来啊！

当时我整个脑子都是蒙的，他说什么我就听什么，掉转车头加速行驶。到了稻谷场，我没敢下车。那里很偏，是片没人管的荒草地，杂草又高又密，李红涛把女孩撂在一个石头坡后面。

我比李红涛大一岁，没发生这事之前，他喊我哥，发生这事后他成了我爷。

第一个月工资，我到手六十块，李红涛拿走二十块，月末他打牌又要走十五块。他帮了我这么大忙，这钱我掏得心甘情愿。

但我没想到这事成了个无底洞，我每个月的工资到手，李红涛都要来借。虽然他口头承诺会还，但我是没做多大的指望。

八五年到九五年，我女儿十岁了，这十年的工资一直被李红涛"借"个不停。我也没办法。要是和他撕破脸，以前的钱不仅一分要不回来，撞死人的事也瞒不住，到时候又要赔钱还要坐牢。他就是抓住我这根软肋，把我十年的工资"借"走了一半。

女儿十岁生日那天，我连买礼物的钱都没有，忍不住了，找李红涛打了一架。之后，我俩都被厂里开了。

蒋 鹏

我想弄清楚马鸣和李红涛1985年7月9号出那一趟车到底发生了什么,就又去了一趟兴国建材厂,打听到了马鸣当年的出车线路。

根据当年的城区地图,发现那条线路周边没几个村庄,只有一家鞋厂,现已倒闭。但鞋厂附近有个集镇,集镇已经被划进了城区,周边都是高楼。

自己以前毕竟是学刑侦专业的,有一些基本做排查工作的方法。我跟行销人员扫楼似的,跟每家每户的大爷大妈攀谈,最终得到两条线索。

这片有个女孩叫黄丽丽,当年失踪了,家人疯狂找过一阵,也报了警,但这么多年过去了,至今没下文。

我打听到黄丽丽父母的住址在平安小区。

见到两位老人后,我和他们确认了一下黄丽丽的失踪时间。他们说是85年7月9号失踪的,这个时间和马鸣当时的出车时间吻合。

两位老人一提起女儿失踪的事就流泪,黄丽丽的母亲拿出照片给我看,照片上的黄丽丽是个瓜子脸、大眼睛女孩,很俊俏,笑容灿烂。

她说,丽丽有溏便的毛病,经常拉肚子。家里人说过她,厂里同事也说过她,女孩子要面子,她就总背着人去鞋厂附近一棵椿树下解决。

7月9号那天,她一整晚都没回来,我和她爸去厂里找,厂里说她下午没来上班。我和他爸就去那棵椿树附近找，怕她拉肚子虚脱了晕在那里。结果人没找到，只看见她拉的脏东西，看得出来是中午拉的。

黄丽丽母亲提到椿树，之前马鸣的货车受损，厂里调查他和李红涛时，两人虽然说的话多数对不上，但都提到了车子撞在一棵椿树上。

出车记录表上，两人当时送货晚点四个多小时。我在地图上标出了那棵椿树的位置。货车在乡路上时速一般不会超过一百公里，当时事情紧急，马鸣也不会开得太慢，按往返四小时算，单程就是两小时。以此推断他们的卡车滞留地点应该在距椿树一百五到两百公里之间的范围内。

我租了一辆出租车，在这个区域来回跑了两遍，发现有一块叫稻谷场的地点，那是一片长满荒草的乱石坡，临近一个连接三省的界湖。每年汛期，湖水都会将这块地淹没，退潮后杂草和藤本植物便会疯长。这块地三十几年了都没被开发过，始终是块荒地。

湖区有个渔民聚居点，据路上碰到的一个渔民说，80年代他们就住停在这里的船上，2000年政府就近在岸边给他们建了屋舍。

渔民的聚居点正好面对整片稻谷场，视野很开阔。

听这个渔民说，附近的渔民高度团结，所有事情都靠船上的私约解决，他们几乎不管岸上的事。而且他们根本没有报警的意识，80年代初期，有一艘运沙船沉没，湖面淹死八九个人，渔民把他们的尸首打捞上来后扔在岸边，像晾鱼干似的放了七八天，没人通知警察。渔民们或多或少，都有点无政府主义倾向。

我摸到一个小商店里买烟，发现渔民们都聚在这里玩牌。打牌的都是中老年渔民，他们手背上刺着同样的寿字，一群妇女围着牌桌嗑瓜子。我自称是警察，来调查一点事情，希望他们配合一下。没人搭理我。我顺手把烟在牌桌上散了一圈，终于有人应话。一个白胡子老渔民问道："调查啥？"

我直接开门见山，说，有个女孩失踪了二十多年，现在查到，很可能出了交通事故，被人带到过这一带。

牌桌上的人抬起头看我，一群妇女也用奇怪的眼神打量着我。

我说："她父母跟你们岁数差不多，不想活不见人死不见尸地等下去了。"

还是没人应我。我只能掉头离开。走到店门口，白胡子老渔民喊住了我。他走到我前面，引路带我去了稻谷场。步行了五六分钟，我俩走到了一块石头坡后面。

他站定了说："就这儿，八五年夏天我看见稻谷场里有一个女孩被一个男人搂住，看上去像情侣，但我把渔船的灯光打过去后，看见那女孩满脸是血。岸上人的事，我们渔民不爱管，就开船走了。"

我赶紧问，能看得出那女孩是死是活吗。老渔民说，活的，人死了身体没那么软。

我掏出手机翻动相册，里面存了黄丽丽、马鸣和李红涛的照片，我让他辨认。他说，女的当时满脸是血，不知道长相；男的黑不溜秋，也看不清模样。

马　鸣

打完架，我和李红涛都丢了工作。他为这事报复我，搬着被褥直接睡到了我家里。我不敢撵他，怕他把撞人抛尸的事情跟我家属说。

住了一阵，他得寸进尺，把那个在巷子里乱窜的小流浪汉也招进家里硌硬我们。那小畜生不知道为什么，很听他的话。

小畜生的眼睛总斜着看人，什么东西都抢，什么东西都摸。有一次煤炉上煮开了水，他也去摸，把手烫坏了，治伤的钱还只能我出。

家属受不了这种日子，她要把人都撵走，李红涛太嚣张了，跳起来直接打了她两耳光。我冲上去又和他打起来，他小体格，禁不住我打，被我摁在院子里吃泥。我一松手，他就叫嚣着要把撞死人的事说出来。

我让他开个价，一次性把当年那事彻底解决，两人以后老死不相往来。他说要五千块钱，一周内付清，拿到钱就走人。我答应他，准备将乡下两间废屋的宅基地卖了。

宅基地顺利出手，正准备付款的当天，家属揍了那个小畜生。

他又在巷子里乱窜，没事总玩注射器，射出来的全是脏水。晾在院子里的床单被他射了脏水，烂了几个大洞。

晚上就出事了，女儿突然在房间里乱喊乱叫，家属起床去看她，她也哭喊了起来，我赶紧跟过去，看见女儿捂着喉咙在地上打滚。我赶紧抱起女儿往医院冲，李红涛和小畜生本来睡在堂屋，当时两人已经不见了。

到了医院，女儿抢救了一夜。医生说她嘴巴里有酸性液体，命虽然保住了，但舌头和喉管烧坏了，以后说不了话了。

出了这事，李红涛没脸要钱，躲了起来。

家里来了不少亲戚，我免不了被他们没完没了地数落。他们嚷着要把李红涛抓回来送公安，这件事，他不仅要赔偿，还得坐牢。小畜生是他领到家里讹钱的，他是敲诈勒索。

我见事情到了这地步，撞人抛尸那事也瞒不住了。

我告诉家里人，李红涛有底气来讹钱，是因为我有撞死人的把柄一直被他捏在手里。他要是被公家抓了，我也得去坐牢，不仅坐牢，还要赔偿死者家属。

这事说完，家属冲到我面前对我一通乱捶，亲戚们赶紧把她拉开，我右眼睛已经肿得老高，嘴皮都被她捶开了，淌了很多血。她气得骂不出话来，人直接瘫在了地上。

堂弟嚷着要把小畜生抓回来，找他爸妈去讨赔偿。其他人说，小畜生弄不好是孤儿，到哪要赔偿。堂弟说，要不了赔偿就把小畜生舌头剁了，出口气。

堂弟是街面上的混混儿，胖得脖子不是脖子、腰不是腰的。这人整天好吃懒做，正经事不做，爱吹牛，喜欢出风头。家属听着他的话解恨，把我卖宅基地的五千块钱给了他，让他帮着出了这口气。

堂弟说："嫂子，寻私仇这点钱还不够，放心，我再往里搭两个。立刻就找人，把畜生舌头拔了，把李红涛这瘪三的脚筋挑了。"

堂弟就是个搅屎棍，我知道这事越搞越大了。

中午，堂弟喊来一同伴，随身带了一把亮晃晃的匕首。我上去劝了几句，他骂我贱，说就是挑了李红涛的脚筋，他也绝对不敢报警，报警了他自己也要坐牢。

我问为啥，他骂我不懂法，说李红涛帮着抛尸就已经犯法，敲诈勒索更是犯法。我问堂弟是从哪懂的法，他说自己劳改队几进几出，比得上法学博士。

天快黑的时候，李红涛突然跑来找我。他好手好脚的，一点儿伤没有。我问他这是干吗，他吞吞吐吐地说，出大事了。

他租住在距离城区两公里的古柏村一栋搭建的简易房里，那里是城乡接合部，距离建材厂很近。我刚跨进屋内，立刻吓傻了。

堂弟躺在水泥地上，蜷成一个团，他同伴躺在身边，像只干虾。两人的脸全糊了，面目全非，像被火烧过似的，成了焦炭。

我掐住李红涛脖子，问他到底发生了什么，他压下我的手，开口便骂："你他妈的喊人来教训我，现在闹出人命你自己兜着吧。"

我没反应过来,看见地上有个玻璃瓶,捡起来闻了闻,味道很刺鼻。

我问李红涛,是谁泼的硫酸,是不是那小畜生。我揪着他的衣领,问他到底和小畜生什么关系。

他吞吞吐吐地说:"我哥的孩子。贵州老家有个残疾哥哥,是个跛子,在村里一个私人作坊当酸洗工。这孩子爱玩硫酸,在老家已经伤了几个孩子,都是些皮肉小伤。家长把他揍了一顿,我哥赔了点钱,也没人计较了。这孩子跟着我哥,还是会闯祸,我就带他进城吃吃苦,谁想到他随身藏了一瓶浓硫酸呀。"

我告诉他,赶紧将小畜生找回来,立刻报警处理。李红涛说,千万不能报警。我问为啥?他说:"这孩儿和你有关。"我骂他放屁。

"孩子的娘,就是八五年你撞的那姑娘。"

当年撞人后,李红涛在车里跟我撒了谎。他见那女孩长相不赖,骗我说女孩死了。所以,那天他在稻谷场假装抛尸,晚上他又偷偷回去,当时被几个渔民撞见了,便抱着女孩,装成打野炮的情侣。渔民离开后,他就把女孩运走了。

他之所以打起女孩的主意,是要给他的残疾哥哥弄个媳妇。

我知道这些后,打了他两拳。他倒理直气壮地骂了起来:"这女孩我要不运走,她早死了。她被你撞成了植物人,那小男孩就是她生的，儿子没娘教养，闯了祸，你说你有没有责任？"

我也骂了起来："李红涛你他妈太鸡贼了！当年要不是你说抛尸，那女孩我早就送医院了，怎么会成植物人？哪来的这个小畜生？哪会害到我女儿？这事必须报警，你狗日的是绑架、诈骗、拐卖，等着吃一百颗枪子吧你。"

他跟我倒苦水，说当初要诈也是迫不得已。"在贵州老家，别看我哥是个残废，家里的地位却很高，家里做什么事都得围着他转。我哥弄不到女人，我就不可能娶到老婆。"他又说，当时也是真心想帮我，那女孩撞得不轻，送去医院烧钱不说，工作也得丢。我说："那你他妈的还好意思讹我十年工资。"

他说："一半工钱都汇给我哥了，赌博是想赢点钱自己找老婆，没想到一赌就戒不掉了。"他说，找我来不是斗气，是想收拾这烂摊子。

我看了看地上两具尸体。

堂弟这人我很不喜欢，况且他身上还揣着我卖宅基地的五千块钱，还有最可恶的一点，他总对我家属动手动脚，被我撞见过好几次。看他惨死，惊吓之后我竟有点高兴。犹豫了一下后，我答应了李红涛。

我俩随即去建材厂借车，老同事给我们弄了一辆面包车。凌晨一点，我们将两具尸体运去了稻谷场后头。李红涛带了汽油，他准备就地焚尸。

到了地方，我们合力将尸体扔到石坡后头。那里挨着湖，夜风大，李红涛拎起汽油桶，汽油溅得到处都是。他点火时，叫我离他远点。我让他等等，说先把尸体拉回去，不能这么烧了。

他问我为什么，我说回去再说。他骂我脑子有病，正要点火了，我捡起一块石头敲晕了他，然后将他和尸体分别扛回了车上。

李红涛跟我讲的时候我就起疑，那个小畜生的个子不到一米三，他朝两个大人泼硫酸，肯定撒得到处都是，但两具尸体却只有面部有伤。

回到屋里，我对李红涛又是一顿乱打，他痛醒了，说是他哥干的。

我让他说清楚，我堂弟到底是谁弄死的。他说："你堂弟找来时，我哥正好在屋里，小家伙也在屋里。你堂弟二话不说，拎起小家伙就揍，我哥上去拉架的时候，被踹倒在地。我哥腿脚不便，打不过你堂弟。但我哥身上带着一把高压水枪，里面射出来的都是硫酸，两人就是被硫酸枪射死的。"

李红涛的话像胡扯。我骂他，一个成年人怎么会揣一把水枪在身上，而且里面装着硫酸？！他没接话，眼睛睁得很大。屋里亮着一盏白炽灯，我见身后多了两个影子。

我猛一回头，发现门口站着一个瘦小、满脸胡楂的男人，他穿着一件衬衫，右脚跛着，走路一高一低，手上端着一把金属水枪，慢慢朝我靠近。男人身边站着小畜生，他举着注射器，瞄着我的眼睛。

李红涛挡到我面前，他身体发抖，求他哥把水枪放下来。他哥闷声闷语地回道："死一个是死，死十个也是死。你让开，不然连你一块儿死。"

他哥说完，李红涛猛地冲了过去，抱住他的双腿，将他压倒在地上。他举枪乱射，射速很猛，把天花板射得冒烟。大量硫酸从空中淋下来，我赶紧抱住脑袋，硫酸滴到手背上，疼得我牙齿打战。我听见小畜生大喊大叫的，他淋到了硫酸，满脸冒烟。那男人的双腿上也淋到了硫酸，疼得乱蹬腿，更是疯狂乱射。一股硫酸射中了小畜生的脖子，把他脖子上的皮都掀掉了。

我提着木棍冲了过去，在他哥头部砸了两棍，屋里才消停下来。

小畜生已经面目全非，鼻孔不出气了。李红涛也是满背冒烟，我把他拖出了屋子，他又爬回他哥的身边，号啕大哭。

我下手太重，他哥死了。

事已至此，只能我站出来善后。我想了一下，这些事要避重就轻，最佳方案是把那男人尸体运到稻谷场烧了，小畜生和堂弟他们三人的尸体送去医院，假装抢救。

医院检查尸体后，立即报了警，我没来得及走掉。

警察很快来了。我对警察说："女儿嘴巴里被小畜生打了硫酸，堂弟带人去寻仇，结果小畜生藏了一把水枪，挨揍的时候，他对着人群一顿乱射，射出来的都是浓硫酸，还误伤了自己，三人都被硫酸射死了。"

警察看了看我身上的伤，问我当时是不是也在现场，我点点头。警察对我的话将信将疑，就把我先拘留了。

蒋 鹏

马鸣刑满后还住在安质门，李红涛早就回了贵州老家。

安质门有很多小巷子，一些老房子都租给了外来务工人员。马鸣的屋子不大，带个十几平方米的小院儿，里面堆着很多杂物。我找邻居了解马鸣的近况，他们都不是本地居民，跟马鸣不熟，只知道他老婆改嫁了，独居，有个哑巴女儿每天来看他。

我翻墙进了马鸣家的院里。

家里很破旧，墙上刷的红漆掉了很多，斑斑驳驳的。我躲在一个黑黝黝的拐角偷看，闻见了一股中药味儿，马鸣在厨房煎药。从背影看过去，他的身材高大，背佝偻着，头发花白，比实际年龄显老。

没一会儿，一个高个子女人进来了。女人拎着个布袋，装着果蔬，看上去三十岁左右，普通装扮，皮肤白皙。她和马鸣比画手语，应该是邻居说的马鸣女儿。

马鸣在她耳边说着什么，女人的手语比画得越来越激烈。我看不懂手语，着急忙慌的，就掏出手机先录了下来。六点，两人吃了饭，马鸣将煮好的中药交给女人，女人离开了屋子。

女人刚走,我迅速翻墙出去,跟了她一段。她拎着中药一路往康庄路去了。

我想找人帮着翻译手语,但一时想不到可信之人。安质门离我原来住的那家黑旅店不远,到了天桥上,能看见那片区域。我突然想起隔壁房间那对聋哑情侣,可以找他们帮忙。

他们在车站行乞,其实是行骗。两人举着一张捐助残疾人的爱心表格单,逢人就求着签字捐钱。我捐了五十,他们认出了我,咿咿哇哇地,激动了起来。我把他们拉到车站外面,让他们帮我翻译那段手语视频。

两人看了一遍,聋哑男孩冲我搽着手指,摆出要钱的手势,我又付了五十,聋哑女孩在手机上飞快打出一串字:

"李叔今晚来接我,药煎好,我先带过去,你收拾完再来。"

康庄路上有三四个小区,我硬着头皮,谎称自己是警察,把这几个小区重要路段的监控全调出来查了一遍,终于摸清了女人的动向。她去了安保大厦旁的一个老小区。

安保大厦二十几层,楼下都是90年代的老破小安置房。我跟门卫打听,得知女人去了九栋一单元,具体在哪个楼层不清楚,我便去单元楼下守着。

过了十几分钟,女人抱着一架轮椅走出了楼道,一同出来的还有马鸣,他背着一个肥胖的女人。出了楼道,他将女人放到轮椅上，女人像睡着了的样子，浑身软绵绵的，头始终垂着，看不清容貌。

我拿起手机，打开摄像头，拉近焦距拍了一张轮椅上的胖女人。看上去她至少有四十岁。

突然间后面冲过来一个人，夺下我的手机撒腿就跑，我愣了一下，立刻追了上去，是马鸣。

老小区的路灯很多都是坏的，越往里追，越暗。追了两分钟，在一个垃圾堆发现我的手机折返出昏暗路灯的光，我过去捡，突然意识到自己上当了，马鸣是故意引开我，方便女儿脱身。

等我跑回原地，果然人全不见了。马鸣看上去一副衰老的样子，我没料到他会来这一手。

我在地上没发现轮椅印记，但看见了车轮印。有人开车来接她们的。我直接冲进小区保安室，让保安给我调了监控。

监控画面里，几分钟前，一辆白色后开门面包车刚驶出小区。保安说要追还追得上，车子去了普天大道，那条路在修，只有一条道通行，堵着呢。我借他的电动车，追了出去。

追到普天大道，那里圈了围栏正在修路，车子堵出去几百米。

开到路中间，我总算看见了那辆白色面包车。车流缓缓向前，面包车驶出了普天大道，就要跟丢了。

身后突然传来一阵摩托车的轰鸣声，一辆摩托从车流里挤了出来，骑手穿着毛呢大衣，戴着黑色头盔，脚蹬一双布鞋。

"上车！"

老夏简直是天降神兵。

我把电动车停在路边，跨上摩托车，他右手转动了两次油门，发动机震动了起来，响起一股轰鸣之声，车子火箭似的冲了出去。

老夏的车技令我吃惊，他在拥堵的车流中左躲右闪，丝毫不减车速，像个亡命之徒，这完全颠覆了他之前那股沉着冷静的气质。

很快，我们追上了面包车，一直紧跟在后面。

半个多小时后，面包车开到了郊区，在一个建筑工地附近停了下来。我看见了马鸣，他站在工棚处朝车子招手，估计他逃走之后，抄近路打车，先到了。

面包车司机是个身材矮小的家伙，满脸胡楂，肤色黝黑，像个建筑工人。

老夏把摩托车开到面包车后头，司机正好下车开门，我直接跃起，给了他一脚。他倒在地上，我走过去，用膝盖压住他，从他衣服里掏出身份证，是李红涛。

马鸣捡了块砖头朝我冲了过来，我一个低扫腿撂倒了他。

老夏下车，拉开了车门，车厢里是轮椅上的妇女和马鸣女儿，一个歪头斜脑，一个捂面痛哭。

"你躲什么躲！这女的是不是黄丽丽？"我大声问马鸣和李红涛。

李红涛从地上坐起身，沮丧地捂住脑袋，大喊一句："抓我吧，所有事都是我的错。"

我忍不住要去拎他的领子，老夏拦住了我，劝我趁早离开，他已经报警善后。

我听见远处已经传来警笛声，那声音一下激怒了我。我问老夏："你他妈到底谁派来的？"

我向监狱提交了采访李红涛的申请，我想再深入地了解一下当年他哥哥和外甥的故事。

马鸣关在五监区，李红涛关在九监区，两人都是十年以上的重刑犯。马鸣女儿则因包庇罪，判了缓刑，她既是罪犯也是受害者。

我去九监区采访了李红涛。

九监区是裁剪房，专为狱内服装厂裁剪布料。车间里飘满了蓝色的牛仔布屑，犯人们都戴着口罩。管教把李红涛喊到车间外面，他个头矮小，全身都是蓝色的，口罩也是蓝色的，一双乌漆漆的眼睛，警惕地盯着我。

"这些布料掉颜色，他们身上都是汗，沾上了就变成蓝精灵。"

管教说着，示意他摘掉口罩，让我有什么尽管问，然后端着点名簿走开了。我没有直接问案子，而是跟他聊了聊家乡。他对家乡没什么印象，只是说，那地方都是山，人都困出了毛病，生下来就等于进了牢笼。

我把话题往设定好的问题上引，他倒也不避讳，告诉了我他哥的事。

"我不知道哪来的鬼心思，当年车子撞人后，就想把那女孩扣下。所以就骗马鸣，说人死了。

"女孩被带回去后，我找了一家黑诊所，老板不敢大治，说得去大医院，情况好的话，半身不遂。我一没钱，二没胆，就打电话给我哥，让他来想办法。

"我哥是个跛子，在老家一直说不上对象。在电话里，我跟他说给他找了个女人，但得治病，你想不想要。他问我哪来的，我让他少问，反正领回去跑不了。

"我哥从老家赶来后，要把女孩运回老家去治。当年不比现在，去哪都得掏身份证。那时到处有黑大巴，我哥把女人绑背上，装成进城治病的，一路搭车，将女人背回了贵州老家。一个跛子，一个昏迷不醒的女人，千里迢迢往家赶，很多路人同情他们。等他到家，身上多了一笔钱，都是路人送的。

"我哥没什么医学常识，治病在当时也是个麻烦事，路上又耽搁许多天，女人背回家后，鼻孔是冒气呢，但整天半昏迷，跟植物人差不多。

"我哥本来在一个乡镇作坊里干酸洗工，后来不干了，隔三岔五背着女人去乞讨。更要命的是，一年后不知道他用了什么本事，竟把女的整怀孕了。一个跛子背一个怀孕的植物人，到哪都是稀罕事，也因此要到了不少钱。

"知道这情况，我忍不下去了，回了趟老家，跟他吵了一架，吵完又干了一仗。我哥禁不住我打，但我也不忍心打他，他那条残腿，有多半的责任在我，是我害的。

"七五年，我十岁，我哥十二岁。那年父亲得病，脖子上长了一个肉球，后来长得比脑袋还大，也没去医院看过，就死了。

"父亲死后，母亲拖着我们兄弟俩挨饿受冻的，日子很苦。后来村里很多男人就来送吃送喝。这些男人常常在家里进进出出，来的时候手上提着东西，走的时候衣衫不整。

"那年冬天，村里的妇女把屋子包围了。母亲抱起我和我哥就跑，一次抱不动俩孩子，把我撂了，她和我哥躲进山里好几天。村里的女人们做了饭菜，让我去山里喊母亲出来吃饭。我在山里喊了一整天，从早上喊到傍晚。

"天快黑透时，母亲带着我哥露面了，她饿得不行，我哥也想吃饭。两人饭团还没咽下肚，就被那些女人围住，用木棍猛打。我哥去护母亲，被木棍打断了右脚踝，从此成了跛子。

"母亲是当场被乱棍打到咽了气，这事，大半个村的家庭都参与了，也找不出具体谁下的重手。村长不敢惊动公家，就给母亲办了个简易丧事，埋了。村长交代所有参与围殴我母亲的村妇，以后我和我哥就归她们集体抚养。

"我老家在贵州黔东南的山落里，村民们没有法律意识。要按现在的刑法，上纲上线治他们，村子里男男女女，多半人得进来。那些打我母亲的女人，自己也是被卖来卖去拐来拐去的，一些小孩也是送送卖卖。法律在山坳里不重要，人心能'团'住、能'稳'住、能'降'住就管事儿。

"所以我哥搞了个植物人当老婆,根本没人盘问是什么来路。况且,我哥跛脚这事,村里有多半的家庭要负责。生孩子那天,大伙儿都来帮忙。但植物人没劲儿可使,怎么生孩子。送医院去剖腹产,我哥不敢,一去就会出纰漏。

"村里有个赤脚医生,给人动手术割阑尾,把人肠子也划掉了一截,蹲过两年牢。我哥硬着头皮请他死马当活马医。这人动过刀子,失败经验也是经验。我哥给了他一笔钱,村民们也帮着作担保,人死了不赖他。这人胆子大,手脚也麻利,硬把一个六斤重的男娃从女人肚子里掏了出来,大人小孩全保住了。这稀罕事在村子里都传遍了。

"那些年我回家少,偶尔回趟家,村民就跟我说,男娃被我哥带出了毛病。

"我哥因为小时候那段经历,防心特重,他从小动手能力就好,自制了一把金属水枪,里面装满了酸洗溶剂,谁惹他不开心,他就射谁,在村里伤过不少人。但村民们看在以前那事的分儿上,都忍住不跟他计较。有了这男娃,我哥好像找到了同盟。

"男娃越长越大,祸事越闯越多。我哥自己玩水枪,给男娃找了一根注射器,里面装满溶剂后交给他防身。我哥干那份酸洗工的差事,在家囤了不少浓硫酸,父子俩在村里弄出不少伤害事件。后来男孩弄伤了一个孩子的眼睛,村长就把我喊回来,商量这事怎么处理。

"我那时候缺钱,赌博是为了赢钱赔医药费,所以总管马鸣借钱,后来就变成了恶性循环。

"赔了医药费,我决定将男娃带出山,待在山里早晚出大事。结果我哥打了张管养费的欠条,把植物人嫂子托付邻居照顾,追进了城里。

"我和马鸣打架丢了工作,就和我哥在城区收废品卖钱,男娃就放养,任他到处瞎玩,记得回家吃饭就行。后来,我觉得收废品不是个稳当事情,也怪自己黑心了,想着敲马鸣一笔钱,再后来就整出那些事。"

李红涛讲述的那起村民集体杀人案,我后来想办法打听了一下。

据说,警方去当地开棺验尸,发现李红涛的母亲确实是外伤致死,头骨破了个大洞。但事情过去了几十年,当年参与围殴的村妇好几个都病死了,其他村妇将主要责任全推到死去的人身上,这案子也一时半会儿审不完。并且,超过二十年的命案如果决定再追究,需要先报请最高人民检察院核准。内部人士称,这案子查不清楚,估计不会立案了。

听完李红涛的讲述,我忍不住做了个假设,如果自己和他置换一下命运,出生在那个被群山围困的村庄,难以想象会沦为怎样的人。但罪恶终归要受到惩处,理解罪恶只是为了更公道地看待生命。

结束了对李红涛的采访,我顺道去五监区找了马鸣。

我问他,当年为什么要站出来顶所有案子。马鸣说,堂弟的事瞒不住,总归绕不开官司,而且李红涛要是进去了,黄丽丽谁来照顾。"我总不能跑到贵州去吧，家属那也交代不过去。"

我又问他，后来怎么会和李红涛一起照料黄丽丽。马鸣说，就算是蹲监狱的，也不是人人都十恶不赦。人都有良心，这回出去了，该承担的还得承担，到死都得赎这份儿罪过。

马鸣说这话，我不知道是不是迫于管教站在身旁，故作悔罪姿态。但我愿意相信他。

回忆这件案子时，我能看出蒋鹏有些沮丧。他告诉我，觉得从那时起自己就陷入一种徒劳的奔波，凭着一股稀里糊涂的鲁莽劲儿，想追查笔记本上的余罪，却只能在事情的表面绕来绕去。

他说，抓到马鸣的时候，他松了一口气，似乎早就等着这一天，能一口气把秘密都讲出来。

"有时我会困惑，找回黄丽丽，对她年迈的父母来说，现实层面上完全是增加了负担。两个老人的余生都得照料一个植物人；而两个罪犯，本已经承担起照料黄丽丽的责任，却被我抓进了监狱。这案子破了，事情似乎变坏了。"

我说，有时我们做一件事并不因为能得到好的结果，而是因为它是对的。

蒋鹏摇着头说："不对，我查案的名义不对。"我告诉他，至少对黄丽丽来说，这是正义。

耳坠案

第五案

蒋 鹏

根据2015年3月27日至3月30日的采访录音整理而成

记事本那半页纸上第五个名字是"顾志峰"。

档案上记载此人生于1971年，户籍地在市西郊的大丰村，他犯的是盗窃罪，判刑八年，1996年4月进监狱服刑，之后减刑两年，2002年1月获得释放。

1996年1月17号，他去市区通贤街的当铺，当了一副镶有宝石的金耳坠。这副耳坠是本市一个富家女的定制款首饰，耳坠背面刻有她的英文名字——"Elena"。当时Elena失踪了半个月，所有当铺和回收黄金珠宝的店铺都被公安打了招呼。

顾志峰被抓后，坚持说耳坠是捡到的。审了几天，扛不住了，又改口说耳坠是他从一具女尸耳朵上摘下来的。

据他交代，他那天尿急，跑去一户农家院拐角放水，院子破了个大洞，屋内没人，是个弃宅。撒完尿，他见院子里有些铝合金窗框，想偷出来卖钱，就爬进了院里，没想到发现一具尸体。他之所以发现女尸不报警，是因为贪财。他见女尸耳朵上挂着宝石耳坠，摘下耳坠后又把尸体埋了，然后就带着耳坠去了当铺。

警方认为：他一个大丰村村民，没事去许家村闲逛非常奇怪，带他去指认现场，竟然真的在那里挖出一具装束时髦的女性尸体。经确认，尸体就是失踪的 Elena。尸检结果显示，Elena 的死因是颅骨受到重创，死亡时间在半个多月前。

警方通过细致侦查，排除了顾志峰的杀人嫌疑。同时，警方调查了院子的主人，一个 35 岁的独居女人，叫许爱琴。许爱琴是个刑满释放人员，1983 年因为流氓罪坐过十一年牢，刚刚出狱一年多，据调查，她在半个多月前去向不明。

女尸颅骨有个大洞，法医根据破损情况推断，作案者是男性的可能性较大。警方围绕许爱琴的社会关系排查，同村一名叫许叶飞的 40 岁男子进入了警方的视线，这人也是个刑满释放人员，1983 年因为流氓罪蹲过十二年牢，是许爱琴的同案犯。刚出狱不到一个月，也失踪了。

还有另外两条信息，许爱琴有个即将结婚的妹妹许爱萍也失踪了，以及村民说许爱琴养过一条黑狗，这狗前几天被村里一个叫许昌头的男人吃掉了。此人好赌，又喜欢偷鸡摸狗，在村里很招嫌。一到冬天，村里总丢狗，他身上却总多一身膘。巧的是，许昌头也不见了。

案件的协查通告发了下去，但嫌疑人都像人间蒸发似的，案子便一直悬着。

顾志峰因为盗窃女尸耳坠，按盗窃罪起诉了他。

记事本上，他测的是个失物卦。

我带着顾志峰的案子找到了老夏，许爱琴的服刑档案就是他帮我弄到的。说实话，没他帮衬，我的效率要低很多。

202 顾志峰测失物

97年9月26日

丁丑年 己酉月 辛未日

泽雷随　　　　　　　泽地萃

妻财 .. 未土 应　　　　妻财 .. 未土

官鬼 . 酉金　　　　　　官鬼 . 酉金 应

父母 . 亥水　　　　　　父母 . 亥水

妻财 .. 辰土 世　　　　兄弟 .. 卯木

兄弟 .. 寅木　　　　　　子孙 .. 巳火 世

父母 . 子水　　　　　　妻财 .. 未土

断：此卦世应持财，东西未丢。父母爻持青龙发动在内卦，东西应还在监房。父母爻在初爻，失物丢在地上或丢在低矮处。卦中子水化未回头克，"未"所指厨房、客厅、瓶器之类的地方。监狱非家中，无厨房客厅之分，本卦化坤，主西南或偏西方，判断东西遗失在监房西南角存放开水瓶处。

案发后，该笔记本保存在警方物证室

80年代尚没有完备的档案登记制度，都是手记材料，很多信息登记不全。不知老夏通过什么关系，竟然找到了当年分管许爱琴的女狱警，她已经是个66岁的老人，早就退休了。老夏从她那儿打听到了一些线索，转成文字资料发给了我。我再结合手头的文件资料，摸清了许爱琴的基本信息。

许爱琴生于1961年，农户，天阳镇许家村人。1983年12月，她和同村男子许叶飞坐在床上斗牌，当时床边站着她10岁的妹妹许爱萍。为了增加斗牌的趣味性，许叶飞让许爱萍脱掉裤子趴在床上，两人在许爱萍的屁股上斗牌，谁输了就闻一下许爱萍的屁眼。

一个村民碰巧从窗外看见了这一幕，就告发了他们。当年严打，许叶飞和许爱琴都因为流氓罪获刑，许叶飞十二年，许爱琴十一年。

1986年之前许爱琴一直和许叶飞有书信往来，1986年之后两人就中断了书信来往。因为许叶飞当年加入了伐木队（由劳改劳教人员组成的伐木劳工），调出了本地监狱。

许爱琴1994年12月18号刑满释放，刑满当日狱警检查了她随身携带的物品，发现了一封没寄出的信件，收件人是许叶飞。这封信是找人代写的，许爱琴是文盲。内容违反了狱内信件审查制度，当时没发出去就被扣押了。

我找关系问到了信的内容，许爱琴让许叶飞刑满后帮她去报复一个人，是个富婆，原来是个商人，因经济案坐牢七年，是许爱琴的同改。

我本来还想让老夏查一下许叶飞，但许叶飞当年被调出了本地监狱,难度太大。

天阳镇在山脚下,山名叫蛇山,山高不到二百米。这里以前是个破落的小山镇,现在建了旅游度假村。我去了许家村村委,打听这四个失踪村民的情况。

妇女主任是个五十多岁很有亲和力的阿姨,个头矮小,穿着红色羽绒服,戴着黑色卡通袖套,自称是镇上的"百事通"。

她问我是县局还是市局的,我说是省局的。她更热络了起来,笑着说,县局市局都有熟人,弄不好说起来还有认识的,省局就没熟人了。许家两姐妹的事呀,多少年前的了,村里清楚来龙去脉的人没几个。

我点头附和着她。她回到办公桌前,抱着自己的杯子,里面泡的是黑枸杞。她抿了一口后继续说,这姐妹俩的爸,八〇年还是八一年,骑自行车经过晒了稻谷的路面,自行车打滑,摔到地上撞了头,他也没去医院看,结果当晚一觉睡过去就没醒来。

没到年底,姐妹俩的妈就跟人跑了。妈跑了没多久,他们家的屋顶突然塌了,姐妹俩就搬到大伯许国富家去住。

我问她,大伯是不是对姐妹俩不好。

她说是。这个许国富前两年死的,一辈子寡吊汉(单身汉)。年轻时候看着老实巴交的,姐妹俩家里出事以后,在他那住了一阵,他就开始不老实了。听说老对姐妹俩动手动脚,不过村里也没谁真看见过。当年不如现在讲法律,就靠主事的老人和村干部旁敲侧击教育几次。村里有个痞子叫许叶飞，当年二十啷当岁，他替姐妹俩出头，把许国富揍得鼻青脸肿。他还帮忙修好了姐妹俩的老屋子，让她俩搬回去住。从那之后他就常去找她们俩。村里都开他玩笑，说以后大老婆小老婆全有了。八三年就发生了举报流氓罪那事，大家都怀疑是许国富报复他们。

我问她，许爱琴和许叶飞坐牢后，许爱萍呢。她告诉我许爱萍去了大丰村她妈那里，再没回来过。

我记得顾志峰的户籍地就在大丰村。

我正准备再问点什么，有个老太婆突然闯进办公室，说村里某家媳妇抱着农药瓶坐在土地庙里，喊主任赶紧去劝命。

"估计是男人输钱了。这里的农田被收走搞旅游开发，村民们手头攒了俩钱，赌博的风气更是收不住。警察同志，我要去处理工作。"

主任起身要走，我向她打听许家姐妹的老屋位置，她让我跟上，正好顺路。

从土地庙往前走几百米就到了许爱萍的老屋。那是一栋破败的砖瓦房，被两栋三层洋楼夹在中间。屋子很矮，站在院外就能看清屋顶，瓦片里长出的一丛丛野草，全部枯死了。瓦片松开了缝，像一堆没洗好的扑克牌。

屋后有个院子，院墙很矮，院里是一块高低不平的泥地，散落着一些褪色的塑料垃圾袋，被风吹来吹去的。

我翻进院子，走到西墙根看了看，档案上记载，当年富家女 Elena 的尸体就是从这挖出来的。过了这么多年，埋过人的泥地似乎仍旧保持肥沃,虽然是冬季,那里的野草根茎明显更加繁密。

站在院里能看见西边百米开外有片桃林,桃树都枯了。桃林被一条河隔开,河旁边扔着一堆长条形的水泥块。

我进了屋,里面有三间房,用两面黄土墙隔开,一共六七十平方米,堂屋稍大,三十平方米左右。黄土墙刷过白石灰,石灰掉得到处都是,退两三步看,两面墙就像是白癜风患者的皮肤。

我去主卧看了看,里面搭着两块破布帘,地上还扔着一些生活用品,落满了灰。次卧有一张破桌子,我打开抽屉,里面结了蛛网,有一张皱巴巴的账本纸。纸上用蓝墨水写着尺寸,还有单价和个数。

我将纸条装进了口袋。重新回到堂屋时,屋外突然有人放鞭炮,声音巨响,噼里啪啦好一阵,震得两面墙上掉落一堆石灰皮。我注意到一面墙上有些大小不一的蓝色斑点,看上去像墨水。

顾志峰

我上初二时,从隔壁班偷来一支英雄200型号的钢笔。原先的主人是个三好学生,个子挺高,家里有钱。

我学习不爱用功,成绩很差,钢笔这东西对我吸引力不大。但见这东西挺招女生关注的,我就忍不住想偷。偷东西这习惯我也不知道什么时候有的,可能是想要的东西总没办法得到吧。

我从小无父无母,外婆带大。这话说出来挺苦情的,但我的情况并不是父母都死了,他们都活着,只是不愿意认我。乡下人其实还挺稀罕男孩的,但我父母不同,他们各有家庭,然后又生了我,所以我就成了没有家的孩子。

我在班里很自卑,但有了这支钢笔,偶尔就敢跟班上的女孩子说上话,钢笔也常常借给她们。

这支钢笔出水很顺,但我还是养成了甩墨水的习惯。这是个坏习惯,特费墨水,但我改不了这坏习惯,甩来甩去的,是想招人羡慕羡慕。毕竟,我是有一支名牌钢笔的人。我坐在靠墙的位置,桌边的白墙壁上被我甩满了墨点。

有天放学,我被隔壁班几个同学堵在了厕所。钢笔就挂在我的裤兜上,他们立马搜到了,那个三好学生一拳打在我裤裆位置,我捂住下身倒在了地上。厕所地面是夯实的泥地,非常脏,满地爬蛆。

三好学生喊了我的外号:"鼻涕虫这么喜欢这支钢笔?早说呀,送你了。"他的同伴踩着我的脑袋,不让我起来。

整个年级的同学都知道我叫鼻涕虫。因为我老有浓鼻涕拖出来,很长,我老是舔吧舔吧的,一到冬天,每天可能得把几十条浓鼻涕吃下肚。外号就这么来了。说了都没人信,我吃鼻涕的习惯是因为饿。

三好学生要把钢笔送我,他拧开钢笔套对着粪坑里抽了一管尿,然后蹲下身在我脸上一笔一画地写了好多字。他笑着说这是写了份赠予说明书，钢笔现在是我的了。

我脸上咸巴巴的，分不清是泪渍还是尿渍。走出厕所时，我捡走了地上的钢笔。

第二天上学，班级里借过我钢笔的女生都躲着我，她们都知道我偷钢笔的事了。我没脸待下去，直接辍学了。

辍学后的几年，我跟一个师傅学泥瓦工，还没出师，就在工地宿舍里偷了他的钱。我被师傅赶回家，断了手艺，一直到二十几岁，也没正经去挣过钱，偶尔接点附近的闲工干着。

大丰村有座十里山，七八座矮山坡连在一块，看上去很长，但也不至于有"十里"那么夸张。

23岁那年秋天，有一天我见山坡上盘腿坐着一个女孩。看不清她的长相，她的身后是一棵挂了黄叶的槲树。

山上就这一棵槲树。也不知道是哪年，我偶然间发现了它。它的枝干粗，叶子宽。秋天，树叶会和其他树木一起变黄，但入冬后的叶子却一片不掉，要等到年后报春才一片片地掉光。

我走到她面前，她抬眼看了看我，我也看了看她。她的衣服破破烂烂，头发结成了一块儿。不过她的眼睛是干净的，黑白分明。

我说："这棵树是我的，你别坐这里。"说完，我站在她旁边撒尿，尿声很犀利。她一点不害臊，看着我尿，然后白了我一眼，反问道："树上写你名字啦？你说是你的就是你的吗？流氓鬼！"

她站起身，转身向前走了几步，看着山上的风景。山上其实没什么可看的，林子深处有虫叫，那是一种叫不出名字的怪虫。

我把女孩拉到树后面，那里被我刻了很多人名，字迹歪歪扭扭，刀痕深一块浅一块。

女孩摸着那些人名问道："有你的名字吗？"我说："我叫顾志峰，你找找。"她不愿找，说不识字。我问她多大啦，上没上过学。她说二十一。

我说："你摸，刻痕最深的几个字就是我的名字。"她的手摸到了我的名字，那只手很小很软。她摸着字迹的轮廓，说："这三个字刻得很深。你得多费力气呀。"她的指尖从凹进去的树皮上轻轻滑过，我感觉脖子、背上、脸上酥酥痒痒的。她把手抽回去，说，这么多名字，为什么有的刻痕深，有的刻痕浅。

我说，都是我恨的人，浅得恨少点，深得恨多点。树干上密密麻麻的名字，都是从小到大欺负过我的人，有几十个。

我问她："你叫啥名，你有恨的人吗？"

她说："我叫许爱萍。恨的人吧，也有。我恨我姐，还恨一个男人。"

我挑出树干上一块平整的位置，对她说，可以把最恨的人名字刻在上面，这棵树会惩罚他们的。

她说："我不识字，你帮我刻吧。"

我绕到树前面，那有个树根隆起后形成的凹洞，大小刚够一个人坐进去。我把手伸进洞里，掏出一把小匕首，那是我一直藏在洞里的。

我问她刻谁的名字，她说，刻"许爱琴"三个字，许爱琴是她姐姐。

蒋 鹏

除了那张单据，我在许爱琴的屋子没找到什么有价值的线索，便去了大丰村。

我事先做过一些基础调查，顾志峰刑满后结婚生子，在大丰村经营一家灯具店。灯具店很好找，在一间茶行的对面。店面显然是精心布置过，生意红火。

走进店里，柜台里站着一个中年男人，个矮壮实，穿着长款羽绒服，戴眼镜，右手夹着一支钢笔。中指飞快地敲着计算器，正在算一沓账单。他招呼我："买啥样的灯，自己看样品啊，我这忙一会儿。"语调温和，透着股商人的精明气。我在店里转了两圈，店里灯具的种类很齐全。

我要了几盏节能灯，借口让顾志峰手写一份单据。我说："老板，你这钢笔有年头了。"他说："84版的英雄200。"我说："这年头使钢笔的人不多了。"他笑笑。

随后，我去了天府大桥下的旅社找到老夏，把顾志峰开的单据和许爱琴屋里找到的那张都交给了他。我请他找人比对一下纸上的字迹，如果是同一个人写的，那顾志峰肯定去过许爱琴的屋子,可能还熟识许家姐妹。

老夏很快有了反馈,两张单据上的字迹属于同一人。

从许爱琴屋里带出的那张老单据上的抬头是"大块头水泥预制厂",很可能是当年顾志峰在水泥厂买了什么东西,把单子落下了。老夏说,这让他想起以前办过的一个案子,湖里发现一具浮尸,尸体上用铁丝绑着十几块空心砖。

经他一提醒,我想起许爱琴屋外那条河,河边上遗留了两块水泥砖块,样子确实像巨型空心砖。

单据上一共二十块水泥砖,每块半米长、三十厘米宽。

我跟老夏说了自己的初步推断。

许爱琴刑满时被狱方扣留了一封信,她在信里让许叶飞出狱后去天平圣地找一个同改寻仇。

当年那起案件中的死者Elena,家庭地址也在天平圣地。更令我意外的是,信件里扬言要报复的同改就是Elena的母亲,一个因为逃税和行贿而入狱七年的富婆。

我初步判断Elena的死可能是有预谋的报复行为。那么许爱琴和许叶飞都有作案嫌疑。许爱萍在这中间又做了什么呢?还有许昌头,为什么也消失了?

这样看来,顾志峰捡到耳坠,很可能不是偶然,Elena的死和这四个人的失踪,他至少也会知道一些内情。

老夏听完,让我先按这个方向查下去。

再次去许家村,我径直去了河边堆着水泥砖块的地方。水泥块约半米长,样子像空心砖,又像大号的方形蜂窝煤。

我张望了一下，河边桃林里有几个村民正在搭建棚房。我走进桃林，给干活的村民一人发了一支烟，问他们，那几块水泥是干吗的。

一个村民接过烟，对我说道："这种水泥预制块村里盖房子都会用得到，特别常见，不过具体用在哪儿只有预制的人才知道。"

另一个瘦高个村民拍拍我肩膀，他说这几块水泥已经撂在河边很多年了，他小时候还和童伴把它们当玩具。

我问这么大一块，怎么玩。村民说："用麻绳穿进水泥块的孔洞，拖着玩，上过那节语文课吧，冒充伏尔加河上的纤夫。"

村民们抽完烟，继续干活。我又回到河边，测了一下距离院子最近的河岸位置，然后去找了一根毛竹。

假设一个人要将绑了水泥预制块的尸体投河，大概率会趁没人的时候选距离最近的河岸快速处理，不然四具尸体，体力吃不消，时间也不允许。

我找了几个有可能的位置，用毛竹探了探河底，果真在其中一个地方触到了疑似长条水泥预制块的物体陷在淤泥里。河底有无沉尸，要靠警方确认。我没有打捞条件，证据不足以报警，我打算等亲手逮捕了顾志峰，再把案子交出去。

离开许家村，我立刻去了大丰村顾志峰的灯具店。正巧赶上午饭点，他坐在饭桌前吃饭，个系围裙的女人坐在他对面，应该是他妻子。一个小男孩坐在柜台的椅子上，端着饭碗边吃边看电视。

灯具店旁有家卤味店,我去店里称了半只咸水鸭,让老板剁成块,然后拎进了灯具店。我将咸水鸭摆桌上,说:"上次在你家买那节能灯,安上后把家里电路全烧了,是不是假货啊?我可没电做饭了。"

顾志峰放下饭碗,女人很识相,立即盛了一碗米饭给我。我坐下来,夹了两块咸水鸭就饭。

女人将一盘红烧排骨往我面前推了推,顾志峰冲我说:"吃完饭去你家看看,真是灯的问题,下午我帮你修好。"我夹了一块排骨放进嘴里,夸味道不错,女人听了高兴,劝我多吃。我用筷子指了指咸水鸭,让顾志峰尝尝。他笑笑,说卤味店就在旁边,闻味儿都闻够了,随后放下饭碗说自己吃饱了,让我慢慢吃。

他起身去柜台盯着小男孩吃饭,我又夹了块排骨放进嘴里,就了一口米饭,细嚼慢咽。

吃完午饭,女人收拾了桌面,顾志峰走过来递烟,我接过来,说:"顾老板,你去我家看看灯。"他闷了一口烟,直接去柜台里拿了电工箱。

他问我家住哪儿,在街面上没怎么见过我。我随便找了个方向,领着他一直往地界荒凉的农田里走。他走得不耐烦,停下脚,又问我到底是哪个村的。我转过身死死地盯着他。

他脸色有点不自然,问我这样看他干啥。我盯住他的眼睛问他:"认识许爱琴、许爱萍姐妹吗?"

顾志峰

认识许爱萍后，我常约她到树下玩，教她写字。每次见她，我都捂两个饭团，里面塞了腌菜和豆瓣酱。

一年前，我还不用吃饭团，那时外婆没去世，能做得动饭，还能织渔网。我上学后，她整天在家和一堆渔网较劲，开学季她需要每天织够十副渔网，才正好勉强能让我坐进校园里。十副渔网要从早上五点一直织到午夜，我辍学后本想让她歇歇，但怪自己不争气，偷了师傅东西，泥瓦匠的饭碗没端稳，还坏了名声，小工活儿别人也不常找我。挣不到钱，外婆还得拼死织渔网。

外婆突然去世后，我懒得做饭，就按最简单的来，能对付饱肚子就行。

每次和许爱萍见面，我们都坐在那棵槲树下面。她和我一样无所事事，不过她是女孩儿，可以就这么等下去，等着嫁人。

有一回，我去山上找她，发现她正在铺几张卫生纸。

我问她："拿这练字吗？"她点点头。我从包里拿出练习本递给她，那是我以前剩下的新本子。她接过去，举到鼻口嗅了嗅。我被她的样子逗乐了。

我说："我先教你写名字吧。"她说："名字我自己会写。"我说："你会写还叫我刻你姐的名字。"她说："你真小气，我手上没劲儿，怕字刻不深。你不是说刻得越深说明越恨吗?"

我问她:"你姐到底干啥啦,你这么恨她?"她没有回答,我也就不追问了,问她想写啥。她说就先练一个字吧,"恨"。

我写下"恨"字,然后扶着她的手练了两遍,再让她照着感觉自己练。没过一会儿,练习本上密密麻麻都是"恨"字,笔迹扭曲丑陋,每个字都特别刺眼。

中午,我从书包里拿出饭团,递给她一个。吃饭时我问她是哪个村的,之前没见过她。她边吃饭团边说,以前住天阳镇许家村,但是很多年前就搬到我们村了,一直跟她妈在外省服装厂干活,今年家里要给她订婚,回来待着的日子就长些。

过完年,我接了点闲活,得去外面打短工,许爱萍也要继续去服装厂上班。告别的那天,我俩在槲树下又见了一面,一起摸了摸树干上的名字。她说:"我刻下了那么多恨的人的名字,其实我谁也不恨,就恨自己。"

她就刻了一个自己的名字,说这才是真正的恨。

我问她,去了服装厂还练不练字,她点点头。我把那支钢笔送给她,她没要。

看着她跑下山的背影,我将钢笔放回了口袋。能不能再见到她我不知道,但当时我还有话没来得及说,我想告诉她,这支钢笔其实也并不属于自己。

过了春天,我打短工回来,闲在家里没事,就总去那棵榔树下面坐着。许爱萍在外省打工，我总想念她，或者只是单纯地想女人。想着想着就很后悔，去年冬天应该跟她发生点什么。

我绕着树干转，脑子里想的都是许爱萍，而且总是去摸"许爱琴"这个名字，那三个字刻得可深了，摸上去心里就痒痒的。摸着摸着，就想去许家村看看。

后来我真去了，步行了两三个小时才到许家村。打听到许爱琴的老宅子，发现屋内亮着灯。屋子有个后院，我翻墙进去，透过后门的门缝偷看屋内。

屋内有个短发女人，个子不高，三十几岁，穿着一件的确良衬衣，一条宽松的四角裤。她背对着我抽烟，抽完烟后去粪桶上撒尿。转身时我看清了她的样子，大眼，细眉，圆乎乎的脸，皮肤白花花的，简直就是胖一号的许爱萍。

这女人肯定是许爱琴。

我本想离开，却挪不开步子，盯着她撒完了尿，又盯着她穿裤子。真要离开时，我的额头卡进了门缝里，使劲儿一拔，门闩咯吱咯吱地响了。许爱琴在屋子里喊"谁啊"，我扭头就跑。

翻院墙时，我的衣服被她揪住了，回头一看，她恶狠狠地瞪着我。我被她从院墙上拽了下来，她的衬衣半敞着，胸前鼓鼓囊囊的，透出来两颗黑点子。她说："小屄头子，是不是来偷东西的！"

我急忙解释："不是，不是，我是来找许爱萍的。"

我低头站在院门口，慢慢挪动，准备从那离开。她挡了过来，问我是不是大丰村的人，我点点头。

她又问，许爱萍是不是不跟她妈住一起了。我说，许爱萍出门打工了，在外省的服装厂里。

她歪嘴笑了一下，反问我："你知道她打工去了，那你还到这儿找她？"

我脸一下红了，她伸手够我口袋上的钢笔，说："文化人呀？钢笔都挂在胸口。"她举着钢笔往屋子里走去，胯部扭来扭去，我追在她身后进了屋。

屋子不大，石灰土墙隔出两间卧室。堂屋摆着香案和八仙桌，地上散落着烟头和瓜子皮，一张椅子都没有。她抢着钢笔去了主卧，门口放着一只黑色塑料粪桶。我跟到门口，闻见一股骚臭味。

她坐在一张木床上，一条腿伸直，另一条腿曲着，平角裤敞出一条宽缝，屋里的白炽灯就悬在她头边，光线从裤缝里钻进去，沿着白花花的大腿，一截一截地暗了下去，然后就彻底黑乎乎的了。

她眯着眼，嗲声嗲气地说道："小屌头子，帮姐姐写封信。不然钢笔不还你了，你刚才是不是偷看姐姐撒尿了？"我脸一热，说不给我笔怎么写。

信写给一个叫许叶飞的男人，因为怕信再次被扣，我去监狱送信时许爱琴还特地给我带了一些吃食、日用品送给骨干犯。信的内容除了许爱琴一长串的牢骚话，比如自己才出狱半年不到，没什么经济来源，日子很苦之类的。她还说自己坐牢十一年，总是受一个经济犯欺负，逼她喝过洗脚水，她让许叶飞刑满后去天平圣地找那个经济犯寻仇，不然别来见她。

写信时，我老是甩墨水，她急了，骂道："你看你，墙上都脏了。"

从许家村回来时，天黑透了，许爱琴借给我一个手电筒。我本想白天还回去，但帮别人家修了一天屋顶，决定第二天再去还。可晚上翻来覆去睡不着，我打着手电筒又去了许家村。

我敲了好几遍屋门也没人应，正准备离开，屋里突然传来狗叫声，奶声奶气的。屋门开了，许爱琴揉着眼睛倚在门边。

她穿了一件松松垮垮的白背心，胸前鼓胀着，肚脐也露着，下面穿着白色的平角裤，松紧带把她肚子上的赘肉勒出两道红印。

她打了一个长哈欠，问道："小屌头子这么晚干吗来了？"一只筷子长的小黑狗跑到她脚跟前，警惕地看着我。

我说："来还这个。"我将电筒伸给她，灯光不巧晃在她脸上。她躲了一下，让我关掉电筒，口里骂道："屁话！撒谎都不会，哪有夜里还电筒的。"

我僵直着手臂，将电筒伸到她胸前。她哼哼唧唧地笑了，手指在电筒上滑来滑去。她问我："是不是想女人了，你说，说了我就让你睡屋里。"

我满脸都发烫了，干咳了几声，埋着头不敢看她。

她靠近一点，问："你多大了？碰过女人没？"我想装得成熟些,说自己二十六了。她用手指点了点我的胸口,说:"这么大了,见了女人还这么尿,没出息,你想不想进屋里睡?"

我缩着身体不敢吱声。她退到门边,将屋门半合着,露着脑袋说"那我关门了"。我仍旧不敢吱声。她说:"想就点点头。"我点了点头,她拽着我的胳膊,一把将我拉进了屋里。

她的床上铺着一条薄被,有股雪花膏的味道。春末的天气不太热,但蚊香已经点在床前。她站在床边脱掉了背心,问我走了一夜路,身上黏不黏。我点点头,她拿来一个搪瓷脸盆,叫我打盆水,上下都洗洗。洗完了,她朝我勾着手指,我刚走到床边,她就一把拽倒我,然后翻身将我压住。

这是我第一次碰女人。

从那天起,我大概每个月都会去许爱琴那儿一次,帮她写信给许叶飞,隔两三个月也会帮她读许叶飞的回信。这样的日子持续了六七个月。

一天,我骑着自行车去许家村。许爱琴又收到了许叶飞的回信,我赶着去读给她听。

天很冷,我吃了午饭从家里出发,路坑里的冰一点儿没化。我骑得飞快,寒风像刀一样,满脸的冻疮都被割开了,手指也开着裂,瑟瑟地疼。

进了屋子,许爱琴抱着一个烘笼子暖手,身边趴着那条黑狗,它已经长高了很多。我刚进屋子,这狗就猛地摇了几下尾巴,地上扇起一阵土灰。我将手伸到烘笼子上,暖了一会儿，许爱琴递给我一封信。她说："你读读，这个月他该释放了，看看是不是要回来了。"

我有点儿不高兴，把信放到八仙桌上，说等一会儿再读，手冻僵了。她歪着嘴笑笑，问我是不是吃醋了。我板着脸说，就是手冻僵了，暖一会儿。她挎住我的胳膊说："你不只手僵了，脸上也僵了，走，到被窝里我帮你全身上下都暖一会儿。"

在被窝里，我抱紧她问，是不是以后不用再写信了。她点点头。我又问，是不是最后一次读信了。她也点点头。我松开了她，坐起身，问她以后还让我来这里吗。她摇摇头。

两个人的衣服压在棉被上，很重，我从被窝里挣扎着坐起来，将自己的衣服一件件穿好。下床后，我去八仙桌上取了那封信，回到屋里，站在床边大声地读。许爱琴坐起身，半边身体裸着，点了一支烟，认真听我读信。信读完，她胸前已经冻得通红。

许叶飞已经出狱了，先在狱友家里住几天，过了元旦就来找她，来了就帮她找那个经济犯报仇去。

我将信扔到床上，然后摔上卧室门离开了。黑狗跟出了屋子，我踹了它一脚，骑车走了。

我想，以后我再也不会来许家村了。

在家睡了两天，村里有人上门喊我做工去。我不想搭理，但包工的人很急，冲到屋子里拽我，说会计家儿子结婚，要一个礼拜砌出两栋平房做婚房。

我问他:"会计家那个憨货能娶到老婆?"他说:"骗你干吗?就是那个外村的女孩许爱萍,她后爹做的主。"

我猛地从床上爬了起来,问他:"许爱萍回来了?"他说早回来了,在家都半年多了。她后爹收了会计定金,天天拿软硬话磨她,她本来死活不肯,也不知道怎么就同意嫁了。

我立刻起床,冲出了屋子。跑到许爱萍家门口,我见她穿着一件红花大袄,坐在院子里剥花生。

我将许爱萍喊出院子。她瘦了一些,头发变短了,剪得整整齐齐的,垂到耳根。她说有什么话,一会儿槲树那儿见。说完,她又走回了院子。我去了十里坡等她,在槲树下等了一刻钟,她慌慌张张地跑来了,跑到树底下,弯着腰喘了一阵。

我等不及她缓气,问她回家这么久,怎么不来槲树这儿找我。

她没理我,绕到树后面去看名字。我跟在她身后,不知道为什么她的态度一下子变得这么冷淡。

她用手抠"许爱琴"三个字边缘上的树皮,一边抠一边说:"你看我姐的名字,这些刻痕的边缘都滑溜溜的了,不知道谁老来摸它。"

听到这话,我心很虚,一下子明白她态度变冷的原因。她盯着我,我一下子没话说了。她问:"你找我有什么事吗?"我半天不吭声,她又说:"没话说,我就回去了。"

她转过身准备下山,我一把拉住了她的衣服,鼓起勇气说:"你别嫁给那憨子,我带你走,去城里生活。"

她将我手里的衣摆抽了回去,说我就是个闲汉,力气活儿都没心思干，就知道跑十几公里，去许家村舔女人脚趾，哪有能耐带她去城里生活。

我回不上嘴，她又说："许家村的老宅子是我家的，你和许爱琴睡过的那张木床，我也睡过。你明明知道我恨她，你还和她好，顾志峰，你真不是人。"

我恼羞成怒地冲她吼道："你那点儿事我早知道了，我帮你姐写了好几封信，也读了那个叫许叶飞寄来的回信，他俩为什么流氓罪坐牢？他俩在你屁眼儿里打扑克呢！难怪村民们说你早就被许叶飞夺了红，活该嫁给那憨子！"

她蹲了下去，埋着头哭了起来。我觉得自己太过分了，想劝又不知道怎么劝。她起身要走，我拽住她说："许叶飞已经放出来了，过完元旦就回许家村。我看了他最后一封信，说要绑一个富婆弄笔钱，那个富婆是你姐坐牢时认识的，两人有仇。"

她问："你跟我说这些啥意思？"

我说："啥意思？你姐和许叶飞是不是害你的人？你想不想出口气？等许叶飞绑了富婆弄到钱，咱俩就去黑了他们，然后带着钱去城里，他们只能吃哑巴亏。敢声张，他们就再蹲大牢去。"

蒋　鹏

荒地旋出一阵狂风，顾志峰身体一晃，撒腿便跑。

好端端的青天白日，风突然从四面八方吹来，吹得整片天空像块破布似的抖了起来。沙土阵阵扬起，顾志峰奔跑的速度令我吃惊，等我快步追赶上去，他已经甩出我半个操场的距离。他狂甩双臂的背影，并不像跑，更像是摇摇欲坠地飘在了半空。

我大喊几声"站住"，风声盖住了嘶吼声。按道理，我的体力胜于他，但这股莫名刮来的邪风，让我眼睛里进了沙子。我努力挡起右臂，追出五六百米，狂风骤停，太阳从云层里突然钻了出来。天色亮堂了，荒地上没了人影。

我揉着眼睛，继续追，跑到了荒地的尽头。那有一座矮山坡，山脚蹚一条窄溪。溪水半面清澈，半面浑浊，像有人刚从这蹚过去似的，搅浑了溪底。我爬上山坡，果真看见几个湿漉漉的泥脚印。

越过山坡，我又追到山下，浑身累得像没了骨头似的，弓着身风箱般地喘气。山这面是个小村庄，百来栋刷着黄漆的水泥平房，每间房子上都画上了拆迁的标识。不知道顾志峰躲进了哪一间。

天色骤阴，风又刮了起来。不远处响起一阵"噗噗噗"的巨响，循着响，发现那是一面被风掀翻的广告布，上面写着"商店"二字。

店里有一个坐在躺椅上的老太婆，一台老掉牙的彩电播放着黄梅戏，她正看得津津有味，时不时地跟着哼唱几句。店里全是木质柜台，看上去年头很长，有些地方沾着干巴巴的红漆，仔细看看，是"供销社"三个字。柜台的高处摆着几只热水壶，蒙了好几层蜘蛛网，水壶旁边放着更老掉牙的商品，几只大红色的洋瓷脸盆和洋瓷痰盂。柜台的低处倒是摆着几样现代商品，还有烟酒、饮料和零食。

我敲了敲柜台，老太婆看我一眼，问道："买什么啊？"我喘着粗气反问她，刚刚有没有看见一个男人跑过去。老太婆白我一眼，冲我摇摇手，继续看黄梅戏。我倚在柜台上，感觉吃进了一阵风，胸口又闷又寒，实在追不下去了。

老太婆回身看我一眼，慢吞吞地说道："外面人，你来我们大丰村做什么的？"我吃了一惊，反问："这儿怎么也叫大丰村？"老太婆像是明白了似的，问我："你是从集市上过来的吧。那是拆迁安置过去的，真正的大丰村在这儿。村里留了一小半还没拆，我还不知道等不等得到那一天喽。"

我问老太婆认不认识顾志峰。老太婆说："怎么不认识，以前不学好，劳改鬼，出来了像个人，娶了老婆生了孩子，还做起了买卖。"

我等不及彻底恢复体力，找到自来水池子，洗了洗眼睛，问老太婆顾志峰家原来的老房子在哪儿。她说："早拆了，他奶奶的坟倒是还在村后头。"

我跑出商店，去乱坟岗碰运气。

乱坟岗被齐腰高的枯草围着，一眼望去，只有几座水泥坟墓零星分布在草堆里。等风一阵阵拨开草丛，这时才会发现，里头还有许多水泥墓碑和黄土坟。

草丛里藏人很方便，我有预感，顾志峰就蹲在里头。身旁的土路上堆了一些红砖，我抓起砖头往草丛里砸。丢进去七八块之后，草丛里有了动静，一个人影蹿了出来。

这时候风彻底停了，顾志峰没前面跑得那么生猛，我越追越近。三十米，二十米，我们又折回到刚才的小山坡。顾志峰跑到一棵老槲树下，双手掐住腰，大口喘着粗气，弓着身冲我摇摇手，他再也跑不动了。

老树根隆起的部位形成一个凹洞，他盘腿坐了下去。我停住脚步，也喘了喘气。

他突然问我："你想知道什么？"

顾志峰

那天在十里坡，许爱萍用衣袖将眼角的泪渍抹干净，问我那些话是逞强的还是真心的。

我说，是铁了心的真话。我们可以买泻药兑到暖壶里，等他们喝了热水，拉得起不来身，我就去把钱偷了。

过了几天，许爱萍约我见面，照旧在槲树下面，手上拎着一个粉红色的碎花暖壶。我一看，知道自己的话被她当真了。

她说："我去许家村看过，许叶飞已经回来了。我姐那里也有一只这样的暖壶，我给你准备好了，药也给你下好了，你要是真弄成了这事，我就跟你进城过日子。"她将暖壶伸到我的胸口，举着的手臂上暴出几条青筋。我一把将暖壶夺到手里，搂着她就亲。她松着膀子，不躲不让，干裂的嘴皮都被我亲出了血。

我拎着暖壶跑下山，骑车去许家村。天黑得很快，夜风刺骨，等到许家村时，全身都结了一层冰霜。

我翻进许爱琴的院子，看见屋里有个秃顶干瘦的男人，许爱琴裹着棉袄坐在床上，伸手摸耳朵上戴着的耳坠，金边耳坠上镶了大颗绿宝石，很漂亮。男人将许爱琴搂在怀里，问她为什么睡觉都不摘掉耳坠。许爱琴端着镜子，没搭理男人。男人说："没弄成那富婆，弄了她女儿，你还不解恨。"许爱琴说："解什么恨，我恨不得那个烂货死全家，给我喝了好几年的洗脚水。"

我想这瘦子应该就是许叶飞。他的抬头纹很重，一张锅底黑的脸，一看就是做多了苦力的样子。看见许爱琴的宝石耳坠，又听见他们的对话，我知道许叶飞已经下手了，他刚放出来，肯定没钱买宝石耳坠。

男人搂住许爱琴亲嘴，我气不打一处来，蹑手蹑脚地绕到厨房。灶台上有只花暖壶，和我手上的那只一模一样。我把手上的那只放在灶台上，将灶台上那只拎走了，然后重新躲回院里。

我趴在院子的木窗上盯了半小时，才见许爱琴起身去了厨房，她将暖壶拎到卧室，给桌上一个玻璃杯续了水。她吹吹热气，抿了几口，皱着眉头说："这水怎么一股怪味？"她将杯子递给了许叶飞，许叶飞闻了闻，说："确实一股酸味，水龙头肯定锈了，改天帮你换掉。"

说完，他端着杯子焐了一会儿手，一口没喝，倚在卧室门边说话：

"我约了人打夜牌，打通宵，明天早上带早点给你，你早点儿睡。"

话说完，他放下杯子，出了屋。

我赶紧缩回脑袋，听见堂屋的正门"吱呀"一声开了，又"吱呀"一声关紧了，再重新趴上窗台。就这么短短的十几秒空当，许爱琴突然从卧室消失了。

我挑开窗户往里看，见卧室门边有双脚，地上都是划痕。我赶紧冲到堂屋，发现许爱琴趴在地上，从卧室爬到了堂屋。她前额顶着泥地，一堆白沫从嘴里溢出来，身体一会儿僵直，一会儿弓起来，双手捂着肚子，翻着白眼，疼得出不来声。

我站在原地不知所措，等回过神，赶紧去搀许爱琴。她突然吐出一大口血唾沫，整个人昏厥过去了。我这时才意识到，许爱萍在暖壶里下的并不是泻药，而是毒药。

黑狗狂吠起来，龇着牙朝我扑过来。我怕黑狗动静太大引起邻居注意，拿起墙角的笤帚打了它几下，它转头一口咬住许爱琴的衣服，把她往门口拽。

我用笤帚狂打狗的嘴巴，它死活不松口，呜呜呜地低吠，还是压低着前腿使劲儿拽许爱琴。

我用力拉住许爱琴的两只脚，黑狗抵住前爪跟我较劲。我猛地退了两步，黑狗松了劲儿，夹着尾巴跑出了院子。我走到许爱琴的头这边一看,发现她右边耳朵上的耳坠不见了,估计是被黑狗叼跑了。

看着黑狗跑远,我打起了退堂鼓。毒药是许爱萍放在暖壶里的,我根本没有杀人的意思,这个冤大头我当不得。而且,等许叶飞回来,他十有八九不敢报警,因为他自己身上也有案子。

想完这些,我赶紧回了大丰村,这烂摊子我不知道怎么收拾。

凌晨两点多,我到了大丰村,看见许爱萍就站在十里坡上那棵槲树下等着我。她举着电筒照着我,我将自行车扔在路边,快速往山上跑。

一照面,我就骂她:"你给我的暖壶,里面下的是毒药,你怎么这样害我。"她面无表情,冷冷地问我:"许爱琴和许叶飞死了没?"我告诉她,许爱琴死了,许叶飞没死。

她拿电筒的手垂了下去,灯光缩成一个小光斑。她说,许爱琴和许叶飞被抓后,村民们都说她被许叶飞玩儿过了,所以她一直嫁不出去,家里人便要把她嫁给一个憨子。她早就想寻死,死之前,她本来准备自己去毒死姐姐,药都备好了。那天我来找她,跟她说许叶飞的事,还说了要带她进城的想法。她想试试我是不是敢为她担人命的男人,如果我做到了,她就跟我过日子,过一天算一天。我现在跑回来找她的意思,她懂了。她会守着尸体,明天有警察来了,她认。

我没辩解什么,看着她打着电筒直往山下冲。我心软了,追上去,骑车带上她。骑到许家村时,天都泛白了。我将自行车倒在院门口，她让我回去，自己进了院子。

我想走又不想走，等她进了堂屋，我也进了院子。尸体趴在堂屋里，她看了一眼，跨过尸体，坐在了卧室的床上。我趴在木窗上偷看了一会儿，见她是铁了心要守着尸体等警察来抓，狠狠心准备离开。

刚转身，突然听见堂屋的门"吱呀"一声。我从门缝里偷看，发现是许叶飞回来了，他肩上扛着一个身材矮胖的男人，男人浑身是血，两条胳膊像面条一样垂着，看上去已经死了。

许叶飞将肩膀上的男人撂在地上，发现了趴在堂屋的许爱琴，他走近查看时，许爱萍从卧室冲了出来。她的手上拿着一把匕首，一刀扎中了许叶飞的后背，但她力气太小，许叶飞又穿着湿重的棉衣，仅仅渗出一点点血。他一把将她推开，反手夺了匕首，扎进了她的喉咙。他杀人太熟练了，我还在犹豫要不要冲进去，许爱萍已经捂着脖子趴在了地上。

我吓得不敢喘气，下半身就像没长腿似的，使不上劲儿，也不敢离开，生怕许叶飞听见动静。

他坐在地上，愣了一会儿神，然后哆嗦着手去摸许爱琴，抱着尸体呜咽了一阵。大约过了半小时，他起身拿了一把铲子，铲子上还有没干透的泥。

院子的西墙脚有块翻新过的地，泥土被拍得很平实，一根草都没长。

他将后门拉开，我赶紧贴着墙躲在门后，趁他拖运尸体时，悄悄地逃出了院子。我把倒在墙脚的自行车扶起来，发现链条掉了，赶紧蹲下来上链条。一紧张，出了一身汗，一双汗手变得僵硬，又怕弄出声惊动屋里的人，好半天链条才重新上好。正准备离开时，我突然觉得哪里不对劲儿，院里好像一点动静都没了。

我趴在围墙上看了看，发现许叶飞竟趴倒在后门口，嘴巴里全是白沫，和许爱琴的死相一模一样。

我返回去一看，见卧室打碎了一个玻璃杯。是许爱琴晚上喝水的那只杯子，当时她只喝了半杯水，看来剩下的水被许叶飞喝光了。

玻璃杯的碎片旁边，扔着一对完好的绿宝石金耳坠，我想都没想，捡起来放进了口袋。走到堂屋，看见地上掉着一把匕首，那是我在槲树上刻字用的，它一直藏在树根隆起的一个凹洞内，不知道许爱萍什么时候把它揣在了身上。

一整晚，就这样稀里糊涂地，死了四个人。说给鬼鬼都不信。

蒋 鹏

在老槲树下，我盯着顾志峰，等着他交代案情。几分钟时间，他一直在唉声叹气，喋喋不休地抱怨。

我说："你别逼着我动手。"他猛地抬头，说要起身撒尿，让我拉他一把，撒完尿，他什么都没说。我伸手拉他，发现他右手拿着一把匕首，顺着我右手背抹了一刀，立刻鲜血直涌。他又朝我的胸口刺来一刀，我下意识抬手去挡，右手臂又挨了一刀，疼得半边身体一下子软了。

他撒开腿往林子深处狂跑，我跟在后面追。枯叶在脚下沙沙作响。越追越深，周围越来越静。顾志峰已经跑出了视线，我趴下来，耳朵贴着地面听声音。

右臂半条毛衣袖子已经被血粘住了，我脱下袜子包扎了伤口，然后轻手轻脚地蹚过地上的落叶，朝着林子的东南方位缓慢移动。林子里到处是细而长的枯树，枯枝没有任何遮挡，日光可以照到林子的每一个角落。任何地方都泛着反光的轮廓，一旦放松警惕，很容易迷失方位。

走了一会儿，我看见一个拱形山洞，洞口有几块一人多高的暗红色岩石挡住了光线。我慢慢靠近洞口，里面黑漆漆的，有寒风从洞里吹出来。洞外是青天白日，洞内暗不见物。我蹲下仔细分辨了一下洞口的落叶，有些很明显被踩过，形成一道阴影延伸进洞口。

我打开手机电筒走进洞里，灯光投射在岩壁上，形成一圈巨大的暗红色晕纹。洞内积满随风灌进来的落叶。我放轻步子，越走越深。洞高有一米七多，宽的地方三四米，窄处还不到一米。

我在一处拐角发现了血迹，应该是顾志峰刺我的时候沾到的血，地上的泥土很湿润，几只泥脚印一直延伸到拐角深处。

洞里黑得令人窒息。我屏住呼吸，听见拐角四五米处有另一人的呼吸声，声音微弱但很急促。我迅速关上手机电筒，朝传来呼吸声的方向喊："别跑了，你往哪跑，老婆孩子还在店里。就算跑了，一个人活有意思吗？"我边喊话，边朝拐角走近了两步。顾志峰突然冲出来向我比画着匕首，他脸白如蜡，眼睛冒着凶光，看上去还有点神志不清，语无伦次地喊叫，四个人都不是他杀的。

我朝左侧的岩壁挪动，那里有块凸出来的倒三角形岩石。他突然举刀刺过来，我一个侧步闪到了岩壁旁边。他扑了空，又比画了两次匕首，意图再次攻过来。我佯装要前冲，他朝前上了一步。我迅速肘击那块倒三角形的岩石，碎石子飞溅了他一脸。趁机，我下潜滑步，使了一招抱膝摔，将他摔倒，压制在地面，一脚蹬飞了他手上的匕首。

我扒了他的衣服，将他捆住，押着他走出山洞。因为手背和胳膊上负伤，流了很多血，我感觉有点头晕。赶紧打电话叫老夏来善后。

在采访中，蒋鹏还告诉我，警方后来在许家村的河里打捞出四具尸骨，顾志峰供认了将许爱琴、许爱萍、许叶飞，还有另一名陌生男性四人尸体沉于湖底的犯罪事实，经过调查，确认这名男性是许家村的许昌头。顾志峰最后被定性为故意杀人案的从犯，又获刑六年，现关押于十监区服刑。

十监区是箱包加工厂，厂房如同一块躺倒的巨型长条积木。我在那采访了顾志峰。他剃个光头，满脸油痘，每回说事前，都会跟我索要香烟。

最后一次去采访他，走到厂房门口，我见地上贴着醒目的红色警戒线，一群光头囚犯蹲在红线内，管教正在给他们讲解一款购物袋的工艺要求。我跟管教表明了来意，他告诉我，顾志峰因用物料加工保温水杯套子，被送去严管十五天。

过了十五天，我再去十监区，管教说顾志峰还没回来，严管期限又被延长了。

"本来要带他回来，他临走时又顺了别人一双球鞋，去领人的管教丢脸丢到家了，一生气，就没带他回来。"

我顺口问管教，顾志峰平常改造表现怎么样。他告诉我，这个犯人平时爱偷奸耍滑，爱占小便宜，有小偷小摸的习惯。

两次都没能见到顾志峰，后来这事我就忙忘了，也觉得这桩案件的素材七七八八也比较全，无须再补采，就没再特意去见他。

2015年劳动节，监狱搞文化书市，在拍摄现场，我碰见了顾志峰。他主动跟我打招呼，问我他那个节目怎么样了，弄好了能不能给他加改造奖励分。我说，还得等等。他又问能给他加分吗，他严管被扣分，减刑受影响的。我敷衍着说，要是节目效果不错，科室里肯定会考虑。我问他，着急减刑是不是想家了。

他愣了一下，说就是惦记十里坡上那棵槲树，听说那地方被人承包了，要种别的什么，他想回去把那棵树买回来，种到家门口，其实也是幻想一下。

经他这么一提醒，我想起这个案件中反复提到的这棵树。

我问他，为什么惦记一棵树。

他没说话。对照蒋鹏和顾志峰的口述材料，我还发现一处疑点，此案一共五名死者。其中一个叫许昌头的，死因不明，材料里也没有线索。

我查阅了所有案件资料，仍旧一无所获，后来我就去补采蒋鹏。

蒋鹏说，这件案子杀来杀去，凶手和受害者都死了，警方没必要花精力查清楚这事。我反复跟你提过的那个老夏，他见多识广，对怪诞的案件尤为有经验，据他分析，许昌头的死和那条黑狗有关。

许爱琴死后，黑狗咬跑了尸体的一只耳坠，顾志峰后来在屋里发现了完整的一对耳坠。如此，屋里至少有一个人在死前从狗嘴里抢回了那只耳坠。排除许爱琴和许爱萍的可能性，只剩许叶飞和许昌头两人。

顾志峰当晚亲眼看见，许叶飞扛着许昌头尸体进屋，加上之前村民反映许昌头有偷狗的恶习，老夏大致推测了许昌头与案件的联系：

当晚和许叶飞打牌的牌友是许昌头，或许是牌局中出现了跟钱相关的口角，许昌头炫耀自己从偷的黑狗嘴里发现了一个值钱的耳坠。许叶飞看到耳坠，知道是许爱琴的黑狗被偷，又担心许昌头拿耳坠去换钱会暴露他杀死 Elena 的事，就起了杀心要灭口。

蒋鹏在抓捕顾志峰后,问过他阚桂林的事。他和前面几个人一样,和阚桂林也不熟。但他说找阚桂林算卦是经人介绍的,介绍人和阚桂林很熟。

介绍人叫谢宝华,是个"二进宫"的老改造。谢宝华和顾志峰当时同住在202监舍,谢宝华先找阚桂林算的卦。但他并不是真心问卦,而是去找碴儿的,他看不惯阚桂林装神弄鬼,想试试他的卦准不准。

那是1997年9月,基建监区负责翻新狱内几栋厂房,谢宝华担任劳务小组长,负责调配各个犯人的岗位。阚桂林当时在监区小有名气,不怎么爱干活,在工地上还总给人算卦,影响其他犯人劳动。

犯人们问什么的都有,婚恋、减刑、求财、生死……阚桂林都很认真地给他们算,还讲得头头是道。每天出工,他身边总是围住一群犯人,犯人们抻着脖子,个个无心劳动。

谢宝华有次忍不了,站到阚桂林跟前大声骂道:

"你装神弄鬼的!你他妈会算,给老子算点立马能灵验的。"

阚桂林问算什么,谢宝华说:

"明天休工,伙房肯定加餐,你算中午开荤吃什么?"

听到卦题,阚桂林立刻取出石子,抛出一个坎卦。

"坎为水,明天中午吃鱼。"

两人赌了一卦。

第二天休工日,饭车还没送到监区门口,所有人都闻见了鱼香味儿。犯人们兴奋不已,个个昂着脑袋,每周沾一次荤，所有人都对肉类的气味敏感。他们都夸阚桂林通神，卦灵。

谢宝华也服了，他当天在202监舍和顾志峰说了这事，顾志峰不太在意这种玄术。他分析了一下，说，监狱开荤无非四样菜，鸭腿、红烧鱼、红烧肉、排骨，上周已经吃过鸭腿，不可能再吃，而且最近管教抱怨肉价上涨，红烧肉和排骨也没戏。

阚桂林算准吃鱼，只是基本的推理思维。

谢宝华听后，拉着顾志峰去算一卦试试，看看阚桂林到底是不是活神仙。

顾志峰就去找阚桂林问"失物卦"。他当时丢了一面铁皮磨成的小镜子，这东西在狱内是违禁品，他抱着试试看的心理，去问了一卦。

结果，阚桂林真神，卦算出来，立刻替他找到了镜子。

顾志峰也服了阚桂林，况且阚桂林暗示他，自己坐牢已悟得一套周易消灾之术，他就将自己的余罪对阚桂林说了，求他消灾保安宁。

得知这些情况后，蒋鹏问顾志峰，那谢宝华有没有余罪。顾志峰说，这种事他没机会知道，谁都恨不得把自己屁股上那点屎捂得严严实实。他自己之所以会信任阚桂林，是因为坏事做多了亏心，难免迷信。

第六案

韭菜案

蒋 鹏

根据2015年4月2日至4月5日的采访录音整理而成

谢宝华是个"二进宫"的犯人,乱七八糟的资料很多。档案照片上,他额头短,抬头纹很深,细细的眼缝,一张脸没长开的样子。

他生于1974年,双华县彭山镇人,第一次服刑时才19岁,判了两年半,是个猥亵妇女的案子。

1993年6月14号晚7点,嫌疑人谢宝华在双华县黄边镇将71岁的村民黄阿娥拖入水沟,对其进行了长达十多分钟的猥亵,并且将事先准备好的一把韭菜强行塞入黄阿娥的下体。作案过程中,他被村民王某和田某发现,两人将其扭送至当地派出所。

出狱后不久,他再次坐牢,这次的案件仍旧和老年妇女有关。案件资料厚达十几页,我在里面找到一份内部报纸,上面有很详细的案件细节。

1996年4月2号,双华县黄边镇村民徐某从村子里出来,远远看见菜地里有一个白花花的东西,他是近视眼,以为那是别人丢弃的白色麻袋。走近一看,是一具赤裸的老妇尸体。尸体双腿岔开平躺在菜地上,膝盖乌青,有七八处擦

202 谢宝华测吉凶

1997年6月30日

丁丑年丙午月癸卯日

地雷复	震为雷
子孙酉金 ..	兄弟戌土 .. 世
妻财亥水 ..	子孙申金 ..
兄弟丑土 .. 应	父母午火 .
兄弟辰土 ..	兄弟辰土 .. 应
官鬼寅木 ..	官鬼寅木 ..
妻财子水 . 世	妻财子水 .

断：测自己的吉凶，当以世爻妻财子水为用神。卦中妻财子水临午月为月破，临卯日为休囚，又在卦中受动爻之克，子卯相刑，狱中狱，刑上加刑之象。卦中兄弟丑土发动化午火回头生，又得午月旺火生助，丑土为忌神，旺动克世爻妻财子水，勾陈克世，因为女人之事而凶险。卦相凶，或终身牢狱命。

案发后，该笔记本保存在警方物证室

伤。头部被撕烂的衣物蒙住，颈部有扼痕。双臂摆放在阴阜部位，阴道里被塞满韭菜叶。尸体最后被确认身份，系双华县黄边镇七十四岁村民黄阿娥。经过鉴定，尸体阴道和大腿内侧有精斑，系强奸杀人案件。

当地公安局成立"402专案组"，迅速侦查此案。黄边镇地处偏僻，外地人流窜作案的可能性不大。办案警员先对辖区内有过性侵老人前科的人员进行排查，发现双华县彭山镇22岁村民谢宝华有作案嫌疑。

谢宝华于1993年曾经猥亵过死者黄阿娥，获刑两年半，于1996年元月刑满。警方排查到他时，他矢口否认。警方随即提取了谢宝华的血液和黄阿娥体内取样的分泌物，一起送至省级公安厅的法医处做DNA比对。上级部门对这起案件很重视，立刻开展了鉴定工作。鉴定出来的图谱完全不一致，后来三个不同法医同时又各做了一次，最后的结果和原来的检验结论一致。

虽然警方依然怀疑谢宝华有作案嫌疑，但是迫于没有找到任何足以逮捕谢宝华的直接证据，不得不释放了他。

被释放的那天，谢宝华被黄阿娥的家属堵在了派出所门口，几个人揪破了他的衣服，他捡了一块砖头将几个人的脑袋都敲破了。

因为故意伤害罪，谢宝华获刑三年，1996年8月6号再次入监服刑，1999年8月5号刑满释放。

老夏还提醒我，当年黄阿娥案发一个月后，也就是1996年5月2号，双华县平水镇又有奸杀案发生。这次的受害者是个20多岁的女孩，尸体被砍掉了四肢，躯干被装在大米袋子里，弃于村路旁。清晨，一个拾破烂的老人以为是垃圾，拖起来一倒，袋子里掉出来的是残缺人体，上面还沾着几片笋壳。老人吓得趴在泥沟里大呼救命，路人迅速报了警。警方赶到后，法医发现女尸颈部有扼痕，阴道内有精斑，定性为奸杀分尸案件。

发现尸体的当天下午，平水镇某村民来公安局报案，说26岁的妻子5月1号出门游玩，至今未回。警察让他辨认女尸，他当场泪崩，确认女尸就是其妻子。

在案件调查最初，谢宝华也曾是警方的怀疑对象。

看完这些资料，我感觉阚桂林卦中提及的"女人的事"可能是1996年这两起悬而未决的奸杀案。

没等手臂上的伤口拆线，我就去了双华县黄边镇。找到黄阿娥遇害的那条村路后，我在当年的案发现场站了一会儿。

与案件照片比对，整条村路唯独增加了一排太阳能路灯，其他没什么变化。村路两侧有水沟，旁边栽了两排杉木，树干细长。黄阿娥就死在距离水沟十几米的菜地里，村路正好在菜地对面，那些杉木看上去就像一根根的栏杆，将整个村子囚禁了起来。

我横穿两排杉木，脚底全是腐烂的杉叶。村口有一处健身场，两旁建了不少楼房，房屋周围都是光秃秃的树木。乡下的冬季比城里更显荒凉。

黄阿娥的屋子在村西面,她孙子建了一栋三层洋楼,门口还砌了两根罗马柱,和周围的房屋比起来很时髦。她生前当过妇女主任,退下来后在村里组建过妇女腰鼓队。这支腰鼓队叫"双华县第一腰鼓队",组建于1988年,当时在全县小有名气。政府和企业遇上重大活动,都会由她带着腰鼓队去喧闹一阵。

黄阿娥的孙子是个四十多岁的矮个男人,在县里开了一家铝材厂。见到他时,我一眼注意到他额头上那块硬币大小的坑状伤疤,据说那是当年被谢宝华用砖头砸的。

得知我来打听黄阿娥的事,他一点也不忌讳,迎上来发烟。他说,今早5点他才去奶奶坟上送了香。这案子多少年了,多少拨儿警官都装模作样地来了解过情况。

我吸了一口烟,没吭声。走进屋内,他老婆给我泡了一杯茶,那是个四十岁左右的胖高个女人,额头处也有一块坑状伤疤。

楼房里很冷,手指冻得僵硬,我端着茶杯焐了焐手。他将香烟扔到地上,用力踩灭,脸庞两侧的咬肌凸着很久。我将茶杯放到身旁的木桌上,问黄阿娥的房间在哪儿。他说:"房子是后来翻新的,奶奶那间屋已经拆了。她出事后,屋里的东西都被清理了。看着难受。"

他老婆转身去了卧室,没一会儿,拿了一沓照片出来递给我,说就留了这些打腰鼓的照片。我接过来翻了翻,都是褪色的5寸彩色照片。照片上是腰鼓队表演的场景,黄阿娥穿着大红色服装,绑着腰鼓,拿着两根系了黄丝巾的鼓棒,舞姿飒爽。照片的场景有在公司开业剪彩现场，也有在政府工程竣工现场。

我翻到最后两张，是在双华县电影院门口，影院广场上拉着黄字横幅，上面写着"308灭门案公审大会"。我看了看照片上的时间，是1988年9月5号。

我将这两张照片挑出来，用手机拍了照，问村里还有没有腰鼓队的老人。他说他奶奶1988年办的腰鼓队，那时她已经六十八岁，刚开始才五六个老太太，他奶奶年纪最大，年纪最小的现在也得八十多岁了。

他回完话又来派烟，仍旧客气地递火。第二支烟抽到半截，他老婆过来续茶，说村东的柳老太还在，她以前打过一阵腰鼓，后来跟奶奶吵架退队了。

柳老太住在一栋二层小楼里，楼房的外墙没粉刷，水泥墙体的颜色深一块浅一块，周围种了几行蔬菜。

她已经八十岁，耳朵不太灵，我举着两张照片在她耳边喊话，她勉强能听明白。回答问题时，她的话音含混不清，需要媳妇帮着翻译。我在她家待了两个多小时，总算弄清了两张照片上的事情。1988年9月5号，双华县电影院广场举办"308灭门案"公审大会，黄阿娥带着腰鼓队去给办案民警庆功。

308灭门案发生于当年3月8号，双华县彭山镇西水村一个姓王的老板一家三口被杀，凶手是王姓老板的邻居董明信。董明信潜逃了四个月都没被抓获，整个双华县人心惶惶，平时风言风语多，怕董明信杀回来挨个报复，有些村民晚上睡觉还会在床边备好斧头、菜刀等防卫工具。直到7月末,董明信终于被警方抓获。

双华县公检法部门决定举办公审大会。黄阿娥的腰鼓队自发前去大会现场庆功,当时黄阿娥还出了个点子,让大家一起侮辱凶手。

"我不大乐意做这种事。那个凶手本来就是个枪毙鬼,还搞这一套弄啥?杀人他总有个因法,搞不清楚,我们不好瞎怪人家。他犯了法,公家咋办就咋办,我们不好弄这些。"

我问她黄阿娥想了什么点子。

柳老太有点激动,手臂摇来摆去,说过去的事不讲了。过会儿,她又说,黄阿娥太爱出风头,就是要搞怪。

了解到这些情况后,我离开了柳老太家。路上,我打电话给老夏,让他帮我想办法了解一下"308灭门案"的详情。

谢宝华

1988年,我14岁。赵翠香要改嫁给同镇的谢裁缝,我就改了姓。赵翠香是我妈,她的前夫叫董明信,也就是我亲爸。

14岁之前,我、我亲爸,还有赵翠香,我们三人一起住在彭山镇西水村。我们家是一栋土砖房,盖这栋房子时没请什么帮工,我亲爸自己动手,我帮他干小工,那时候我才八九岁,几个砂浆桶摞起来就能赶上我的个儿。

赵翠香不爱干活，懒。她喜欢嗑瓜子，走到哪儿站两分钟，地上准是一摊瓜子皮。她在西水村是出了名的万人嫌，不过，嫌她、骂她的都是村里的女人，男人都爱黏着她。赵翠香不漂亮，我的模样就随了她，眼睛小，额头短，身体矮墩墩的。不过赵翠香骚，男人都能在她身上"捞油水"。

80年代什么都严，村里的男人不敢和赵翠香胡来，但一连串的荤段子总是赵翠香甩都甩不掉的。

亲爸没办法不听外头的风言风语，生气了就挨家挨户去骂。他一着急，说话就结巴，骂的次数多了，村里人都喊他董结巴。

土砖房建好之后，亲爸在门口预留了半分地，松了土，种了几行韭菜。亲爸爱吃韭菜，村里人都知道。平时，我家的饭桌上离不了韭菜，过年过节，也还是换个花样做的韭菜。韭菜煎蛋、韭菜螺蛳肉，最奢侈的时候就弄盘韭菜鳝丝。赵翠香可不做菜，也从不吃韭菜，都是亲爸自己动手，他离不了这口。

新房盖好没几年，我家旁边搬来一户外地人，是个在村里买地办小工厂的老板，姓王，五十几岁，瘦高个，脖子上有几块蚕豆大小的白癜风。村里人都喊他王老板，也没什么人知道他的全名。

王老板死了老婆，独身，有个儿子，还有个儿媳。儿子黑黑壮壮的，一脸络腮胡子，儿媳妇瘦不拉几，两条腿像竹竿，爱板脸。三个人一起在小工厂里干活，生产冒牌手表的金属齿轮。

王老板搭建了两栋水泥平房,一栋是厂房,里面摆着几台机床;另外一栋分了两个房间,一个房间王老板自己住,另一个房间他儿子和儿媳住。小工厂是两班倒,王老板夜班,他儿子儿媳白班。

赵翠香没事就去王老板家串门,嗑着瓜子倚在门口发呆。白班没人待见她,她就吃了晚饭去,站那瞧上一阵热闹,那正好是王老板夜班的上岗时间。

有一回,我跟在她后面,听见她和王老板嗲声嗲气地聊天。她说:"王老板,你这种细碎活挣钱不?"王老板带着老花镜,抬着眼睛看看她,低下头干了一会儿活才回话,磨时间,磨出来了都是钱。她听了很高兴,好像自己挣到了钱,脸色润了,很开心。她聊完钱又问王老板什么时候单身的,咋不再找个。两个人一句来一句去的,越聊越开。

那年元月,王老板说夜班忙不过来,要雇赵翠香去帮两天忙,打打下手,工钱不少给。亲爸不同意,说深更半夜的不方便。但他做不了赵翠香的主。整个元月,赵翠香天天去王老板那儿上夜班,亲爸去趴过几次窗户,也没看见什么出格举动。

不过,赵翠香陪王老板熬夜班的事在村里传开了,被改成了很多种荤段子。村民见到我,总是阴阳怪气地说同一句玩笑话——叫你亲爸再多种点儿韭菜。

亲爸找王老板谈过两次,他这人不太会说话,直来直去的,说多了又结巴,就没人把他的话当回事。亲爸有次急了,晚上去拽赵翠香。王老板起身阻拦,说付了工钱给赵翠香的，不能说不干就不干。亲爸和他动了手，他儿子出来揍了亲爸。

除了惹上一双熊猫眼，倒也没打伤亲爸。只是亲爸是伤了心，躺床上半个月没力气起来。

赵翠香这人奇怪，别人不待见亲爸，她比别人更不待见。亲爸挨了打，她不理不睬的，夜里照常去王老板那里上班。

我弄不清赵翠香是个什么样的女人，反正肯定是个坏女人。也不知道王老板给她多少钱，反正她每天准点去上夜班，白天回来就呼呼大睡。

有段日子，亲爸天天揪头发，晚上趴王老板家的窗口盯上一宿。

有天夜里，他把我喊起床，给我塞了一沓钱，说要很久不回家了，让我去爷爷那住。那时，我刚醒来，脑子昏昏沉沉的，看着他走出屋子后，发现门边摆着一块磨刀石，上面湿漉漉的，才用过不久。

我静坐在床上，心里慌得难受。木窗外面黑成墨团，一只狗都没叫。我能猜到亲爸带刀出门想干吗，我在等着一种可怕的动静，大概是谁叫救命的声音。可我什么都没听见，好像什么也没有发生，什么都等不到了。

天亮之后，我去了王老板的小工厂。走到门边，我见屋里还亮着灯，两条村狗听见我的脚步声，从屋里蹿了出来。

一只黑的，一只黄白色，朝着村庄外跑去，留下了一连串血脚印。

我不敢进屋，门边的血腥气已钻进了鼻孔。我闭着眼，准备后退，突然听见屋里发出一阵呜呜呜的哭喊声。我走进屋子，看到赵翠香和王老板绑在一起。

赵翠香被蒙住了眼睛堵住了嘴巴，王老板赤身裸体，脖子裂开一道伤口，有食指那么长，血挂满了半片身体，一直顺着他的身体淌到门边，蓄满了地面的一个小圆坑又形成了三四条新的支流。

不知道为什么，真见了血腥场面，我一点都不怕了，反倒莫名兴奋。

赵翠香听见有人进了屋子，身体扭来扭去，呜呜呜的喊声更大。我没理她，去了另外一间屋子。王老板的儿子和儿媳死在了被窝里，脖子也都裂开了口子。但他们盖着红色被褥，淌的血不多。

我再回来时，赵翠香已经没了力气，努力叫唤着，但出不来声。我盯着她看了好几分钟，等她没了力气，才帮她解了绑。

松了绑后，她甩手就给我一个大嘴巴子，我感到半边脸火辣辣的疼。打完我后，她双手捂脸，发疯一般地蹬腿。

她指着我的鼻尖骂，骂我和亲爸一样都是畜生养的，我们不愧是弟兄，是没人性的畜生，杂种，他是个骡子，我也是个骡子。

我不明白赵翠香的胡话，站在她脚跟前安安静静地听她骂。她骂着骂着就哭了，一边哭一边接着骂："董家尽出畜生！我就是想攒两个钱，打离婚官司的诉状费我都交不起。

你,你是董家那个老畜生的种,你还天天喊董明信这个畜生亲爸亲爸的,你们是弟兄俩!"

骂到这里,赵翠香转哭为笑,笑得很可怕。

"儿子啊!你哥哥董明信是头骡子啊!哈哈哈。"

她笑着跑出了小工厂,向着田野的边缘跑去,两扇屁股都是鲜红的血。

我不知道亲爸为什么没砍死赵翠香这个坏女人,她说的疯话太难听了,难听到我都不想再活下去。

那天夜里到底是几号,啥天气,几点钟,我一点都不记得了。后来警察到处张贴的通缉告示上写着"308灭门案",我才知道那天是3月8号,是亲爸的生日。

1993年6月,我坐牢了,关在市区第二看守所。进去第一天,我就认识了朱建平,我们两人一起在厕所的角落里罚蹲。

号子里分等级,一等犯人叫红犯子,二等犯人叫顺犯子,三等犯人叫水犯子,四等犯人叫灾犯子。我和朱建平都是灾犯子,因为我们都是花案犯。我是猥亵案,他是强奸未遂案。我们同一天进号子,就被号长罚蹲。

朱建平是个大胖子,头是方的,穿一件烂兮兮的白背心,胸口和后背被汗渍沁成了黄色,身上一股馊味。他蹲在我旁边,一直打呼噜。号长走过来打了他两下,巴掌打在他肉嘟嘟的脑门上,他差点儿一头栽进厕坑。

号长骂道:"你个呆子,你神的蛮!叫你罚蹲,你狗日的打呼噜！来来来，蹲老子面前来。"

号长是本地的活闹鬼，四十几岁，一脸络腮胡子，戴个红色的遮阳帽，帽子上用油性笔写着"值日员"三个字。他拎着朱建平的耳朵，将他拽到大通铺旁的过道里。

一群犯人将他团团围住，大伙都说朱建平看上去像个傻子，号长就问朱建平是不是傻子，朱建平吓得缩着脖子，大伙笑着说肯定是傻子了。

号长拎着拖鞋抽朱建平的屁股，逼他说案子，几个人扔了一条发霉的被单过来，让他模拟案件现场。他抱起被子在号子里跑来跑去，看上去真是个傻子。

号长叫人将他摁住，从他含混不清的话里，总算审清楚了他的案子。

朱建平将邻居的妻子从澡盆里抱出来，抱着跑了一里地。别看他长得胖，跑起来很快，全村的男男女女都在后面追他。抓到他后，邻居要将他送去派出所。村长出于谨慎考虑，先审了审他，问他为什么要抱女人，为什么要跑。

他说，邻居家的墙半夜老是响，这个女人总在墙后面乱叫。他趴窗户看见邻居总和女人不穿衣服抱在一起，他也想抱一抱女人。

村长听完这话，无话可说，邻居立刻将他送去了派出所，告他强奸未遂。

案情清楚之后，号子里哄哄笑笑了好一阵。号长看着我，我自觉地蹲到他面前。

他问我第几次进来。我说第一次。他又问："什么案情啊?"

号长见我机灵,没对我动手。但我心里清楚,要是让他知道我猥亵了一个老太婆,一顿打少不了。但我真心不是对一个老太婆感兴趣,只是替亲爸出口气。想到这里,我就想将亲爸的事情先说在前面,看能不能博个同情。

我就问号长,知不知道五年前那起灭门案。他回道,废话。五年前他因为打架被拘留了三个月,那人当时就关在他的隔壁,公审完回来没几天,早上4点多就被带出去吃花生米了。号长当时睡头铺,那人拖着脚镣从他耳边路过。走着出去的,还挺硬气。

说完,他问我扯这些干吗。我说自己就是灭门案凶手董明信的儿子。他将信将疑,指了指我,说道:"我说你小子怎么看着眼熟呢?你老子那么有血性,你狗日的咋就犯了个花案,这么没出息!"

我说,之所以犯花案,是为了替死去的亲爸讨个尊严。

当年去过公审现场的人,都应该见过亲爸的惨样。他被拇指粗的麻绳五花大绑,捆得像个粽子,衣服包着肉,一条一条地鼓在外面。脖子上挂着半米长宽的纸板,上面写着"杀人犯董明信"几个毛笔大字,画着血红色大叉。

我躲在人群里看他,看得眼睛里都是泪。电影院广场上拉着黄字条幅,上面也有亲爸的名字。

一群讨厌的大妈在广场上打腰鼓、扭秧歌,还有几位中年男人放了一挂十几米的鞭炮。广场上一片喜庆,人群像赶集似的。我不明白为什么每个人要像庆祝新生一样庆祝亲爸的死去。

对于一个即将失去父亲的十四岁男孩来说，广场上每个挂着笑脸的人都是仇人。

尤其是那群打腰鼓的老太婆，她们不知道从哪儿听来了亲爸的外号，在广场上逢人就说董结巴是个爱吃韭菜的骡子。这些传言逗得围观的人群起起伏伏的，不断有人踮起脚瞧热闹。

公审宣判之后，腰鼓队的老太婆们不知从哪掏出一些韭菜，一起朝亲爸扔。韭菜扔到亲爸的脸上，他的脸变成灰绿色，胸前湿漉漉的。亲爸身旁的武警迅速捂住口鼻，我才知道韭菜上涂了粪。

我恨恨地看着腰鼓队领头的老太婆，她的眉心有颗茶色的痣。

号长问我："你猥亵的人就是这个眉心有痣的老太婆？"我说，自己并不是想猥亵黄阿娥，而是想侮辱她，谁知道被村民发现了，就被他们抓住当成猥亵犯送了进来。周围犯人听了都帮我打圆场，号长说："那暂时不把你当灾犯子了，你先做个水犯子吧。"我赶紧道谢，逃过一劫。

朱建平就没那么幸运了，号长找了一个强奸犯抱着被子模拟案发过程，朱建平必须照着学会。学会之后，他每天晚上都要表演一次，每次表演必须喊号子里流传的顺口溜：一年人等×也等，两年人等×不等，三年人×都不等；为×生为×死，最后死在×身上……

号里被关久了的人，都很麻木、无聊，个个指望着靠整灾犯子发泄一下。

除了每天晚上被整，朱建平还要承担号子里的内务卫生，并且伙食还要被顺犯子们克扣一半。逢月末号里开荤，朱建平的那份肉也被顺犯子们分了，洗饭盒时，他就把所有饭盒里的油水都舔一遍。这事被号长发现后，狠揍了他一通。

有几次我看他可怜，分过几块肉给他，他就开始黏在我后面。

我和朱建平是同一天进号子的，没想到还会同一天投改监狱服刑，更没想到我俩的刑期一模一样，都是两年半。最没想到的是，我们还被分在了同一个监区。

到了监狱，我能为自己的猥亵罪开脱，至少能混个普通犯人的待遇。朱建平不管到了哪儿，都是个受尽欺负的"呆头鹅"。我看在和他缘分不浅的分儿上，偶尔在生活方面关照一下他。

要说朱建平呆，他有时候也机灵。为了躲欺负，他每天在监房里也玩号子里那一套，抱着自己的被子给犯人们表演强奸戏，演得像模像样，犯人们开心了也会分他点吃的喝的。

九六年元月，我和朱建平一起刑满。我俩站在监狱大门口互相望着，我问他，你咋不回家。他说，回家了怕挨揍，邻居很凶，打人都往死里打。他反过来问我，你怎么也不回家。我让他少说废话，他吓得不敢吱声了。

我哪儿还有脸回家，本来和赵翠香的关系就不好，她改嫁谢裁缝几年，我没过过一天好日子，还逼着我改了姓。我死活是不想回家了。

我问朱建平,愿不愿意跟我混,他点点头。我们结伴去了监狱后面的铁轨,站在旁边等了一两个小时,一辆运矿的火车开过来,我和朱建平爬进货厢,躺在一堆发亮的矿石里。朱建平很快打起了呼噜,我裹了裹身上的棉衣,朝铁轨的尽头处看了一会儿,路旁的枯枝在眼前一根根地掠过。

火车要开到哪里去,什么时候停下来,等到睡醒后才知道。

蒋　鹏

双华县司法局有90年代刑释人员狱外情况登记档案,老夏找了一份给我,有谢宝华第一次刑满后被收容遣送的记录。

"流浪人员谢宝华（22岁）,流浪人员朱建平（24岁）,长期在陕西省宝鸡市火车站附近的垃圾台流浪。两人均是外省双华县的刑满释放人员,1996年3月15日被宝鸡市收容所收容,3月20日决定遣送两人至原户籍地。"

这条线索提到一个叫朱建平的人,老夏帮我查到了他。

此人生于1972年,双华县平水镇人,因强奸罪坐过牢。他的父亲是唐氏综合征患者,母亲有精神类疾病,朱建平出生后也有智力缺陷。父母生下他不久便双双在一次火灾中去世。

朱建平从小就是爷爷奶奶带着,爷爷奶奶去世后,村里每月出钱指派一个表亲给他送吃送喝。有时他也会去干点简单的体力活换生活费，村里人都喊他建平呆子。

我问老夏，有没有两人现今的线索。老夏说没有查到。

夜里十点多，我找了个快捷中餐馆，打算吃点东西。餐馆里飘着一股84消毒水的味道，保洁阿姨正在拖地，打扫完毕的区域都灭掉了灯。我端着餐盘走过去，看见还有一个热菜，保温桶里还剩点饭。

保洁阿姨放下拖把，给我的餐盘里打了两勺菜，问我怎么这么晚才吃饭，就剩一个笋片烧肉了。她又从保温桶底舀了碗米饭给我。我将餐盘接过来后，跟她道谢，正准备找张餐桌坐下，一个年轻人端着垃圾桶从后厨蹿了出来。阿姨骂道，要死，地上刚拖过。年轻人是厨师，他的垃圾桶里掉落了一堆笋壳。

笋壳外形粗短，我回想起看过的谢宝华案件资料，第二起奸杀案里的受害者躯干上沾着的就是这种笋壳。阿姨弯腰去捡笋壳，我上去帮忙，顺口问她："这笋壳怎么这么短，是什么品种？"她说这种短笋只有平坝地区才有，山区的笋都是长的。

吃完饭回到住处，我找了张地图，用记号笔将第一起奸杀案的地点黄边镇圈了出来，又将第二起奸杀案的地点平水镇也圈了出来，发现两个地点之间正好是双华县的坝区——上坝镇，那里可能就盛产短平形状的笋。

第二天一早，我去了上坝镇。

我事先查过当地情况，坝区种笋的地点只有一处，叫兴农笋基地,已经被人承包。我找到了基地里的两个笋农,他们住在竹林深处的一间破旧简易棚房。

这两个笋农是一对老年夫妻,已经在这里挖了几十年笋,这地方原来很偏僻,没被承包之前,外地人很少知道。

我问他们,以前这林子里有没有住过什么可疑的人。大爷说,除了他们夫妻,鬼还来住,以前路过的人都没几个。大妈骂他记性差,很多年前林子西边有座土地庙怎么不记得了。

大爷拍拍额头,对我说,还是她记性好,好些年前,西边有个两米多高的小庙,塌掉了,以前里面住过两个流浪汉,蛮年轻的,一个小个头儿,一个胖乎乎傻乎乎的。

我问大爷大概是哪年的事,他摇摇头,说想不起来了。我掏出手机,翻出谢宝华和朱建平的档案照片让他辨认,他说认不得了,我让他帮忙仔细想想。

大妈说,小伙子,林子对面那条河,河的东北方向,有个破破烂烂没人用的木船。庙塌了以后,那两个男的有时会住船里,我去年见过一次,你去那边找找问问。说完话,朝我甩了甩手,说他们要干活去了。

我按照她指的方向去找那艘废船,靠近河边时突然刮来一阵寒风,河面荡起一排水纹,身后的竹林也跟着摇摇晃晃起来,枯竹碰到一起,产生一片声势浩大的音浪。我沿着东北方向走了十几分钟,在河堤的芦苇丛里看见了一艘木质渔船,被风吹得摇摆不定。船有五米多长、两米多宽,船身破破烂烂的,上面搭了一间小木屋。木屋上挂着两只褪了色的灯笼。枯了的芦苇把船埋在深处，不靠近看不出来。

我朝船上看了看，木屋里没人。芦苇丛里藏着一条竹筏，有三四米长，正好能够到船沿。我跳上去，踩着竹筏爬到了船上。

木屋门上挂着一把长了绿锈的铜锁，锁眼上没生锈，看上去很光滑。这里应该有人居住，我从门缝里看见屋内有两条被子，被子旁边还放着灶具和半袋米。

我守到傍晚，一直没人回来，天色越来越黑，我回了竹林。笋农夫妻正在简易棚里生火做饭，进屋后我掏了三百块钱给他们，想租用简易棚几天。我准备守在这里，棚内的窗户正好可以看见那个芦苇丛。

夫妻俩让我一起吃饭，饭后他们收拾东西去镇上的房子里睡。临走时，大妈给我加了一条新洗的被子，大爷说他会按时给我送三顿饭。

到了凌晨两点我还一点困意都没有，便取了笋农的大号电筒，朝河边走去。

夜里的河水黑得发绿，棉衣再怎么用力裹紧，寒风都能灌进身体。我哆哆嗦嗦地朝前走，灯光打在芦苇丛里，隐约看见木船在夜风里摇摆不定。靠近了木船后，我听到木船里吱吱吱地发出声响，是人为的动静。

我蹬着脚上了竹筏，再轻手轻脚地爬上木船。船上木屋的门半掩着，我贴在门侧，用手捂住电筒，从指缝里露出一道光线，迅速看了一眼屋内。

先是看见两扇肥胖的屁股，灯光沿着屁股爬到脊背，看清了一个裸着身体的肥胖男人，他正压住一条被子，下身正在蠕动。胖子旁边还睡着另一个男人，看不清长相。我怕打草惊蛇，赶紧灭掉了手电。两分钟后，船停止了摇晃，屋内传来一阵粗喘，有人骂了两声，屋内渐渐没了动静。

我掏出瑞士军刀将门上挂锁的锁孔弄坏，准备第二天再来。正当我跳上竹筏时，屋门开了，我赶紧趴在了船沿上。

朦胧的夜色里，一个小个子正朝河里撒尿。他打了个尿颤，转身回屋时说："你他妈以后深更半夜再干这事，老子阉了你狗日的。"

没一会儿，屋里传来巨大的鼾声，估计是胖子的声音。趁着鼾声掩护，我迅速上了岸，回到竹林的棚房睡了一觉。天色微亮我就起来盯着芦苇丛，等木船上的两人离开，我就去船屋里找那条被子取证。盯了一会儿，芦苇丛没什么动静，我又睡了个回笼觉。

再次醒来，我套上外套赶紧出了门，屋外气温很低，土都冻上了，鞋子在泥地上踩得咯吱咯吱脆响。走到船边，我观察了一下，感觉船上没人了。上船后，发现木门上的锁不见了，可能是被我弄坏了锁芯，两人带走更换了。

进船屋后，里面一股臭味，两条被子散在地板上，一个电饭煲翘着嘴，里面还残留着冒热气的稀饭，两人应该刚走不久。我将两条被子翻了翻，发现一张干洗店的取衣票，这两个流浪汉竟还去干洗店洗衣服。

我找到昨晚那条被"奸污"的被子，见上面有一块鸡蛋大小的精斑，便用瑞士军刀将那片区域的棉布割了下来。下船后，我给老夏打电话，约好天府大桥下见面。

话音未落，我感觉身后的芦苇丛里有动静，一回头，里面冲出来一个大胖子。他速度很快，一下就把我撞倒了，我被他压倒时本能地提起了右腿，倒地瞬间，一脚蹬在他肚子上，他整个人翻了过去。我爬起身压住他，正准备举拳要打，芦苇丛里又冲出来一人，给了我后脑勺一闷棍。

谢宝华

朱建平这憨货坐牢坐出了问题，他在监狱里抱着被子表演强奸的戏演多了，演上了瘾。

出狱那天我们扒火车后，在货厢里昏昏沉沉睡了几天，狱警发的路费都换了吃喝，几天后到了宝鸡。又在铁路沿线流浪了几个月，之后被收容，然后被遣送回了双华县。

那几个月，我发现朱建平搞被子上瘾了。每次他去翻垃圾，看见烂被子就两眼发光，捡回去的当晚必定抱住被子来一炮。我当时并不知道这种怪癖会变成疯病，直到返回双华县后，我才渐渐发现朱建平这个痴汉问题很大。

我们是1996年3月底被遣送的，火车也不知道开了几天，到达双华县时，公家发了点路费让我们各回各家。我不愿意回家，朱建平也不想回家。我有点犯愁，外地不让流浪，本地又没有可以住的地方。

很久以前，亲爸带我去上坝镇挖过野笋，那里的笋很特别,外形粗短,味道鲜脆。竹林里有座断了香火的土地庙,很偏很破,我让朱建平去家里取了一些生活用品,搬到那里住了。

没两天,我们就花光了公家给的钱。我盘算着去哪再搞点钱,想来想去就想到王老板的那个小工厂。他一家三口都被亲爸砍死了,屋里很多年没人住,几台机床说不定还摆在小工厂里。我看看朱建平,他坐在蒲团上,驼着背,胖墩墩的像个菩萨。我问他敢不敢去偷废铁卖钱,他点了点头,口水丝一直挂到肚脐眼儿上。我叫他赶紧睡觉,夜里去偷废铁,他倒头就打起了呼噜。

我们凌晨三点到了小工厂,将机床上能拆的零件都拆了下来。零件太多,一次运不走,我计划隔一天来运一次。

彭山镇没有废品收购站,我们抱着十几斤零件去了黄边镇,到达废品收购站时已经六点。在门口等了两小时,收购站老板才开门,我们把零件交给他,才换了十几块钱。

我在黄边镇集市上花两块钱买了八个大肉包子,和朱建平一人四个,他吃得太快,最后吃了五个。我们吃完包子去菜市场称了两斤肉,我准备做点腌肉,再囤几天粮食。

我让朱建平拎着肉,他一路上哼哼唧唧的,不停地傻笑,时不时把头埋在肉里嗅一嗅。

回到庙里,他又饿了,支支吾吾地说外面的日子还不如坐牢,牢里一个月还能吃上一顿大肉。他伸着双手,手心五六个水泡,都是抱那些零件弄的。我说,等腌了肉,以后也能顿顿见到荤味了。他吵着要先烧一斤鲜肉过嘴瘾,我骂道，要是吃不了苦就滚回家住去。他拼命摇摇头，厚巴巴的嘴唇里甩出一阵口水。

凌晨三点，我叫醒朱建平，还和上次一样，把零件运去黄边镇卖钱。到废品收购站时已经八点多，我听见一阵腰鼓声，突然想到收购站后面就是黄阿娥住的村子。

三年前，我就是在村口的水沟里报复的老太婆。

大早上有人在练腰鼓，吵吵闹闹的声音令我气不打一处来。

卖完废铁，我照旧买了八个大肉包，又买了两袋米。我问朱建平，想吃几个包子。他说吃五个。我说："给你八个，晚上帮我办件事。办完了，明天烧肉给你吃。"朱建平很高兴，使劲儿点头。

上次报复黄阿娥之前，我在那儿守了好几天，知道她晚上七点基本都会到村口散步。乡下一入夜，路上就没人了。我领着朱建平到村口，蹲在菜地里守着黄阿娥。

七点过一刻，黄阿娥准时出现了，她站在一根水泥电线杆下，撞背、扭腰、拉筋。电线杆上挂着一盏路灯，光线很暗。我对朱建平说："你去把那个老太婆办了，早上给你再买八个包子。"

朱建平不肯，他支支吾吾地，说那老太婆太老。我小声骂道："被子你都能操，老太婆就不能办？快去，办完事把这个塞那里面。"

我从菜地里摘了一把韭菜，交到他手上，踢了他屁股一脚。他猫着腰偷偷跑去电线杆下，几次想回头，都被我用目光赶回去了。他站到黄阿娥身后，一巴掌拍在她脑门上，捂着嘴巴把她拖进了菜地。

看见这一幕，我心里很解气，去收购站门口抽了两支烟。

烟抽完，又等了一刻钟，朱建平慌慌张张地跑回来了。我看着他那副傻样，很想笑，但是我忍住了。一路上，他都不敢说话。我以为他是害羞，毕竟除了牢房里的烂被子，他的第一次给了七十几岁的黄阿娥。

当晚，我们仍旧去小工厂搬了一些零件，因为时间很早，就把零件搬回了庙里。第二天睡到中午，我们抬着零件去收购站卖钱。镇上人来人往，像是有集，行人比平常多不少，偶尔有一两辆警车来来回回。

拿了钱后，我带朱建平去吃午饭。面馆一群人围着聊天，老板也挤在人堆里，我喊了几次，他才出来招呼生意。

面还没上桌，我听见旁边有人说镇上死了个老太婆，是被奸杀的，下身还被塞了韭菜，我赶紧拉着朱建平离开了面馆。我拉着他一直走，走到人少的地方就跑上两步，走走跑跑，两个人都累得直喘粗气。到了竹林，我捡了一根竹条对他一阵猛抽，抽得他在地上乱滚乱叫。

我一边抽一边喊："你怎么把老太婆弄死了？你怎么就把老太婆弄死了！"

我打累了，朱建平的手上、脖子上都是伤痕。他缩着脖子坐在一棵竹子下面，委屈地盯着自己越肿越高的手臂，打着哭腔说："被子不乱动，老太婆乱动，我想让她像被子一样，就啊啊啊掐她不动。"他一边说话，一边比画着掐人的手势，脸上憋着劲儿，脖子上露出一根青筋。

蒋 鹏

我吃了一闷棍，头晕得难受，醒来时闻见一股汽油味。等身体恢复知觉，又感到周围非常灼热，眼睛仍旧是花的，但能看清全是跳跃着的光斑。彻底定下神来，我发现身前一排橘红色的火苗正往自己腿缝里钻，船屋的顶已经烧着了，木头被烧得发出噼里啪啦的脆响。

我艰难地坐起身，发现手心还握着那块割下来的物证，旁边是两条被子，一张洗衣票落在脚边。眼前一条火苗正要爬到两三个塑料袋上，我夺下一个塑料袋，撕了一块包住物证，然后放进了嘴里。又顺手捡起那张洗衣票，然后猛撞木板墙，撞了七八次之后，木墙碎了。我刚跳进河里，木船塌了，像个倾倒的火炉一样点着了周围一大片芦苇。

我游到岸上后，赶紧吐出了嘴里的物证，还好，一点没湿，保存完好。两个嫌疑人已经逃走，我要尽快将物证交给老夏。我回到棚房里擦了擦身体，正好笋农来送饭，我换上他的外套后去了天府大桥。

和老夏见面后，他问我怎么又受伤了。我没时间解释，把物证交给他，问他今天能不能出结果，我怕两个嫌疑人连夜跑去外地。

老夏说，美军击毙本·拉登，也到第二天才宣布DNA

检测结果。就算用上最新一代的快速测序技术也要七八个小时。

离开天府大桥后,我在药店买了绷带,裹住额头上的伤口,又去了双华县。

根据干洗店的取衣票,我找到"亚红干洗店"。这家店很小,店里只有一台干洗机,小镇上干洗衣服的人不多,老板说他对每个客人都很熟悉。我亮明身份问老板,有没有看见一个胖子和一个矮子来干洗过衣物。老板说,有印象,胖子是个傻瓜,矮子长得很丑,都是四十来岁。两人还有件羽绒服没取走,衣服拿来时已经洗过一遍,湿漉漉的,面料上蒙着一层白浆。

我让老板将衣服找出来看看,是件女士长款羽绒服。衣服下面吊着卡片,上面写着一个"谢"字。临走反复叮嘱干洗店老板,我是便衣办案,不可以把有人来问信息的事暴露给取衣人。

干洗店的斜对面有家旅馆,我去那里开了间房守着。当然,我并不知道他们会不会来取走衣服。

晚上九点,干洗店准备打烊,店门口来了两个人。一个戴着毛线帽,一个戴着口罩,但两人的体形特征太明显,一胖一矮。矮个儿取完衣服,两人结伴朝老街方向走去。

我悄悄跟上两人。老街的路灯没亮全,跟出去不到二百米,四周已经黑漆漆的了。出了老街,又跟了两三公里,到了田埂边上,两人正准备翻一座破庙的院墙。我冲过去一只手拉住胖子的腿,另一只手拉住矮个儿的裤脚。矮子爬得快，已经跨着一只脚骑上了墙头。

胖子回头看了看我，吓得大叫："鬼呀！烧死鬼来了！"他扭动着身体，我手上一使劲儿，他摔在了墙根处。

矮个儿开始疯狂蹬腿，我拉紧他的裤脚，他拼命往回拽，我突然一松手，他掉到院里去了。院里传来呻吟声，估计摔骨折了。

我掏出手机，将从档案里拍的碎尸奸杀案现场照片翻出来，走到墙根。胖子抱着脑袋，双手捂住眼睛，浑身发抖。我拉开他的手，让他看照片，他看了一眼，赶紧又闭上。我在他额头扇了一巴掌，问他叫什么名字。他说叫朱建平。我把他的口罩摘下来，包住自己的右手，然后对着他身后墙壁捶了一拳，墙皮被打裂了，掉了一堆墙灰。我说："问什么你就答什么。"他猛地点点头。

我问白天谁烧的船，他说他只倒了汽油。我让他盯着照片看，拳头顶着他的额头。他看了一眼，又迅速闭上。

我问："是不是你干的？"他使劲儿摇着脑袋，嘴巴念经似的乱喊："一年人等×也等，二年人等×不等，三年人×都不等。"

我拍了他两巴掌，他吊高了嗓门喊："为×生为×死，最后全都死在×身上……"

我揪着他的头发让他闭嘴，他消停了一会儿，我接着问他："女尸的胳膊和腿呢？埋哪儿了？"

这时，院墙里的人突然大喊："胖子别说，说了老子弄死你。"我冲着墙内大骂："一会儿再来收拾你。"

我准备对胖子动真格儿时，一辆摩托车开了过来，是老夏。他冲我摁了摁喇叭，丢给我两副手铐，喊道："你别胡来，把人铐起来，剩下的事别管了。"

远处传来警笛声，老夏提前报警了。我铐完人，跨上摩托车，跟他一起离开了现场。

蒋鹏含在嘴里的物证，最后比对上了奸杀案嫌疑人的DNA，凶手是朱建平。

第一起案件，是谢宝华教唆他犯下的，作案过程中他失控杀死了黄阿娥；第二起案件，是朱建平独自作案，警方查问他作案动机，为什么分尸，女尸的四肢弄哪去了，他支支吾吾，说不清楚。

因为他的智力有问题，警方带他去指认现场的过程中，组织了一场模拟案发经过的演习。警方从服装店弄了两个假人，然后把假人放在发现尸体的水沟里，朱建平趴到假人身上，双手掐紧假人的脖子，嘴里大声喊着顺口溜：一年人等×也等，二年人等×不等，三年人×都不等。

在黄边镇指认完现场，警车又去了平水镇。警察将假人放在道路旁，朱建平将假人扛起来就走，他戴着手铐脚镣，两只手揪着假人，吃力地往前跑。警察借了辆自行车跟在他身后，帮他举着假人，警车跟住，一直跑了两个多小时。

朱建平将假人扛到了上坝镇的笋基地，他将假人扔在竹林里，趴在假人身上，嘴里仍旧大声喊着顺口溜，双手掐紧假人的脖子。然后，他爬起身，将假人的胳膊和腿全掰了下来。扛着假人躯干又准备返回刚才的地方，警察不想费事，就拦住了他。

警察指着地上的假胳膊假腿，问他埋哪了。他拎起一只假胳膊，然后抓起两坨泥往假胳膊上抹。现场的人都看不懂他的行为。往假胳膊上抹了一阵泥后，他又拎着假腿，还是往上面抹泥。

警察当天并没有审清第二个受害人四肢的去向，考虑到当时掌握的证据已足够结案，寻找尸体四肢的工作就被一直搁置了。

朱建平被鉴定为限制行为能力人，在看守所因犯了急性大面积肺动脉栓塞，没等到案件开庭就死了。我只采访到了谢宝华，他关在八监区，被判了无期徒刑。

见面那天，狱内正好开大荤，他猛地嗅了嗅伙房传出的肉香味，意味深长地告诉我：

"坐牢的人啊，都盼着两种肉，一种是可以吃的肉，开荤；另一种是女人的肉，泄欲，傻子朱建平，把两种肉当成了一种肉。"

我问谢宝华："蒋鹏最后是根据干洗店的取衣条抓住你们的，那是件女款羽绒服吧？"他点点头。我问他哪来的这件衣服，为什么还送去干洗。

他说，朱建平不仅傻，还有疯病，可能是娘胎里带的，他母亲也是这种情况。看上去不疯，但要是盯住什么事了，就容易失控。我一开始不知道，不然就不会让他去搞黄阿娥那一下。搞那一下后,他就失控了。

黄阿娥死后,警察带走谢宝华,由于没查到证据后来放了他。他出来后就去了上坝那片竹林,朱建平还住在庙里。

"香炉里腌了肉,我取了点出来,准备做个汤锅。发现不对劲儿,肉里有几片红色的指甲盖。我知道坏事了,立刻逼问他。果真他又多干了几起案子,都是走夜路的女人。"

为了让他不再犯这事,谢宝华看了朱建平很多年。蒋鹏查到他们的前不久,朱建平逮住了一个女的,衣服都给扒下来了,就是那件红色羽绒服。还好谢宝华及时赶到,阻止了朱建平。

"那女人跑了,衣服撂下了。我怕女的报警,就带着他挪了窝,住到那条木船上了。那件羽绒服丢了可惜,就想着送干洗店处理一下,没想到最后会栽在这件羽绒服上……"

第七案 盗尸案

蒋 鹏

根据2015年4月7日至4月10日的采访录音整理而成

记事本上最后一个名字是刘广民。

手头的档案记载,他原本是新港殡仪馆的火化工,在火化一具生前做过骨折手术的女性遗体后,家属没找到右脚里的两块钢板,于是怀疑烧错了尸体,一直闹到领导那儿去了。

领导亲自去出灰口找钢板,钢板没找到,却发现了刘广民藏起来的那双脚。刘广民当场便被扭送派出所,被判侮辱尸体罪,获刑两年。

案件发生在1996年8月9号,刘广民被抓之后在口供里交代了作案动机:

"丁家庄上个月车祸死了一个女孩,遗体来火化时缺了一双脚,家属怕她在阴间赶不上投胎,没脚哇。他们就给我二百块钱,让我弄一双脚给他们,这双脚火化后单独出灰,家属再拿着去坟地补葬一下。"

警察在火化记录里根本没有找到购买女尸双脚的家属,刘广民辩解说自己记性不好,记不清家属名字,也记不清那具缺脚女尸的火化时间了。

当年，这只是一桩小案子。警方没时间和他磨，就直接将案子移交检察院公诉了。刘广民被关了两年，1998年8月刑满释放。

记事本上他问的是孕卦。

我去了新港殡仪馆，大门口砌着一个仿古的牌楼式建筑，三个拱形的门洞，两小一大。墙体贴了白瓷砖，用红色小瓷砖拼出来"新港殡仪馆"五个字。

上午九点多，一群穿着孝服的家属跪在门口，朝一口黑棺材磕头。之后，工作人员把棺材里的遗体抬出来，放到遗体输送车上。火化工是个头发花白的男人，穿着发黑的白大褂，戴一只厚口罩，卷着袖子，露出粗壮的小臂，矮壮结实。他将尸体拉进了馆内。我跟着哭哭啼啼的家属混了进去。

我绕过他们，去了火化室，在里面找了一圈，没看见刚才那个火化工，明明看见他拎着一个砂浆桶往这边来了。火化室很空旷，只有四五个火化炉，一字排开。炉子很老旧，外面包着不锈钢罩子，内壁是砖块砌的。我有点诧异，这间殡仪馆难道只有一个火化工？

3号炉的炉口有东西在晃动，我走过去一看，只见那个火化工半个身体爬进了炉内，剩两只脚翘在炉外。我走近喊道："大叔，干吗呢？"火化工转身从炉子里看了我一眼，身体刮掉了炉壁上一层灰，没理我，又转过身去。

我等了五六分钟，他终于从炉子里爬出来，拍了拍身上的灰说："妈了个巴子，破殡仪馆炉子几十年没换过了。每次烧了人，炉子里的砖头就掉几块，老子得爬进去用防火水

309 刘广民测妻能孕否

1997年11月2日

丁丑年辛亥月戊申日

兑为泽　　　　　　　水雷屯

父母未土 .. 世　　　　子孙子水 ..

兄弟酉金 .　　　　　　父母戌土 . 应

子孙亥水 .　　　　　　兄弟申金 ..

父母丑土 .. 应　　　　父母辰土 ..

妻财卯木 .　　　　　　妻财寅木 .. 世

官鬼巳火 .　　　　　　子孙子水 .

断：测孕以父母爻为用神，卦中妻财卯木发动克制父母爻，并且子孙亥水发动生助卯木克制未土与丑土父母爻，仇神发动不吉，丑土与未土为阴地支，代表女方，故妻子本身受克，无孕可怀。

案发后，该笔记本保存在警方物证室

泥补上。这天冷，爬进去还暖烘烘的舒坦，要是夏天，一不留神老子就和死人一个待遇了。"

他摘下口罩，问我来火化室干啥，然后指了指墙壁上一排蓝漆字——闲人莫入。我掏出一百块钱，塞到他大褂口袋里，问他殡仪馆怎么只有他一个火化工，他头也不抬"哼"了一声，说这个活净跟死人打交道，没人愿意干。我又问他在这干了多少年。他抬眼看了我一下，拍拍身上的灰土，说这馆子哪天有的，他就哪天在，帮人升天的事已经干了上万件了。

我问他认识刘广民吗，九六年在这里干过。他瞪我一眼，很快又埋下头找砂浆桶，借口有事要忙，着急忙慌地离开了火化室。

下午5点，我在殡仪馆门口守到了他。他穿着一件灰色羽绒服，骑一辆踏板电动车。我拦住他，说想请他吃饭。他愣了一下，说"我请吧"。

小饭馆只有六张桌子，摆成两排，中间放着两个铁桶，里面烧着木条，桶上盖着铁网。铁桶里断断续续蹿出火星，木块被烧得噼里啪啦脆响。屋里除了有些烟火气，倒比用空调暖和。

他找了门边的一张桌子坐下，脱掉羽绒服搭在椅背上，里面穿了一件紫色的高领保暖内衣，领口已经松了，卷着，露出黑色的脖颈。他转头问我："喝点啥，二锅头？"我说都行。他要了三个小瓶装二锅头，我点了一个羊肉锅仔，又点了一些菜。没一会儿，酒菜都齐了，我俩边喝边聊。

他说:"你呀别客气,你非要付钱,我这就走。我因为这工作啊,平时谁都不怎么和我上饭桌,你能和我喝点儿,难得。明白吧。"我问他刘广民的事,他抿了一口酒,吧唧完嘴才慢慢说起来。

刘广民比他小两岁,六八年的,九六年初夏,刘广民到殡仪馆工作,算是学徒工,这个人性格闷,据说原来性格不这样,老婆去世后,性格就变了,话不多。

我问刘广民老婆什么原因死的,他又抿了一口酒说,流产死的,听说他结婚早,酒席婚姻,18岁就当爹了,第一胎是个女儿。八八年想躲着生个儿子,那时候计划生育抓得紧,联防队天天找他们,她老婆怀孕六个月的时候,被联防队抓住,流产死在手术台上。

我俩碰了一杯,我继续问,他当年偷那双脚,到底为什么?

他用筷子在羊肉锅仔里搅动了一番,眯着眼摇了摇头。"谁知道他偷双死人的脚干吗用,那阵子我正好被烫伤了,不然也不会发生这种事。我休假那几天,一具喝农药死亡的女尸被送到殡仪馆来。这活儿要是我在,就是我该干的,但我不在,只得刘广民干了,他那时候还没出学徒期。后来就被警察查出他把女尸两只脚切了,鬼知道他能干出这事。"

火化工说完,将小瓶里的酒喝空了,告诉我刘广民的事他就知道这么多,好好吃饭,别再聊这些晦气话题了。

我看了看时间,准备离开。他突然问我:"刘广民是不是又犯啥事了?你打听这个,你是啥人?"

我没回答，起身要走。他开始说醉话了，说刘广民原来做过石雕工，刻啥像啥，刻对石狮子能卖不少钱，为啥非干殡葬这行当，真是看不懂他。

我劝他少喝点儿，他让我再来几杯，我说改天吧。他哼哼一笑，说我连他名字都没问，哪还有下顿酒。他半醉半醒地嘀咕，说当年刘广民被抓后，他整理刘广民的更衣柜，发现了一个小木盒，里面都是刀、锯，他拿去刘广民家了。

我问，为什么当年不交给警察。他说警察第二天来找过，刘广民估计交代了作案工具。警察问过，他怕惹麻烦，就没说。

我问刘广民当时住哪儿。火化工抄起桌上剩的半瓶酒塞进口袋，伸手乱指了几下，说春风村——我，姓郭。

刘广民住在春风村。房子是一栋两层小楼，我用手机灯光扫了一遍，发现外墙的石灰已被风雨洗刷去了大片，少数留存的也长满了发黑的斑块。正面有五扇窗户，钢筋窗棂锈烂了，院里有一束野草爬在窗棂上枯死了。

屋子很明显久未住人，门锁全部锈烂，轻轻一拧就开了。我看见草丛里倒着一堆大大小小的石块，用手机灯光照了一圈，有的石块已经雕成了人体雏形，有些只刻了个模糊的面目，是些石雕废料和半成品。

房子东面的院墙距离二楼阳台不足一米，我爬上围墙，再爬到阳台进了二楼。

楼上一共两个房间，我摸到次卧的开关，轻轻一按，一盏被蛛网缠绕的日光灯犹犹豫豫地亮了。屋里通电，说明平时还有人来。灯光之下，只见房间两边隔了六排半米宽度不到一人高的窄墙，很像公厕坑位的隔断样式，很明显是后加的，每处隔断里都摆着一尊石雕人像，一共八尊。雕像通体圆润，短胳膊短腿，姿态神情各不相同。有蹲着的，有站着的，有神情愉悦的，有撒娇生气的……

刘广民

九四年清明节，我上完坟后去了新港老街，想给丹丹买身新衣服。她已经8岁，一直是奶奶带着，跟我不亲近，我也就只能给她买些这个年纪女孩子喜欢的东西，她最近迷上了古装连续剧，老把自己想成女侠，我觉得不如给她买套古装。

老街一个古董地摊上，我看见一个桃木方盒，一尺长，巴掌宽，盒子里面有一把木柄锯子，几把型号不一的尖刀，还有钳子和一个螺旋固定器。

我去年在这里修了几个月石雕，很多店门口的瑞兽门礅都是我雕的。地摊老板认识我，客气地跟我搭话。我问他这是啥物件，他将盒子端到手上，拿出那把锯子对我比画了两下，说是明朝流入中国的欧洲货，洋人用来给胳膊腿受伤的水手截肢的。要是真心喜欢，就别讨价还价了，一百拿去。我白了他一眼，骂他吹牛都不打草稿。他笑了两声，将锯子收回了桃木盒。

我去一家古装店给丹丹挑衣服,挑了一套桃红色的对襟裙子,讨价还价一百三成交,口袋里还剩七十块。回去的时候,我又路过那个古董摊,老板对我招招手,五十块,半卖半送。老板一张生意嘴,再推让,显得我小气,便还价到四十。老板皱着眉头说,行行行,亏本送你了。

回家的路上,我心想,买这么个古怪的物件干吗,头昏。

我住新港镇春风村,房子是一栋两层小楼,结婚后建的。这些年我外出做工,屋子没人料理,看上去挺破。石雕行业虽然挣得多,但太磨时间,不然我也不会把丹丹一直放在她奶奶那儿。

我把盒子放到了橱柜顶上,那上面已经扔了很多弃用工具。屋里乱七八糟的,有些石料和半成品被我堆在堂屋,都是接的一些短期活,雕些小件瑞兽。

堂屋的香案上放着谭敏的黑白照,我把这些小活计带回家加工,主要是想让她看看,她老公现在出息了,活多,不怕没钱花,丹丹会过得很好。

八八年,她去世的那一年,我还是个学徒工,啥钱挣不了,还借了外债盖房。她怀了二胎,四处躲,还是被联防队逮到,要罚款两千块,拿不出钱交罚款,就得去引产。那时她孕期已经超过25周,肚里的孩子有胳膊有腿了,我是坚决不同意的。但联防队天天来家里闹,二叔在镇上的公职也被停了。谭敏劝我,说牺牲这个孩子,还所有人一个安宁。我没表态,心里默认了。

那年九月，她挺着大肚子上了手术台，肚里的孩子没了，但引产手术也变成了抢救手术。三天之后，她就躺进了新港殡仪馆的遗体运输车上，经过两个多小时的火化，她的身体变成了一堆渐渐冷却的骨灰。

骨灰没下葬，用一个青瓷瓶装着被我供在香案上，摆在她的黑白照片后面。想她想得睡不着觉的时候，我就抱着骨灰瓶，闻闻那些灰末的气味。她那张小圆脸、圆胳膊圆腿、圆圆的屁股和乳房，还像刀刻在脑子里一样，我始终没法接受，怎么就这么突然，她就变成了啥也不是的一堆灰土。

拼命做工时，我才会停止想这些伤心的事，活儿越干越好，钱也越存越多，她没花钱的福气，我就尽力富养着丹丹。

我妈住在镇上，攒钱在那买了个门面房，开了杂货店。我爸去年中风，挨到年底就死了，也是在新港殡仪馆火化的。

丹丹在楼上看电视。我朝楼上喊了几声，她都没答应。我妈端着一盘红烧鸡块从厨房出来，她白了我一眼，说丹丹早就不认我这个爸了。

我将裙子放在沙发上，我妈把丹丹喊下楼吃饭，她慢吞吞地从楼梯走下来，圆嘟嘟的脸型像她妈妈，一双细细的小眼睛随了我。我把衣服递给她，她拿出来比画一下，衣服短了。我妈又白我一眼，孩子长个了，明天去换吧。说完拉着丹丹去洗手，我把衣服叠好后装回了袋里。

吃过晚饭，我准备回春风村，我妈拦了一下，说我难得见到孩子，就多陪丹丹一会儿。别的男人在外地打工，孩子见不到爸爸是没办法，你就在镇里干活，怎么就不能时常来看看孩子。我说我也有很多活要去外地干的，而且石雕这行当，一开工就废寝忘食，等回过神儿，非困即饿，哪还有空顾得上孩子。

怕我妈再唠叨，我敷衍了一下，抱着丹丹看了会儿电视就回了乡下。

我家二楼卧室只摆了一张床，其他家具都被我挪到了墙脚，摞在一起。房间的中间位置放了块一米六高、一米宽的砂岩。这块石材是托人用吊机从窗口运进来的，我准备尝试雕刻完整的人像。

石雕手艺和人体雕塑区别很大，毕竟我没有西洋画的基础，也不懂人体解剖，只能照葫芦画瓢，边雕边琢磨。

那些天，我已经花了好几个通宵敲斫这块砂岩，人体外形轮廓也渐渐有了雏形。不过要想雕到满意的程度，估计还得两月。

我不急，我有自己的计划。

蒋 鹏

刘广民次卧里的八尊人体石雕，横七竖八的，六堵隔断窄墙是用砖块砌成的，厚度超过一尺，有的抹了水泥，有的就是裸墙。墙砌得都不平整，看上去不像泥瓦匠干出的活儿。

主卧比次卧大出几平方米，屋顶挂着一个长条晾衣竹竿，上面缠绕着七八只白炽灯泡。我找到开关，灯泡亮了五只，上面掉下来一堆尘土。屋内的家具都挤在一块，中间立着一尊站姿雕像。雕像面部蒙着灰垢，我用手抹掉灰尘之后，发现雕像的面目已经残毁。雕像的身上还披着一大块红布，我将红布拉开，露出一个饱满的大肚子。

这是一尊孕妇雕像。

离开屋子前，我将每一尊雕像都拍了照。从二楼下到一楼，堂屋的灯打不开，我举着手机照了一圈，看见香案上摆着一张女人的黑白遗像。相框上灰蒙蒙的，我拿起来吹掉一层灰，发现楼内所有的雕像长得都像相片里的女人。

离开屋子时已接近午夜。原路返回时，村路两旁响起一阵野狗的低吠声，我用手机电筒扫过去，荒郊田野里有好几双发绿光的狗眼。

我加快步子，野地里有三四条狗开始跑动，听着它们低吠的声音，都可以想象出它们那副龇牙咧嘴的样子。我用手机灯光扫了它们一圈，它们一点儿都不怯，领头的狗开始狂吠，声音蹿到了荒野的上空，能够突然感受到回音坠落的余震。狗吠响起之前的夜空原来如此的静谧。

走到村路的上坡处，远处打过来一束光，等人到跟前，我终于看清楚他的样子，是那个姓郭的火化工，满脸通红，一身酒气。他说，酒醒点后，突然想起春风村全是野狗，会伤人，就赶紧骑电动车来看看。他说带我去他家将就一晚。我想了想，这个时候也没得挑了。

电动车的车头灯坏了，打出去的灯光忽明忽暗。我歪着脖子朝道路的尽头看了看，那儿有座小木屋。到屋子门口时，车头灯光忽然一阵闪烁，木屋的边缘被照亮了，到处是被虫蚁咬烂的洞眼，整间屋子看上去不太结实，似乎一场强风过来就会吹塌。

停下车后我俩走到屋子大门，他从身上掏出一把钥匙，开锁的时候一把一把地试，试了五六把还没打开房门。

我问他平时是不是不住这里。他说偶尔也来住住，一般都是睡单位传达室，今天喝酒了，就不睡单位了。酒劲儿一上头，会看见殡仪馆到处有脏东西，在眼前来来回回的。

他找准了钥匙，一下子推开了木门。开灯之后，屋里乱七八糟的，有一张竹床靠在南墙边，上面铺着一条发黑的被褥。煤气灶就在床边不足一米的位置，煤气瓶的阀门上罩着一层蜘蛛网。我问他，这屋子怎么睡，哪有够躺两个人的地方。他说："你睡床上，屋后面有张破烂沙发，我搬进来躺一晚。"

他走出门后，将门"砰"的一声关上了。我总觉得哪里不对劲儿，走到屋子的后窗户看了看，屋后面根本没有沙发，老郭人也不知道去哪了。我打开门找了一圈，四周都没人，电动车还在门口，灯光已经灭了。

刘广民

我之所以放下很多挣钱的活儿，心心念念要尝试雕人像，是因为一本叫《唤灵大法》的旧书。书是谭敏的，整理遗物时被我发现。一本破烂的线装古书，可能是以前谭敏从集会地摊上买的，她很喜欢看这些神神怪怪的书籍。

想谭敏时，我就翻翻她用过的东西，《唤灵大法》看了好几遍。书里提到一种法术：殚精竭虑，复亡者之貌，恒之，夜梦必汲亡者魂灵，觌面相见。

我是从1994年4月开始雕刻谭敏像的，两个月雕废了好几块石料。进了三伏天，我才雕出了第一件不糟心的作品，一尊谭敏的站姿像。

不过几天后，我又觉得雕像的面部神情不太自然。

雕像参考的是谭敏知道自己怀上丹丹时，她双手捂着嘴偷笑，有点媳妇熬成婆的嘚瑟劲儿。我当时把她的双手掰开，她"噗"一声笑，喷我一脸口水。

这件作品的表情有点僵硬，双手捂着嘴偷笑的姿态越看越有股邪劲儿。况且，雕完之后，我和谭敏并没在梦里相见，说明我还不够殚精竭虑。我将雕像移到次卧，又运了一块石头到主卧。

构思了好几天，我决定还是雕谭敏生气时的样子。

刚结婚时，家里为盖房欠了钱，我想着把结婚时送谭敏的那副金耳环当了，她跟我闹别扭，几天不说话。她生气的样子很特别，一直努着嘴，靠着墙不停地抠指甲。

我每天晚上雕三四个小时，一直雕到立秋才有了第一件成品。初看时觉得还不错，几天看下来又觉得糟心。雕像的整体结构松散，人体比例也有问题，第二尊雕像也被我挪到了次卧。

到1995年底，次卧里已经有八尊雕像了。谭敏还是没来梦里相会，或者说我压根儿就不做梦，每天夜里都迷迷糊糊的，醒了什么也想不起来。

春节之后，我用小半年时间刻了第九尊雕像，刻的是谭敏怀第二胎的样子。这尊雕像成品之后，我走远几步，眯着眼看，又睁大眼看。看着雕像的大肚子，眼睛就糊住了。

整整两年时间，我都像中邪了一般，一直雕琢着这堆冷冰冰的石头。我没接几趟正经活，就忙着雕刻出一个谭敏，到最后却莫名其妙雕出了她死之前的样子。

我找了一块红布将这尊雕像包了起来，它太逼真了，我不能多看。

完成第九尊雕像之后，我真的梦见过谭敏一次。她在梦里劝我好好挣钱，好好养家。我伸出手去抱她，她又消失了。

有天，我突然觉得自己干不了石雕这一行了。花费那么多的精力，就是让一块石头变成活物的样子，但它终究是块石头啊。实在是可笑至极的行业，可笑至极的手艺。

那年夏天，我去新港镇殡仪馆干了火化工，当年这个行当不像现在，要入学培训后才有应聘资格。那时馆里不好招人，有力气又不嫌晦气的，大概率都收。总之，那就是落了难的男人去讨口死人饭的地方。

我妈知道这事后，追到乡下房子里要喝农药。我让她喝，我说："你死了，我亲手给你火化。谭敏是在那儿火化的，我爸也是在那儿火化的，你要是喝了农药，新港殡仪馆何尝不是一个值得我看守的地方呢。"

那里是一个死亡的入口，却让我更加明白什么是活着。

我妈不知道我说的是什么疯话，就知道我说得很认真，她也就不骂了，扔了农药瓶回了镇上。

带我的师傅叫郭东海，比我大两岁，是个手臂粗壮的外乡人，但到底是哪个乡的我不清楚，他喜欢喝酒，还总抢着付钱，好像谁陪他喝顿酒，就是件要用请客报答的事。

我陪郭哥喝过几顿酒，他有次问我性子怎么这么闷。我当时也喝高了，就把谭敏那点事跟他说了，他一拍大腿，说谭敏就是他烧的，印象特别深刻，那双脚在炉子里可耐烧了，出灰后还是块状的两条腿骨的形状，没法入殓，他是用布包着使劲儿砸碎了才给捡灰的。

我觉得奇怪，问他是不是看花了眼。他抿了两口二锅头说道："这种事其实我也不是第一次见，火化炉里出现什么事都不算怪，我还听见过在里面喊话的呢。你老婆那是不甘心走，走得不甘心啊。"

我知道郭哥是酒后说胡话了。那天，我俩喝到半夜，郭哥的胡话越说越多。他问我为什么要干这个行当，是不是脑子坏了。我说不为什么，谭敏最后是在火化炉子里消失的，我不相信那堆骨灰就是她，我想靠近一点她消失的地方，也许找到她再见到她的可能就大一点。他说："你虽然喝酒不红脸，但你比我醉得厉害，你知道我为什么干这一行吗？"

我使劲儿摇摇头，酒劲儿已经令我的头颅越来越沉。郭哥的嘴巴一直动,我迷迷瞪瞪地听他讲。他从小被遗弃,在市第二孤儿院长大,孤儿院供着读了几年书,实在读不下去就出来干了几年体力活。火化工这个活儿稳当点儿。

"我是个不知道怎么被生出来的人。谁是父母,生我干吗,这些问题都弄不明白。烧死人这个活,可以把这些弄不明白的问题也他妈一起烧掉,痛快。"

蒋 鹏

我在老郭的屋子里断断续续地眯了会儿,熬到天亮,见有早起的村民去买菜,赶紧追上去问从这儿怎么去殡仪馆。

我到达殡仪馆的时候还早,值班室里的工作人员在睡觉,我叫醒他,问他见到老郭没。他揉着眼睛说没见到。

工作人员是个四十岁的中年男子,瘦高个,两个眼袋肿得老大,脸上胡子拉碴儿。可能我把他吵醒有些不高兴了,问我是什么人,找老郭做什么。不等我回话,他猛地拉上窗户,继续睡觉。我等到快九点,还没见着老郭。我走过去敲了敲值班室窗户,工作人员打着哈欠爬起身,看了看时间后打开了窗户。估计这次睡够了,脸色和气了。

他拨了个电话,没人接,扭头跟我说,昨天跟老郭交代了,前不久铁轨上捡回来的一堆碎尸今天得烧,那是个没亲属的流浪汉,留一罐骨灰送公墓就行了。这是最后一桩差事,这趟活搞定,他就可以退休了,不用搬去新馆,不知道今天怎么还不来。

电话还是无人接听。

他突然问我听到声音了吗。我问什么声音,他说手机铃声。我摇摇头。他又拨了一遍,然后朝馆里走去。我跟在他后面,刚走两步,也听到了手机铃声。他"哎哟"一声,说老郭这个老糊涂,手机落在火化间了。

火化炉对面的椅背上挂着一件灰色羽绒服,手机铃声就是从羽绒服口袋里传出来的。他在火化间找了一圈,没见老郭。他走到2号炉的出灰口,那里放着一个骨灰瓶。他疑惑地看着我,说道:"这个老家伙,昨晚把那堆尸块已经火化完啦。人怎么不见了?"他走到4号炉旁边停住了,突然一屁股坐在地上说不出话来。我跑过去一看,炉内有具完整的尸骸,手脚成灰了,残余一半的骨架没烧透。

他从地上跌跌跄跄地爬起来,往火化室外面跑,边跑嘴里边大喊"死人啦"。我追上去一拳从后头打晕了他,将他挪到卫生间。

我怕他报警,惊动了当地警察,查案就得中止。幸好他刚刚说殡仪馆快要关闭了,只留了他值班。我打电话喊来了老夏,没他帮衬,技侦这块我搞不定。

老夏赶来后,我们合力将炉内那具没烧透的尸骨运了出来,尸骸的手脚都已经烧成了块状骨灰,只有头颅、盆骨、脊椎还残有骨质。

我问老夏能不能鉴定出死者身份,他说烧成这样,估计很难。他环视一周,皱了皱眉,说这个殡仪馆怎么连一个监控探头都没有，不符合规定呀。四周的墙壁上贴着发黑的瓷砖，就像老式公共厕所的墙面，散发着一种肮脏的阴冷之气。我告诉他，这里马上关门了，合并到县里的新馆去。

他在炉下发现一件黑色外套，拉出来一看，胸口破了一个大洞，内胆全是血迹。我用自己的衣服包住手，探了探内侧口袋，里面有钱包，钱包里的身份证上名字是"刘广民"。

我吃了一惊，老夏问我怎么了。我说这个刘广民就是我正在追查的人，难道就是火化炉里这个吗。老夏没说话，他走到炉子前面，指着上面的一排按键说，火化炉有风路、油路、预热等好多启动按键，必须是个懂操作火化炉的人干的。按键上可能有他留下的指纹。

我说刘广民下落不明，我在接触的一个姓郭的火化工昨晚也失踪了。老郭的指纹可以去值班室提取，那是他的生活区域。刘广民坐过牢，有案底，也查得到他的指纹信息。先比对一下火化炉是谁操作的。

老夏快速提取完指纹，我们便离开了殡仪馆。

刘广民

老郭这个人吧，怎么说他呢？外焦里嫩的，心肠软。

九六年夏天，我刚工作没几天，有次喝酒，老郭突然说活着没劲，想死。我问他是不是遇到什么事了，他抿了一口酒后说，前两天喉咙里老疼，去医院看了，医生说要动手术把扁桃体摘了。我听了一笑，说这算什么破事，一点小手术就至于畏生。他摇摇头说，前段时间他去拉了一具尸体，游野泳淹死的，有钱人，嘴巴里七八颗金牙。他让家属把牙齿摘了，进了炉子就没了。家属不愿摘，说必须完完整整地让他进炉。

我不知道他这番话和他动手术的事能扯上什么关系，就问他，家属不愿摘你愁啥，操这心。他抬起头说道，其实我试探家属的，看他们在不在意这几颗金牙。

我听明白了他的后话，说老郭你酒喝多了，别瞎鸡巴说疯话。他又自顾自说："我从来没从死人身上捞过东西，就这一次，准备卖了牙齿去摘扁桃体。这么点小手术，我他妈都掏不起钱！"

我听了不信，火化这活儿，工钱可不少给。就算他一点钱不存，当月的工资也够动手术了。就问他钱去哪儿了。老郭突然就哭了，哽咽起来，边哭边骂。他说自己最近谈了个对象，掏干净家底对她好，这臭女人嫌弃他的工作，跑了。

我看着他伤心的样子，拍了拍他的后背说："金牙这事，我以后就烂肚里。你这几天赶紧把火化的活儿教会我，你去把手术做了。活不活的都没意思，死不死的就更没意思了。"

第二天在单位见面，我没提这事，他也没提。一整天他都在教我火化工作的操作流程，还有一些整理遗体的简单技巧。他让我先照应好炉子，他出去做手术得过几天回来，抬尸的活儿让我找逝者家属搭把手。还交代说有的家属会乱闯火化间，别让他们进，捡灰入殓保不准会出点差错，别给他们看到。

我让他放心做手术去。虽然火化工就我们两个,单位还有其他人,出不了大纰漏。

老郭不在的两天,我一共处理了四具尸体,三个老人,一个年轻女人。

农村很多老人得了病也不去看,死了就算终老圆满。其中有个老人,84岁走的,丧事喜办,亲属送遗体来的路上一路放炮,派发寿糕。火化时,我见老人的右腿乌黑,屁股上三个压疮,出灰后明显能看出右腿骨折。明摆着亲属没给老人医治,让她躺在床上"寿终圆满"。

三具老人的遗体火化完,基本没出现什么意外情况,但火化那具年轻的女尸,我心里不踏实了。

女人是割腕死的,左手腕张开一条口子,整条胳膊发白浮肿,像泡在浴缸里流干了血。家属不停地咒诅咒一个男人的名字,估计她是为情自杀。我捡了一条小绷带,给女人的左手腕绑了一个蝴蝶结。她的体形特别像谭敏。

我解开她的衣服时看到了她的胸,几乎和谭敏一模一样。

女人火化出灰后,我迅速捡灰入殓,把骨灰盒交给家属。刚处理完工作,就到了饭点。我先去卫生间上了个厕所,准备收拾一下去吃午饭。

从卫生间出来,我撞见了老郭。

刚手术两天,他就回来上班了,脖子上裹着一层纱布。我吓了一跳,问他怎么回来这么早,没多休息几天。

老郭的脸色很难看，拉着我往火化间走。走到4号炉前，他指着椅子下一个小黑包，又指了指小黑包旁边的一个小木盒，板着脸让我打开盒子。

我站着没动，老郭自己动手开了盒子，里面是刀和锯，刀上沾了血。老郭质问我："你说你这是啥变态爱好，要一对死人的奶子干啥？"

他一边问一边上来要揪我衣服。我躲开他，跑到休息椅旁边，将小木盒和黑包拎起来就跑，快速跑出了火化室。

中午我没去食堂吃饭，拎着木盒和黑包跑回了家里。下午回到单位，老郭给我打了饭，放在值班室的桌子上。他把值班室门锁了，叫我赶紧吃饭。吃完饭后，他派给我一支烟，我没接，也让他先别抽了。他没理我，慢吞吞地吸了一口烟说，早就觉得我不对劲儿，好好的石雕手艺不干。顿了顿，又说，今天这事，他当没看见，下不为例。这种事犯法，让我不管有啥特殊爱好，改了。

说完这话，他咳嗽起来，像是被烟呛到了，捂着脖子起身离开。他打开值班室的门，没等他走出去，我冲他说："见不得人的事你也不是没干过，我有啥爱好你最好别管，你有啥想法我也不会干涉，谁出了事谁自己顶雷。"

他在门边停了一会儿，没吭声，咳嗽着离开了。

接下来的一段日子，老郭不让我碰尸体，活儿都抢着干。我偶尔帮他打打下手，在炉边盯下梢。我和老郭不再说话，也没再去小饭馆喝过酒。

到了8月，有天下午送来一具老年遗体。老郭完成火化工作后，用铁耙将骨灰钩到出灰口，家属素质很差，在大厅等候区吵闹，不断催着捡灰。他慌慌张张将骨灰入殓，被烫了。接下来的几天，火化的工作不得不交接给我。

但老郭一直盯得很紧，生怕我再打尸体的主意。有天早晨他刚去医院换药，馆里就送来一具年轻的女尸。丈夫赌钱输了还打人，女人喝农药死的。我给她火化时，看见她穿着一双圆口寿鞋，橡胶鞋底标着34码。

我给谭敏买过一双高跟鞋，她穿上大了，叫我去商场退。我举着她的小脚亲了两口，问她这双小脚多少码，发誓一辈子都记住。她搂住我的脖子，说了十几遍34码。

我将女尸的寿鞋脱了下来，那双脚除了脚腕处有条五六厘米的疤痕之外，几乎和谭敏的一模一样。

没想到，锯这双34码的脚，被家属和领导发现了，进去了两年。

1998年8月，出狱的第二天，我约老郭在新港石材厂见面。

那段日子还没出三伏，天气闷得难受，老郭光着膀子来的，手上拎了酒菜。我们挑了一块石板，盘腿坐下。石板被晒得发烫，我拎了一桶水，桶还没放下，天上突然响起轰隆隆的暴雷，顷刻间暴雨就哗哗哗地落了下来，雨滴打在身上生疼。

等跑到厂棚里，我俩浑身都湿透了，棚顶的石棉瓦砰砰震响。我问老郭我那个小木盒呢，老郭抹抹头发上的雨水，漫不经心地说搁他那儿了，问我还要那东西干啥。我冲他喊道，那正好，本来要送你。老郭朝我瞪着眼，问送他干啥。

雨声小了，棚子里清净了，我从口袋里摸出一张潮湿的纸条递给他。

老郭瞥了一眼，问这是干吗。我说："你照着这图纸，有合适的部位就弄来给我。"话还没说完，老郭就撕烂了纸条，浑身颤抖着，指着我的鼻子说，刘广民，你别害我。我无亲无故，一人吃饱全家不饿，你逼我，我敢跟你玩儿命信不信。

那张纸条是我早就准备好的。上头画着一个四仰八叉的裸女，头形、胸形、臀形等重要的身体特征都做了标注。

他很激动，走到一台磨石机前面，敲碎了手里的酒瓶。我哼哼一笑，跟活人都敢玩儿命，割两块死人的肉激动啥。答不答应都不逼你，但今天离开了石材厂，你两年前偷金牙的事我保不准就会说出去，你的下场和我没两样，说不定你还多判几年。明天重画一张送你值班室。

我走出去两三步，听见老郭把另一个酒瓶也敲碎了，嘴巴里发出痛苦的号啕声。我没回头看他，估计他用酒瓶敲了自己的脑袋。

天上的乌云又堆了起来，响起一阵闷雷，我迈大步子跑出了石材厂，随即而来的雷雨还是赶上了我，我朝着家的方向跑了起来。

第二天大清早，我把新的图纸递到了老郭值班台上，他在值班室里睡觉，开着电风扇，窗户留了一条缝。

五六天后，老郭主动约我到石材厂。我们刚照面，他将手上一个黑麻袋扔在一堆石头上，然后扭头就走，一句话都没说。

我将黑麻袋拎回家，里面装着一对胳膊。我买了一个工业塑料白桶，里面是甲醛液。我将这对胳膊泡在里面，看着白花花的胳膊，心想，谭敏的肉身雕像快要实现了。

从这之后，老郭捎来的黑麻袋越来越多，白桶里多了头颅、躯干、乳房、下肢，没到一个月，老郭就为我集齐了那张稿纸上的所有"部件"。

与其说雕像，不如说我是在设计一个拼图。

我用透明鱼线，还有定制的金属骨架，缝出了第一尊谭敏的人肉雕像。为什么说第一尊，是因为它完全不如预想的那样完美，泡得发白的肤色，发黑的面目，通体刺鼻的甲醛味道，尤其是那双眼睛，被僵硬的眼睑牢牢覆盖，强行扒开，露出死鱼眼一样的凶恶神情，这完全是一个失败透顶的试验品。

当天晚上，我就梦见谭敏了，她生气了，骂我把她搞这么丑！

醒来后，我将这件垃圾作品一脚踢倒，拖出去处理掉了。

我设计了新的稿纸给老郭，他死活不同意再干，上来给了我两拳。我被老郭的拳头打中了嘴唇和鼻梁，嘴巴和鼻子一起出血，倒在石材厂的厂棚里。

我趴在地上，满脸的血又沾了满脸的石灰。我没想爬起来，脸贴着地，大声朝着满脸赤红的老郭喊道："老郭，你帮我了却这桩心愿。不然，你就弄死我。要么，你也活不好。"

老郭微微地摇着头，过了一会儿，他大声骂道："变态，你肯定变态，完完全全变态了。刘广民，我被你害惨了，我也变态了。"

我看着他朝石材厂外面走去，外面扬起一阵入秋的风，地上的石灰被掀翻过来，裹住我的眼睛，裹住了我的全身。

此后，老郭依旧隔三岔五地往石材厂丢黑麻袋。每次来，他都骑着一辆二八杠自行车，在天色将黑未黑的傍晚抵达，扔下黑麻袋就走。

第二尊、第三尊、第四尊……没有一尊人肉雕像令我满意。一直到年底，我还在不断设计着雕像。我和谭敏在梦里见面的次数越来越多，每次她都会对自己的样貌提点新要求。女人嘛，总归爱美的。

除夕那天，我在镇上陪家人吃完团圆饭，捎带了一些饭菜去石材厂。老郭早就到了那里，他也弄了些酒菜，还带了两盘烟花。

我问老郭，看了我的新图纸没。老郭没理我，忙着布置酒菜。石材厂的厂棚里挂着一盏白炽灯，我们的影子折射到了厂棚顶上。老郭布置完酒菜，就去石材厂门口放烟花。他拆开两盘烟花，烟花的包装纸掉在我面前，上面写着"友成商店"。

烟花蹿上天空，冒出几朵火星，没响几声就灭了。

老郭给我递了一杯酒，自己也端了一杯。他把酒送到嘴边时看了我一眼,催我赶紧喝。我把酒杯举到最高处,猛地砸在地上,瞪着眼问:"友成商店就在我妈开的杂货店边上,专卖红白事用品。你今天买烟花,是办红事还是白事?"

老郭的手开始发抖,身体往后退了几步。我说:"酒里有毒吧,你要死自己死,别拉着我死。"老郭哆嗦着嘴唇,丢了酒杯,双手捂着脸说:"你那新图纸上画的是个孕妇呀,哪里给你弄到大肚子的遗体?"

我走到老郭跟前,说:"这次不为难你,你把小木盒还我。你晚上值班时,我偶尔会去火化间,你睁只眼闭只眼,留条门缝就行了,什么事都不麻烦你了。"

老郭吓得跌倒在地上,他拼命往后退,一直退到厂棚外面。刚才哑火的两盘烟花突然又爆了几声,三四束烟花升到空中,照亮了地面。老郭的半张脸像被点燃了似的,瞬间又熄灭了。

蒋 鹏

过了几天,老夏打电话告诉我,那件黑色羽绒服上有个刀洞,作案工具是宽度两厘米左右的双刃刀,已经取了上面的血迹,加上在老郭生活区域提取的指纹比对上了火化炉按键上的指纹,两者一致。我问他,如果老郭用刀刺死了刘广民用火化炉销毁尸体,烧他之前,为什么要留下他那件带血的羽绒服不一起烧了,又为什么不清理那个火化炉的使用痕迹。

老夏说，这些的确是疑点，得找到能合理解释的证据。

我去了殡仪馆附近的村庄打探消息，那里来了很多警察，到处都是警笛声。我在距离殡仪馆两公里的一块农田边，跟一位村民打听到附近有一间小诊所。

他顺手给我指了方向，我从农田里绕路，走了半小时才到那里。

小平房里有个蓄着白胡子的男人，乍一看他的白胡子，以为是个七八十岁的老汉，多看上两眼，又觉得他不会超过六十。屋里还有两个病恹恹的农妇正在挂水，里面摆着一台液晶电视，正播着一部谍战片。

白胡子男人打量着我，问我是干吗的。我说是警察，他立马紧张起来。我说："别紧张，办黑诊所的事以后再说，昨天有没有人来找你处理过刀伤？"男人赶紧回话，这事已经报过警了，又让我先坐，慌慌张张地沏茶去了。我坐在一张铺了棉垫子的竹椅上，对面的墙上挂满了皱皱巴巴的锦旗，都是"妙手神医"之类的表彰套话。

白胡子端着茶送过来，说道："昨晚九点，平时我都关门了，刚巧昨天有个独居老太感冒了。镇卫生院离着十里路呢，我就帮她挂水，所以办这小地方主要是服务村民为主。"白胡子说着就把话岔开了，急于为自己开黑诊所的事辩解，我让他少扯这些无关的事，说正事。

他说："那个人体形高壮，昨晚零下好几度，他来的时候，没穿外套，胸口全是血，都挂到腿上了。我给他处理了伤口，一看就是刀伤，扎进去的，伤口有两三厘米，我给他缝了几针。"

我翻了翻手机相册,翻到刘广民的档案照片,递给他看。

他点点头,说就是这人。我问他:"他还会来吗?"他说:"我看他伤得不轻,让他今天下午四点前来换药。"

我到黑诊所时已经下午两点,昨晚一夜未睡,两只眼睛都干瘪了。还要守上两小时,我准备眯一会儿。闭上眼睛前,我叮嘱道:"他来换药了,喊醒我。"

我打个盹醒来后,发现诊所内已经没人了,时间刚三点半,两个吊水的老人已经离开,电视还在放着。我看了看柜台,白胡子也没了影。柜台上放着一个老式医药皮箱,一瓶医用酒精被拧开了盖子。柜台上还放着一杯茶,我摸了一下杯子,还有余温。我立刻追了出去。

出了门,屋子左边是村落,右边是一片冬荒的林地,我下意识地朝右边追去。刚进林子,就听见有人在"呜呜呜"地喊叫。我顺着声音寻到一条沟渠边上,看见白胡子倒在淤泥里,左腿受伤,流了很多血。

我赶紧将他拉起身,问怎么回事。他踮着脚,嘴里倒吸气,缓了一阵后说道:"那人一进屋子,我想着先给他换药,纱布拆了,再去叫醒你,他露着伤口,不好跑。结果我拿了医药箱刚走到柜台前,他就用刀抵住了我,他看出你是警察啦。"

我问他怎么看出来的。白胡子说:"我也觉得奇怪,后来顺着他的目光一看,你仰在椅子上睡觉时,警官证从内侧口袋里露出来了。"

我又问:"看清他往哪跑了没?"他说那人特别贼,刀抵着他的腰,让他走到林子里,然后给他腿上割了一刀,再将他推进沟渠里,哪还看得见他跑哪去了。

我背着白胡子走出林子,找了一个村民的电动三轮车,将他送去了镇卫生院,又掏出钱包里的几百块钱,跟他说:"你先去处理伤口,这钱必须我付,但我现在得先去那四周再追着看看。"

白胡子喊住了我:"你别瞎找了,去往南七八公里的新港石材厂看看。我注意到那人衣袖上全是石粉,那些石粉都是红砂岩,我儿子在石材厂干过很多年工,我认识。红砂岩就那儿有。"

赶到新港石材厂时天都黑了。我给老夏发了消息,告诉他新港殡仪馆那具尸体是老郭,凶手是刘广民,现场那些东西都是刘广民弄的障眼法。

老夏立刻给我发来一大段话,叮嘱我千万小心,嫌疑人非常危险,很可能是个连环杀手。

"新港镇周边十公里范围内,自1999年3月到2006年7月,共有12名孕妇失踪。警方早就怀疑是连环凶杀类案件,但怕引起社会恐慌,这些失踪案一直没对外公布。1999年当地成立了全市第一个夜间巡逻治安队,针对的就是这起案件。但是,孕妇失踪案还是接二连三地发生,案件一直没破,也从没找到过一具孕妇尸体。新港殡仪馆发生火化命案后,提醒了警方。警方分析,假如失踪的12个孕妇都已经遇害，她们尸体一具都找不到的原因，很可能是被直接火化了。"

眼前的石材厂到处堆着石块，整个露天场地大概有一个足球场大小。我打开手机电筒，走进石堆，又顺手捡了一根结实的三叉树枝防身。

那些石块堆得高高低低，有的石缝里蹿出来半米长的野草，都已经枯了，稀稀疏疏地在夜风里摇摆。枯草偶尔会刮到我背上，从羽绒服上扫过去，发出一阵细微的声响，令人浑身立起鸡皮疙瘩。

我爬上一堆两米多高的石块顶部，站在上面用手机灯光照了一圈，看见高处的石堆上平放着一块巨石。那巨石有一人大小，中间部位被掏空了一块。就在这时，石块后头闪过一个黑影。

我迅速打过去灯光，黑影在石堆上跳跃着逃窜，跳到地面上，不知道躲进了哪条过道。我灵机一动，将手机灯光照在他逃窜的方向，手机固定在石堆顶上，伪装成正朝那个方位追捕的假象，然后偷偷绕到相反的方位守候。

我找出了这个方位里的一条三叉通道，人只要逃到这头，必定会经过这条过道。我跨开腿站在两个石堆顶部，举着三叉树枝。黑魆魆的行道里传来一阵急促的脚步声，和急促的喘息声。两股声音越来越近，我握紧树枝猛地跳下去，叉住了一个身形高壮的男人。

他趴倒在地面，挣扎了一番，将树枝折断了。夜色很黑，我看不清他的脸。他手里举着一把木柄尖刀，朝我刺过来。我用断掉的树枝摆手一打,打在他的手腕上,刀甩了出去。我又送出一个高鞭腿,脚背击中他的脸颊,顺势又给他一记摆拳,将他打得半迷糊。

我将他拖到厂棚里,然后爬上石堆顶,准备取回手机。刚爬到石堆上,男人就醒了,爬起身就要跑,我跳下石堆去追。男人连滚带爬地往前跑,我在他后面,一边跟着一边冲他喊:"是刘广民吧?你跑,放开了跑。"

男人更加拼命地往前跑,嘴里发出含混不清的喊叫。我俩一前一后,在乡野的夜路上跑跑停停。男人跑不动了,扶住一根电线杆喘气。

我没有追上去,在离他五六米远的位置停住。我举起手机照了一下男人的脸。

我认清他了,说道:"刘广民,为什么杀老郭?"男人仍旧弯着腰猛喘粗气。我等了一会儿,他才开口回话:"老郭自己不想活,我没杀他,我只是用他的尸体蒙蒙你们。老郭知道警察找上门后,心里就不安生了,不过其实老郭从来就没活安生过。"

原来,第一次我在火化间向老郭打听刘广民时,老郭立刻就给他通风报信了。老郭让刘广民自首,不过刘广民一点都不慌,因为他知道老郭的软肋。

老郭重感情,他半辈子孤苦伶仃,只有刘广民是他关系最为密切的熟人,虽然两人之间维持的是多年的险恶关系,但老郭也看得很重。不然,也不会这么多年一而再,再而三地妥协。

刘广民就是利用老郭这个软肋，劝老郭帮他一把，把事情瞒住。当时老郭没吭声，也没说答应不答应。

"老郭性子格外拧巴，是那种想死不敢、想活活不好的人。你俩喝酒那天，他说割尸作案的工具摆在我屋里，其实是骗你的。那天，他是想引诱你去抓我。但他又下不了决定，犹犹豫豫的，还害怕暴露自己。等你真去我家后，他又抄近路通风报信，让我快跑。"

"你那天去了他的木屋，其实我就跟在你俩身后。老郭察觉到了，你没有。他出屋后，我让他帮忙，一起弄了你，他没同意，我俩拉拉扯扯去了殡仪馆。那晚我俩吵了很久，我还失手捅了老郭一刀，最后老郭出了个主意，他说自己本来就不想活了，不如弄个障眼法他替我去死，让警察把他当成活人去通缉，把我当成死人给烧了。死一个救一个。"

刘广民的话说完，身子慢慢直了起来，接着又开始小跑。我跟在他后面喊道："都交代到这份儿上了，还跑什么。这些年，你为什么杀那些孕妇？"

刘广民听我提到孕妇，突然双腿一软，低声哭了起来。

我慢慢走到他面前，在他身边坐下来，点了两支烟，递给他一支。我说："刘广民，你老婆的事我早就知道了，要不是那事，你也不至于走到今天这步。不管怎样，你也没退路了，说说清楚吧。"

刘广民嘬了两口烟，从地上爬了起来，一声不吭继续往前走。我丢掉烟头赶紧跟上去。看他那样子，像在引路。我一路跟到了他家。他直接一脚踹开房门，拉开了所有房间的灯，那些人体石雕突然就从黑暗中显身了。

他从门后面拎起一把铁锤，我赶紧后退了几步，做出防御姿势。他瞥了我一眼，似乎没有攻击我的意思。他问："你看见次卧那一排窄墙了吗？我说，那里不都是你的作品吗。他拖着铁锤上了楼，我跟了上去。他站在第一面窄墙边上，突然抡起锤子砸上去，墙面的红砖碎了一地，一具被保鲜膜封起来的孕妇尸体露了出来。尸体已经风干了，浑身似乎做了防腐处理，四肢、躯干、头颅全是用透明鱼线缝起来的。

他举着锤子准备去砸第二面墙，我冲上去推开他，顺手将他手里的锤子夺下。

我被墙里的孕妇尸体震惊了，猜到每面墙里可能都封着同样的东西。夺下刘广民的铁锤，是不想看见过于惨烈的画面。他跪了下来，说，每面墙里都有一具，躯干都是孕妇的，四肢、头颅是老郭帮弄的。

我问他一共杀了几个。他说，忘了，有的晚上弄晕带回家后，发现肤色不像谭敏，杀完就烧了，老郭凌晨给火化间留了门。反正手上人命已经不少，放了还多生事端。

后来，警察敲碎了其余的几面窄墙，一共运走六具孕妇人肉雕像。

刘广民于2013年已被执行死刑，他的口供内容都是从警局档案库里调出来的。采访快结束的时候，蒋鹏说这案子还有遗留问题，没完。

我问还有什么遗留问题。

蒋鹏说最后一名遇害的孕妇，距离预产期只有一周。刘广民先是将其击晕，准备动手杀人分尸时，没想到她的肚子还有动静，然后孕妇慢慢醒过来了，立刻就要生。刘广民吓得没敢动手，孕妇也因为受惊吓而难产。刘广民没敢把女人送去医院，撂下女人跑了。跑了没多久，他想起自己的小木盒留在了现场，跑回去找。结果发现小木盒打开了，孕妇剖开了自己的肚子，男婴活下来了。

我不信，觉得这太离谱。

蒋鹏说："我也不信。但你可以去查，那男婴被老郭送去了孤儿院。就是他长大的那家。他跟院长说这孩子是在殡仪馆门口捡到的。我查出这案子时，那男孩已经6岁了。警方通知了他的亲生父亲，据说为了瞒着那男孩，最后还是办的领养手续。"我问蒋鹏为什么这段时间里刘广民没再杀过孕妇，蒋鹏看着我说："这个孕妇为了孩子，自己剖腹生产，让刘广民想到了自己死在流产手术台上的妻子，可能因为自己也是个父亲，在那之后就收手了。"

2015年9月末，我托人核实过这一信息，情况属实。据反馈，男孩9岁，足球踢得很好，加入了少年足球队，学校准备推荐他去足球学校。

蒋鹏离职前，在档案室里没能找到阚桂林任何服刑档案，他是一个被消音、除名、抹去痕迹的特殊囚犯。

记事本上的7名囚犯，虽都是阚桂林曾经的狱友，并且都找他算过卦，但蒋鹏在查案过程中，并没从他们那里获得任何阚桂林的有效信息。阚桂林在服刑期间和其他人交流不多，狱友们都不清楚他为何入狱，但他在狱中地位特殊，很受犯人们的信任。阚桂林利用这种信任，通过"算卦"的本领，在狱中建了一个"树洞"。这些犯人过去的一桩桩余罪，都藏在了这个"树洞"里。

阚桂林的故事，是蒋鹏自首前最放不下的。他告诉我：

"笔记本上的所有案件查完后，唯一还让我有所困惑的是'阚桂林'这个名字。前面我在档案室并未发现此人的任何服刑信息，我不知道他记录这些罪犯卦例的真实意图，也弄不清这位神秘人士的身份背景。"

当然，就我看来，这些困惑，在蒋鹏当时的处境里并不重要。按他自己最初的设想，他在查完这些案件后自首，争取宽大处理，最好能判个缓刑就可以了。

我问他为啥还要继续追查阚桂林的事，当时他已经完全可以去自首，该立的功都已经立了。

他解释正是因为自己强烈的破案欲里有这部分功利性，所以忽然联想到阚桂林记录这一桩桩暗数罪行，是不是也有同样的想法，也抱着利用"重大立功政策"而得到刑罚从轻的目的。

他觉得冥冥之中，这个破烂记事本好像冲破了时空限制，将自己和阚桂林的命运联系在了一起。谁握住这个记事本，谁就会陷入罪案的风暴中，唯有记事本上的一桩桩暗数罪行才能将他们拉出旋涡。

很显然，阚桂林没有蒋鹏幸运，他早已像尘埃般被风暴吹散，没有留下任何痕迹。但这本记事本又似乎像一根接力棒似的，传递到蒋鹏的手中，暗示他去完成一桩早就注定的使命。

大结局

暗数笔记

蒋 鹏

还没等我想好怎么查阙桂林，老夏来电话说有急事，约我马上到天府大桥下见面。到了地方，他直接问，记事本带了没。我点点头，问怎么了。老夏眉头一紧，问我案子都查完没。

老夏这人平时很沉稳，面无表情，不苟言笑，之前从没见过他急跳脚的时候。反常的还有今天老夏的这身呢子大衣，胸口两颗纽扣都系反了，他应该是急匆匆出门的。准确点说，我预感他想拿走记事本。虽然我不清楚老夏的真实身份，但心里猜得八九不离十，他肯定是上面的人。

我故作若无其事的样子，回话道，还有几个案子。

老夏说，不管查没查完，交出来吧。

我转身便跑，哪知老夏早有准备，右脚使了个绊，我直接趴在地上了。我一个前滚翻，爬起身往花坛里逃。老夏两步一跃，挡在我身前说："你不交出来，这东西会害死你！"

我身上带着伤，知道自己不是老夏的对手，但眼下无路可逃，只能放手一搏。手臂的刀口裂开，一时没护住胸口挨了一拳后，怀里的记事本掉了出来。我赶紧去捡，但还是慢了他一步。消失在车流中之前，老夏留了一句话："自首去吧，再查下去你的命就要没了。"

老 夏

在蒋鹏查记事本上的案子时，我已在查阚桂林的事。

我也是警校毕业的，比蒋鹏早七八届，毕业后考上刑侦岗，却被分进了缉毒大队。

刚开始工作，模式是老带新，新人不能参加例会，因此也不知道是去执行什么任务，一切都得听老警察的安排。带我的是个大胡子老警，此人好酒，衣兜里时刻装着一小瓶二锅头。布控、盯梢、查岗，任何时间当口，他都会摸出酒瓶，吸溜一口，品上一会儿，又吸溜一口。酗酒这毛病，严重违反工作纪律，大胡子没少挨处分。但他是带着我出活儿的人，我哪管得住他。

我记得那是一个寒风阵阵的早晨，他穿着带毛领的皮大衣，佝偻个背，单手插在怀里，手上拎着瓶一斤装的白酒。我跟他去了车站，两人倚在一块沙灰墙上，有一句没一句地聊天。

我问："今天咱们执行什么任务？"他嘬了一口酒，回了一句："抓个'脚夫'（运毒人）。"

我又问："就我们两个人吗？"他对我比了个"嘘"的手势，顺手一指。我立刻领会他的意思，四周都是自己人。摸不准"脚夫"会从哪儿出来，每个出口都布控了两人，等逮准了机会，一起扑上去。

我担心大胡子喝醉，格外留意着路口，瞪大了眼睛。大胡子拍拍我的肩膀："小杆子你瞎紧张什么啊？你知道要抓谁啊？喏，目标人物照片在这儿……"边说边在口袋里掏了一会儿，什么也没掏出来。他空愣愣地望着我，说："反正你记住了，是个穿黑羽绒服，背黄包的矮个男的。"说完骂了一句"操，一张复印纸都跟老子作对"。

不一会儿，我们盯着出口涌出的一拨儿人，我仔细查找目标人物，果真有个穿黑羽绒服、背黄包的矮个儿男子出现了。他一出来就贼头贼脑，我等不及大胡子指挥，立刻跃了出去。

说实话，我有点急切想立功。等冲到那人跟前，一把手枪指着我，我的脚像定住了似的。矮个儿男人端着枪，双手发抖，用方言嚷嚷着："老子就是运了这一趟，你们不给我活路，我也不让你们活。"

这时同事们都冲出来了，大胡子跑在最前面。所有人都掏出枪指着矮个儿，大胡子也想掏枪，但枪套解不开。突然，矮个儿男子掉转枪口，对着自己脑门来了一枪，整个人瞬间倒地，头颅就像摔在地上的西瓜。

同事们解开他的背包，里面是十七个奶粉罐，撬开罐子后，从里面掏出34包海洛因，总共3公斤。

本来这案子是想抓个"脚夫"，再顺藤摸瓜，将上线一网打尽的。为这事，大胡子挨了队长两巴掌，我和大胡子各背了个小处分，队长帮我们揽去了大半责任。

案子办砸，我难辞其咎。说我连累了大胡子也不为过。

后来我和大胡子成了酒友，没事就总去单位旁边的巷子里喝老酒。过了两年，就只有我一个人去喝，因为大胡子的肝被酒精泡烂了，肚子再装不下二两酒，死在了济民肝病医院的病床上。

他临终前，我去探望过一次。他劝我戒酒，我说我没多少酒瘾，他坚定地说，还是戒了好。那时他已经瘦得像张纸，但脸上还是有股威严。我说行，"你不喝，我也不喝了"。他说要上趟厕所，我扶他过去，他撑着扶手尿了好长一会儿，尿出来的都是血色。我别过头去不想看，他又给我做起思想教育："你看啊，喝进去多少酒，就尿出来多少血。我的肝闹革命，其他部位也跟着造反了。"

那天临走之前，大胡子让我以后也留胡子，不答应不让我走。我想问原因，他已经迷迷糊糊没了说话的力气。等他睡下，我正要离开，听见他说梦话，嘴里不停地喊一个名字，我听得模糊，只分辨出一个"谢"字。

大胡子的葬礼上，我挨着一个同事站着，他也是个老警。我俩聊起大胡子，我告诉他自己刚去探望了一次，大胡子就去了。老警叹一口气，说大胡子这辈子是当卧底当毁了。我问怎么回事。

老警说，多年前大胡子因为喝酒工作上犯了点小错误，受了处分。那当口正巧赶上警队严整工作风气，大胡子撞在了枪口上，本来要扒皮（开除警籍），后来队长保他，派他去一个贩毒集团卧底。

那贩毒集团从越南运货,然后在边境线挑选"脚夫"发货。这帮人做事很绕,警方很早就安插了一个姓谢的线人在内部,但总不见成效。派大胡子去,是警方已经不太信任这个姓谢的了,再安插一个,上双保险。

大胡子当卧底不久后,找准了一条可靠消息,有一辆从越南入境的卡车,上面装满了越南辣椒,辣椒里很可能藏毒。

上面考虑到这个团伙神通广大,在抓捕的最后一刻才透露布控消息。但消息还是被泄露出去了,卡车中途变道。在警方疯狂追捕的过程中,驾驶员撞翻山道护栏,连车带人和货,直接冲进了百米深的山谷里。

事一出,贩毒集团开始肃清内鬼。大胡子被吊在一间密室拷打,听说他当时已经做好了死的准备,但临了那个从未照过面的谢姓线人竟主动承认了自己的身份。大胡子清楚他是在掩护自己。毒贩集团心狠手辣,给谢姓线人注射了大量的安非他命,这能够使他在经受折磨时保持清醒,最终被折磨致死。之后,大胡子又过了一年刀尖上舔血的日子,最后和缉毒队里应外合,将云南大毒枭黄勇一伙人全部抓获。

案子到这里,也算大胡子立了功,但他不该去翻那个救他的线人档案。他在尸检报告上看到:五根肋骨被钝器敲碎、双腿膝盖以下被剥皮削肉、鼻子被刃器割掉、双眼球被尖锐利器捣碎、下巴被钝器击碎、八根手指被砍。致命伤是头骨受钝器击凹。尸检报告显示,谢姓线人从第一处伤到最后致命伤,大约经受了45个小时的折磨。

尸检报告上的照片里，谢某一脸大胡子，所以大胡子的大胡子是为了活成这个谢姓线人的样子。

而我留胡子是为了大胡子。

大胡子的葬礼办完，我心里难受极了，特别是想到那位谢姓英雄，好几天都没睡踏实。我查了当年那伙毒贩的情况，发现黄勇竟然没被判死刑，而且只获刑十七年，关在江浦监狱服刑。

我愤愤难平，托我一个狱警同学打听黄勇的服刑情况，发现此人在接二连三地立功减刑。看着他的一堆减刑裁定，甚至能感觉到一股立刻就要冲出牢门的嚣张感。

这事明摆着有猫腻。

我当时年轻气盛，直接就去检察院举报，没承想，惹了自己一身灰。上面翻旧账，把我和大胡子在车站办砸的那桩案子提了出来，一下给我免职了。

虽然我被免职，但有人暗中保我，让我当了线人。多年来，我一直使用隐秘身份游走在黑白两道，大多是和警方的其他线人或卧底单线联系，参与破获了众多要案。

这么多年线人干下来，我却一直不知道当年暗中保我的上线是谁，直到去年秋天。

那天我正在文明旅社的房间里练字，我这人性子太急，吃亏多，想练练书法把性子磨一磨。听到有人敲门，我心里一紧，手里抓起一支钢笔枪，轻步走到门口查看猫眼。我把猫眼改装过，三个面反射视角，整个宾馆过道一眼尽收。

门口是一个瘦老头，穿着咖啡色风衣，戴副茶色墨镜。

我打开门，正想问一句，这人竟直呼我的名字——夏渡。我仔细一瞅，老头摘下墨镜，说："我，老徐。忘了？"

我想了想，印象中确实有这么个人，准确说是有这么个领导。那是很多年前，缉毒队的马政委退休，空降了一个新政委。大伙儿都猜这人是不是背景特牛逼，后来才知道，他是从基层派出所一步步升上来的，还协办过99年的"9·21"持枪抢劫案。他年纪比马政委小，升到这位置不容易，正儿八经枪林弹雨过来的。

但他只在缉毒队待了几个月，就休了很长时间的病假。具体什么病不清楚，反正没回队里，后来听说直接转岗，调去市检察院了。我对这位领导印象不深，他要不自我介绍，我根本想不起来。

我让了一步，赶忙低声招呼他进来。

老徐背着手走进房里，左右张望一下，将眼镜搁在我练字的桌案上，说："别喊我徐政委了，我这马上要退了。"

我"哦"了一句，想想又觉得不对劲儿，问怎么就要退休了。老徐咳了一声，拍拍自己的胸口，说烟抽多了，这东西不中用了。

老徐说："我来找你，是想安排你一件事。算不上任务，接不接受还是要你自己拿主意。"说完，他拍了一份资料在桌案上，自己拿起毛笔，接着我练的字慢慢写了起来。我站在桌边看了一遍资料，竟然是关于大毒枭黄勇的。

1996年初，黄勇因贩毒、倒卖军火、故意杀人等多项罪名仅获刑十七年,且异地关押在江浦监狱服刑期间,屡屡获得减刑。服刑前三年,他两次获得减刑,每回申请减刑的理由,都是因为有重大立功表现。

我查了一下,《监狱法》里认定罪犯有重大立功表现,一共列了六种情况:

(一)阻止他人重大犯罪活动的;
(二)检举监狱内外重大犯罪活动,经查证属实的;
(三)有发明创造或者重大技术革新的;
(四)在日常生产、生活中舍己救人的;
(五)在抗御自然灾害或者排除重大事故中,有突出表现的;
(六)对国家和社会有其他重大贡献的。

黄勇的两次重大立功表现,一次是符合第三条的情况,另一次则是检举重大犯罪活动。档案资料里提到,黄勇检举了一桩杀亲暗数罪行,涉案人是当时四监区的一名服刑人员。案件最终查实,此人为了提早获得祖宅的继承权,杀死了自己六十六岁的父亲。

我将资料狠狠摔在桌案上,说:"我当年就说过,这浑蛋后面有人!"

老徐这会儿已经在毛边纸上写下了"上善若水"四个字。他另起一行,一边写一边说道,黄勇当年并不在四监区服刑,而且这名涉案人与他并不相识。所以,他检举陌生人的暗数罪行，为自己谋取减刑利益的行为很可疑。

老领导讲话太谨慎，我直接回他："什么很可疑，背后一定有黑腐勾结。"他看了我一眼，拍拍我的肩膀："别这么浮躁，你的事，还有当年你那位去世的师傅的事，我都知道了。"

我捶了一下桌角，说："事情过去这么多年，这浑蛋早就出狱了，他肯定早就洗白逍遥法外了。"

老徐又端起笔，写下"法网恢恢疏而不漏"，告诉我他来找我，是因为黄勇的事又露了苗头。

随后老徐给我介绍了黄勇当年在狱中服刑的情况。

黄勇服刑期间，一共被认定过两次立功表现，为他减去四年刑期，加上他当时已服刑三年，余刑达到了当年保外就医的政策标准。随后，他便被医院鉴定为肝硬化，出了狱。

黄勇出狱后不久，有犯人匿名举报四监区的管教王卫民，说自己检举的案件被这名管教恶意压住了，并且作为有偿线索，卖给了其他监区的犯人。驻监检察院和纪委立刻介入调查，结果，王卫民在办公室饮弹自尽。但管教是不配枪的，他的枪从何而来，成了一个疑团。同一天，还有一名犯人用刮胡刀割腕自杀，警方从刀柄处检测出了王卫民的指纹。警方推测，王卫民在自杀前，将自用的刮胡刀提供给犯人，两人可能相约一起自杀。那名自杀的犯人叫阚桂林。省里派专案组驻监调查，但最终无果，这个案件便一直悬在那里，之后，被作为绝密档案封存了起来。

老徐曾是当年专案组成员之一，他告诉我，当时专案组推测，管教王卫民拿阚桂林做傀儡，通过算卦收集犯人的暗数罪行。阚桂林套出暗数罪行线索后，王卫民打包贩卖给黄勇此类犯人，牟取巨额私利。黄勇在收监期间，有内部人员给他介绍交易。王卫民和阚桂林自杀，很可能是为更重要的人物掩罪。这有可能是一起黑贪勾结案件，王卫民和阚桂林只不过是整个利益链条里的马前卒。

介绍完这些情况，我明白了老徐的来意，我问："您是想让我查案？"老徐从我桌角摸到了烟，自己点了一根，然后猛烈咳了几下，将烟盒丢到我面前。我也抽出一根点上，劝他肺不好受就别抽了，他没接话茬，只顾着咳嗽。

"我当年得到线索，阚桂林在狱内有'神算子'的名号，很多警官都找他算卦。他的遗物里有个写满卦例的记事本，办案人员还未来得及去取，所有遗物就被监区管教当作垃圾处理了。我找人问过，阚桂林的算卦方式叫'六爻预测法'，可以用时间算卦，也可以用生辰八字算卦。所以我猜测，那个本子上肯定记载了某些人的身份信息，因此被很快销毁了。我当年能力不足，尽管发现此案漏洞百出，疑点极多，也没能深查。

"现在记事本又出现了，被一个叫蒋鹏的小子阴差阳错弄到手。这孩子是我以前一个因公殉职的下属的独子，脾气和他父亲一样倔，认准了的事变不了。他现在正在查记事本上的案子，我想让你去协助他，但你不能暴露身份，只能隐于背后。当年你举报过黄勇，一碰这堆事，肯定引起别人的警觉。让蒋鹏在明面上查，记事本的事可以瞒上一阵，轻易联想不到黄勇的案上去。"

"我被撤职时,是您暗中安排我工作的吧?"

我有点兴奋。老徐冲我摆摆手说:"我没帮太大忙,你这些年漂在这里也不好过。还是我能力不够啊,现在更是一截截往坟墓里爬了。"

我说:"还是得感谢您,我虽丢了编制,但立志从警完全是冲着打击罪恶的一份正义感,是您为我保留住了。"

老徐说:"咱们用不着再讲这些虚话。我来找你的意思,你也清楚了。这事很危险,我没想当作任务交办给你,你考虑一下,自己决定。"

说着就往外走,走到楼道口又交代了一句,尽力护住蒋鹏那孩子。

从蒋鹏那儿抢到记事本后,我在立交桥上被一伙人劫持了。他们将我堵在护栏边,敞着车门,俩壮汉各举一把仿制的勃朗宁M1935手枪对着我。这种枪我很熟悉,黄勇的罪名里有一项是倒卖军火,其中就有这个型号的手枪。车内有人喊"进来"。我举起双手,上了车。

车子没有进城,朝着远郊开去。开到一条乡镇公路上时,遇到农用车撞倒电瓶车的小型车祸,三个交警正在处理现场。

我坐在两壮汉中间,他们的枪顶在我腰部,其中一个使劲摁我的脑袋,迫使我低头。我左右各开两记背拳,打在两个壮汉鼻梁上。副驾驶的人反身来治我,又挨我一脚。右边的壮汉勒住了我的脖子,我猛蹬驾驶座位想要挣开。

车内乱成一团,车子开得东倒西歪,交警立刻拦车。歹徒没有停车的意思,左边的壮汉将枪口伸出了车窗。枪响的同时,我使劲儿踹了他一脚,他的枪掉出了车窗。我趁乱肘击右边的大汉,猛地拉开车门,跨过他一个侧滚翻,滚出了车厢。

我跌在路面上滚出去十几米,几名交警过来将我围住,我看着面包车扬长而去。

蒋 鹏

老夏抢走记事本后,我做了很长时间的思想斗争,最终还是决定去派出所自首,如实供述了所有事情,不久便被转送去了江浦看守所。

我被看守带到男收押区的最后一间——106号房。看守开门时,我自觉地面壁站好。铁门打开,看守下令,进去。铁门咣当关上,几十个犯人都盯着我,他们全穿着橘黄色的马甲,胸口编有号码,衣服泛着脏兮兮的油光。

号长戴着红帽子,扁头,个不高。红帽子上面写着"值日员"三个字。他把我拉到最里头,背靠在放风场的铁门上开始审新(对新犯上规矩)。

他问我是几进宫,"挺熟悉流程的嘛"。

我干过几天狱警,虽然看守所和监狱是两个系统,但管理上大同小异。但我不能把这事说出来，这群人对狱警不会有好感，说了会引来麻烦。

我说"从电视上学的，我大学才毕业呢"。号长眼睛一亮，说稀罕了，问我犯什么事进来的。我答，过失致人死亡。

听见我是大学生，号长变客气了。我是故意强调这个身份的，因为我很清楚全国在押人员的学历水平，上过大学的不到十分之一。如今的监管形势日趋文明，从前的犯人要想在牢狱之地立足，通常吹嘘自己的黑社会、习武、当兵等背景，或是强调自己是杀抢类案件入狱。现在犯人们爱吹自己有文化，有文化的犯人能写监房周汇报，能分管大账（狱内购物登记算账），有机会当改造骨干。

晚饭时间，号长塞给我一个水煮蛋，说以后那些小组周汇报、大账登记的事就交给我了。

迫近年关，是犯罪事件的高发期，看守所收押了很多人。第二天中午，我正在卫生间洗碗，106号房送进来一个新犯。新收犯都要承担号房的内务卫生，直到下一名新收犯轮替。我看了一眼那个犯人，吃了一惊，是老夏。他朝我做了个"嘘"的手势。

号长过去审新，说监规上不能蓄须，待会儿让外牢（被判决后剩余刑期比较短，直接在看守所服刑的犯人，不用参与监狱的劳动改造）给剃了。老夏没吭声。号长问他犯什么事进来的，他也不答，几个犯人朝他慢慢拢来。我眼看要出事，赶紧撂了碗。

我拉着号长，悄悄说管教昨天批示的小组汇报上写了，年底严打号房牢头狱霸、打架斗殴的行为。不懂规矩的新犯,先不要和他动气,过了年再说。他听后点点头,跟身边的犯人喊道:"先晾着他。"

傍晚,我问老夏怎么进来了。他说,有一伙人拿枪劫持他,脱身后被警察捕了,因为弄不清他的身份,他又什么都没招,就先送进来了。我问他记事本在哪儿,他说被警察扣了。老夏说:"看你和号长关系不错,下次你去问问有没有90年代蹲过号的'二进宫'。阚桂林关在江浦监狱服刑,当年肯定要在江浦看守所过渡。这个看守所男收押区只有六个房间,假设有人当年进来过,就有六分之一的概率认识阚桂林。"

我说:"记事本上七个囚犯都和他认识,还找他算过卦,但没一个能提供有价值信息的。阚桂林应该是被刻意隐去了身份。"

老夏说:"你当过狱警,不知道监狱和看守所的区别吗?阚桂林在监狱能被隐去身份,看守所不可能办到,因为他要接受审判,这一时期接触他的犯人,肯定知道他的真实背景。档案资料能销毁,但记忆消除不了。"

90年代的范围太大,后来我们按照记事本上的起卦时间,把年代范围缩短至1996年下半年到1997年上半年之间。

除夕前一天,所内安排在押人员开浴,各个号房抓阄排号。号长让我去抓,我抓了个末号,号子里骂声一片,说我上厕所没洗手。

开浴之前,所长发表了新春贺词,宣布了新春加餐的菜单,给特困在押人员发了过节慰问品,还允许所有在押人员向亲属寄发一张新春贺卡,号子里掌声雷动。

开浴后,整条走廊闹哄哄的,飘着一股上海药皂的气味。因为106号房被排在最后,浴池的水已经发黑,水温不够。负责烧炉的外牢是个小老头,号长叫我去跟他说说情,给水加温。

小老头坐在炉边,干瘪的身体被水蒸气淹没着。他正在水雾里看一本破烂杂志,手臂上刺着一个八卦文身。

106号房的开浴阀是我抓的,现在水已经脏得不像话,要是水温这事还搞不定,回去后我得被大家的唾沫星子淹了。我翻出口袋里的两根烟,这是号长去管教办公室进行周汇报时顺的,他夸我周汇报做得好,分了我两根。

我把烟递给小老头,请他帮忙再烧一会儿。他估计是看我态度不错,答应了。小老头还给我单独打了一盆干净的热水,让我站在炉旁擦身体。

老夏撅着毛屁股站在池边,他也觉得水太脏。我招呼他过来,给他也弄了一盆热水。小老头说:"关系户呀,能搞中华烟?"

我说:"现在这形势,哪还有什么关系户,干部看我表现好奖励的。"小老头说:"都是松松紧紧,有门路,关系能搞还是会去搞的。"老夏插一句嘴:"听口气,你好像进来好几次了。"

小老头得意起来,说:"老子打21岁起,从流氓官司一直吃到文明官司,过了年就59岁了,这次是'五进宫'。偷了邻居家一辆电动车，也不是偷，就没打招呼骑去打牌，输了就押给人家了。这点小案子，我就留所服刑了。"

我和老夏互看一眼，感觉碰对人了。我抢着问道："九六年到九七年，你待过这看守所吗？"

小老头想了想说："待过。那次是和人去撬保险柜，哦，95年被抓的，关在这里3年都没判，案情太复杂……"小老头正欲吹嘘自己的江湖经历，被我给打断了，问他认不认识一个叫阚桂林的犯人。

小老头侧着脑子想了一阵，说没印象。老夏提示他，这个人会算卦。小老头又想了一阵，点头说："有这号人，瘦高个，但肯定是小牢（案件判刑三年以下），是会算卦，干部都找他算。"

我追问他知不知道阚桂林犯什么事进来的，小老头摆摆手。"老子哪知道这些，我和他又不是一个号的，不过这人混得有点名气，多少有这么点印象。"

小老头话音刚落，澡堂外面响起了集合的哨声，洗澡时间到了。

临走时，小老头突然又补了一句："这人好像有个女儿，当年也关在这里。两个人隔着男区女区传纸条，他为这事被罚了好几天戴着脚镣跑步。"

我问他女儿叫什么，他扭身咳出一口烟痰，说，那谁他妈知道。

年三十，高墙外的爆竹声从早响到晚。看守所允许犯人用自己的钱购物，购物的账单由我负责清算，交由伙房统一采购，最后把犯人们买的东西都分发了。我和号长还有另外两个犯人一起打四个人的斗地主。号长的牌出奇好，明牌地主赢了三次，另外两个犯人刚分到手的方便面、牛奶、卤鸡腿都输光了。

他们两人想到我和号长关系不错，站起身来扯皮。

号长镇定自若，把赢得的东西点好，塞进了号洞里（床铺下面存放鞋子和生活物品的水泥洞）。他拍拍两个犯人的肩膀说："明天我请客，叫李丽给你俩送香啵。"

李丽是女收押区的外牢，106号房是男收押区最后一个号子，所以106号房和女收押区仅隔着一堵墙，铁栅栏门那头是女收押区的管教办公室。李丽每天早晨会到办公室打扫卫生，犯人们隔着墙能听见她擦桌子拖地的声音。这种异性引发的动静令所有人都兴奋不已，但整个号子只有号长见过李丽的相貌，他早晨被管教带去办公室做小组情况汇报时，偶尔能碰见李丽从女收押区的管教办公室出来。

号长是个毒贩，是那种把毒品只当生意经营的毒贩，只发散货，每次抓到也就是进来三五年的事。他头脑精明，又是老改造，管教就让他当了号长。号长说李丽长得像90年代泳装女郎挂历上的女人，看一眼就想打飞机。106号房立马沸腾了起来。号长又说，以后李丽早上打扫卫生，你们不能再蹭墙，办公室有女管教进出，会投诉到咱们管教这儿来，106号房就吃不了兜着走。号子里怨声一片。号长问大伙儿，想不想讨个李丽的香啵。大伙儿都昂着脖子，兴奋地询问怎么个讨法。

号长拿了一张卫生纸，对大伙说，让李丽把大香啵印在这上面。第二天早晨，号长出去做汇报，拿了一袋卤鸡腿和一团卫生纸丢到了栅栏门那边，卫生纸上写着：106号房赠送，吃完请用鸡腿油献个香啵吧，以后每天都有。

印有唇印的卫生纸会在106号房竞拍，起价一只鸡腿，也可以是和鸡腿等价的物品，比如两包方便面或者四根火腿肠，或者律师会见时私带进来的香烟。

看守所虽允许在押人员购物，但购物金额设限，每人每月只能购买二百元的食品。犯人们都靠吃东西消磨时间，二百元的食品有人能一晚上吃光。

文明监管形势下的号长很难在号子里建立真正的权威，要想管住所有人，就要先管住更多的物资。号长是个精明的人，就靠每天一张鸡腿油唇印卫生纸，把106号房的统治权牢牢地握在手心。

一般除了号长之外，没人可以在早晨九点之前从号里出去，律师会见、检察院提审通常都在九点之后。

大年初五，早七点半，我和号长竟然被管教一起喊出了号子。管教关门时，我和号长并排面壁而站，我眼角余光看到一个穿着棉袄的胖女人正在走廊上拖地，拖把一直甩到铁栅栏门上。女管教拎着早点朝她走来，喊她李丽，让她快点打扫完去整理资料。

管教锁好106号房的铁门，我和号长走在前面，管教跟在身后。直到走廊尽头，管教把我交给另外一个狱警。号长被带去了管教办公室，我被带去了提审室。

提审室坐着一个律师，西装革履，一件卡其色风衣搭在椅背上。他介绍自己是我妈聘请的，因为羁押看守所期间，亲属不能探视，我妈很担心，便花钱请个律师进来看看。一是方便传话，二是寄希望能争取轻判。临走时，我让律师转告我妈不要担心，多保重身体。

回到号房，老夏找我，说阚桂林的线索不好查，可以从他女儿着手。我说，他女儿叫什么我们都没弄清，怎么查。而且我们还困在号子里。他说，我跟外牢打听过，这个看守所是70年代建的，年后马上要搬迁去新建的看守所，女管教已经差李丽她们在整理这些资料了。阚这个姓氏很罕见，可以根据年代筛查这个姓氏。

傍晚，我把号长拉到一边，小声问他："李丽长那么丑，你还给她鸡腿要唇印？"号长把我拽到墙角，让我少多嘴，这事打死不能让其他人知道。我点了点头，让他帮我办件事。他问啥事。我说："我今天听到女管教叫李丽去整理资料，让她帮我去查一份档案，看完再让她还回去，给她三个鸡腿。"

号长很为难，说鸡腿和卫生纸都是丢在铁栅栏门的缝隙里，档案那么大一份，卡在那里太显眼，万一被路过的管教发现，都得惹麻烦。我说，被发现了我顶雷，况且鸡腿也挺大一袋的，管教怎么就没发现过。被我这么一问，号长瞒不住了，说："老子才不会便宜那个丑女人，鸡腿都是我自己吃的，卫生纸上的唇印也是我自己印上去的。"

难以想象，每天用数个鸡腿拍得那张卫生纸的犯人，如何对着上面两扇厚嘟嘟的唇瓣打飞机的。我抓住了号长的小辫子，语气变得强硬起来，要他明天必须帮我试试。他说，这事三个鸡腿搞不定。我问他手上有多少鸡腿。

他整张脸都红了，眼睛里迸出火光。我也不示弱，说："这事不帮我办成了，你号长也当不妥。"他用手比画了一下，囤了19个。我说："先给她9个，我会在卫生纸上写好交代她要办的事，她办成了，再给10个。"

年初七，号长告诉我，要的资料搞到了。我问他要，他把我拉进厕所，自己蹲在厕坑上，掏出半截私藏的香烟，又掏出一截7号电池和一段铁丝，把铁丝连上电池的正负极，点燃了香烟。他吸了两口烟，缓缓吐出来后才说："资料我让她还回去了。"我一听，火气上来了："你他妈逗我玩儿呢？"他说："你别急，那资料不多，我都记在脑子里了，先来口烟。"

他猛嘬一口，然后把烟递给我，我一把推开了，问道："你什么意思？"他说："我最怕被人揪着小辫子，四十好几的人了，脑袋悬在裤腰带上跑江湖，不能被你这小鸡巴揪着小辫子使唤。"我听明白了，让他说条件。他把烟丢进厕坑，冲了水，站起来靠近我，轻声说道："你得离开这个号子。"我问什么意思。他说："弄点违规的事，管教会把你调去严管号。你知道了我的秘密，就不能继续待在106。违规的事，我帮你想好了，你去把那大胡子打一顿，他服了软，你调了号，我以后好管理。你俩整天一唱一和的，别以为我看不出来。"

我问："怎么信你？我怎么知道你真看见了那份资料，不是蒙人的。还有，我调去严管号了，你翻脸不认账怎么办？"

他解开裤子撒尿，背对着我说："立个江湖私约，你只要调去了严管号，我就把我知道的叫值夜班的外牢传给你，你把你知道的烂在肚里。"

说完，他打了个尿颤，收拾了裤子，离开了厕所。

晚上开饭，按监规需要排队候餐，我从队伍里走出来，端起一盒菜扣在了老夏头上，然后举拳便打。他躲了过去。周围的犯人聚过来拉架，样子像拉架，实际上是帮我架住了老夏。我冲上去，给他肚子上捶了几拳。他脸色发白，眉头紧皱，捂着肚子跪在地上。管教拎着手铐打开了号房门，他右手扶在武装带上，左手指着我大声呵斥："双手抱头！面壁站好！"

我被管教铐了起来，带出106号房。因为扰乱监管秩序、哄监闹事，我被关进了严管号房，戴铐严管两周。

进去当晚，号长通过值夜班的外牢给我递来一个卫生纸团，上面用油性笔写着几行潦草的黑字：

"阚琳琳，生于1978年10月20日，广萍乡西沙村人，1996年12月1号在雄鹰服装厂投毒致死一名17岁男孩，1997年3月4号一审判处死刑。"

老 夏

年初九，应该是老徐活动过，我从看守所出来了，出来前我叮嘱蒋鹏有事会跟他联系。刚出大门口，有人塞我一封信，我打开一看，果然是老徐写的。

夏渡：

有两件事要告知。

第一件事：当年我作为专案组成员入驻江浦监狱，得到可靠线索，记事本上记载了某领导的生辰八字，这是个极其重要的关键证据。眼下，派出所扣下的那个本子，我找专门懂卦的人翻了几遍，没有发现相关信息。那么本子就丧失了证据价值。

第二件事：是想跟你坦陈黄勇的保护伞，其实我早就心中有数。但此人位高权重，没有把握十足的证据，只会引火烧身。现在我正式要求你，立即放弃查案，离开此地，我会派人安排你的后续工作。

徐俊

读完信，我突然有种巨大的失落和无力感。警校毕业前，"邪不压正"是我的信条，毕业之后，当自己真正参与到和罪恶做斗争的工作中，发现正义要背负的代价往往更多、更惨痛。

我将老徐的信纸揉成一团，揣在了口袋里。我想，自己已经失无可失，为什么要在这个当口放弃。

我立刻去了广萍乡，但在那并没找到阚琳琳的任何亲属。邻居们对他们父女坐牢的事也不清楚，只说阚桂林离婚后带着女儿多年在外务工，再没回来过。

广萍乡派出所也没有阚桂林的任何信息，此人应该是被全网消档了。但是找到了一条阚琳琳的信息，她1997年被判处死刑，后改判无期，因服刑期间表现良好，目前已获假释出狱了。

我之前帮蒋鹏查案，有朋友介绍过一个退休女狱警认识，她住在市区东宝新村的退休干部公寓，是那种即便退休了也希望自己能有点用处的老太太。因为丈夫、儿子和儿媳车祸去世，她现在独居，难得有人去公寓拜访，她显得格外热情，话匣子一打开就关不上。她曾经帮我弄到一些许爱琴的服刑资料，对案件侦破非常有帮助。

我给她带了一盒糕点，刚一走近她就看见了我，迎上来问我上回的事办妥了没有。这次事情太急，我没扯闲话，直接开门见山说道："李阿姨，这次来还是麻烦您帮忙的，1997年女监关过一个无期徒刑的女犯，叫阚琳琳，这个姓氏比较少见，您认识这个犯人吗？"老太太摇摇头，说："记不清了，但没关系，我找同事帮你问。"

挂了电话后，她冲我说道："查得到的，查得到的。这个犯人是女监艺术团的，听同事一说，我还有点印象了，她有白化病，唱歌唱得好。刚来时，改造方面可不省心，闹过自杀，后来慢慢才上路子的。"李阿姨说她同事还没退休，不方便跟我接触。但是提到科室里正好要销毁一批没用的资料，里头有阚琳琳的日记本，是出狱前被扣下来的。监狱里可以写日记，但不允许带出来。我赶紧叫李阿姨帮忙问问，能不能拿到这个日记本，李阿姨答应试试。

过了两天，李阿姨通知我东西拿到了。见面后老太太递给我一本黑皮硬面抄，封面印着"第一届江浦女监歌唱比赛二等奖"的钢印。翻开看了几页，每一页上都写满了蓝色圆珠笔字，字迹清秀，略有文采。有些页面上有豆大的晕黄印渍，像是水滴溅到上面又干了的痕迹。

阚琳琳日记

第一篇

2000年4月9号 周日 晴

今天是礼拜天，不用出工，警官让我们睡会儿懒觉，八点才来开门。但我还是很早就醒了，窗外还没亮透，感觉也就五点多的样子。

礼拜五我参加了歌唱比赛，发挥失常，但还是得了二等奖。奖品是这个本子，突然就想写日记了。

写点什么好呢？先写写我爸。

我爸是广萍乡最有文化的人，1977年恢复高考后，他差三分就成为乡里的第一个大学生。这事对他打击很大，好长时间迈不过这个心坎儿。

我妈不喜欢我爸，自打我出生之后，她和我爸的关系更差。说他不思进取，挣不来钱，天天就知道读书，读这么多书有啥用，揩屎还嫌硬。

我爸在乡镇的街面上铺摊算卦，也会摆个棋阵，过节集会时能挣点钱，平时不行，回家总要被我妈翻白眼的。

有一年，我爸在街面上被我妈揪住了衣领。说他天天摆个破摊，装神弄鬼，算天算地，怎么算不到生出来这么一个女儿。

我爸回嘴，骂什么都别骂女儿。两人吵吵打打，到家时已是中午，村里的烟囱都已经冒烟。我妈生闷气，不做饭，我爸就去厨房里张罗了起来。

家里的采光不好，尽管屋外很温暖，但屋里却黑漆漆的。地面没有铺砖，是黑成炭一样的泥土，阴雨天容易粘脚。两个窗户的玻璃裂了缝，用塑料膜糊住了，到处朦朦胧胧的。

我爸让我出去透会儿气，饭一会儿就好。他站在灶台生火，我跟他说，墨镜不知道放哪去了，出门晒眼睛。我从光线暗淡的桌角走出来，刚一站直，就差点儿碰到屋顶吊着的一盏白炽灯。当年我才十五岁，但个子随了我爸，很多邻居都说我长大了肯定能当模特。

其实邻居这种话很刺耳，他们是在拿我开玩笑。我自己心里清楚，白化病女孩当不了模特。

我非常烦恼自己的异怪。和我爸并排站在一起，我的头发比他的还要显得苍老，每一根都白得发亮。不只是头发，眉毛、睫毛，我的身体上找不见黑色的毛发，全身的皮肤也像掉进白浆里染过一样。

做好午饭，我爸喊我妈进屋吃饭，说他明天就跟人去城里做工。我妈正蹲在屋外哭呢，听我爸这么一说，抹干眼泪进屋了，一家三口安静地吃了一顿饭。

晚上，我看到我爸在院子里踱步，便从房间里跑出来陪他，他叫我唱几句歌。我也不会唱什么歌，他教过我一首《十送红军》，这歌我唱不厌，他听不厌。

第二天一早，我帮我爸收拾生活物品，知道他年底才能回来，我抱住他哭了起来。他摸了摸我的头，扛着编织袋独自去了车站。

那年端午节我爸没回家，他的工友回来了。工友说我爸在工地上从钢筋工干起，虽然他手脚比不上熟练工，但已经成了很出风头的人物。我妈问，为啥能出风头。工友说，他会算卦，一张嘴讨喜，女工们有事没事的都来找他问点啥。还有算卦不过瘾的，伸出手去，缠着他看手相哩。

我妈虽不喜欢我爸，但她对我爸的为人很了解。她将工友轰了出去，骂道："轮不到你说我家男人，阚桂林啥人我还不清楚，他胆子比针眼儿还小，再说哪个女人能看上他，少来挑拨事儿！"

工友走到门口说："有个叫李佳萍的常去工棚找阚桂林，谁见到她都喊'阚小妾'。我告诉你，阚桂林不止会算卦看手相，看臀相更准，阚小妾的屁股撅起来，不知道给他相过多少次了。"

工友走后,我妈的脸像烧红的炭,胸口起起伏伏的,怒气好像都憋进了心肺,整个人要炸了似的。第二天,她就拉着我进城了。当时已经进了六月,我那么怕光,还是被我妈拽着出发了,日光猛如火雨,路人的目光又像密刺。

我们坐了两个小时的大巴,又转了一次公交,才到我爸的工地上。我妈没有先去找我爸,而是在工地上打听李佳萍。有个油光黑透的男工搭理了她,我妈问男工李佳萍长什么样,男工笑了笑:"咋说呢,长什么样还不都一个样,个子不高,屁股大,你去工棚看见屁股大的女的就唤唤,错不了。"男工继续干活,我妈拽着我去了工棚。

工棚是一排低矮的铁皮房,被一堆建筑垃圾围在里面,水泥和砖块之间伸出来弯弯曲曲的钢筋。这是一片行进困难的废墟场,但工人们的住所就在里面。我跟我妈越过一堆破碎的水泥,绕过一排蓄满了尿液的啤酒瓶,我妈便一间屋子一间屋子地找人。

房间的门大都敞开着,工地还没收工,屋里空荡荡的,发出阵阵酸臭味。走廊里晒着一排解放鞋,鞋上的黄泥已经晒干,靠近就能闻到,臭味的源头就聚拢在那儿。

有一个房间的门紧闭着,窗户也关着。房间外面的晾衣绳上挂着一件衬衣,那件衬衣非常宽大,肩膀上打了一块长条的补丁。那是我爸的衣服,我妈一把将它扯到了地上。她对着房门捶了两次,门缝里有风扇声,屋里传来一个女人的声音:"谁呀,干吗事啊?"

女人的声音似乎激怒了我妈。她踹了两脚门,整间铁皮房子都晃动了起来。是我爸开的门,他穿着一条平角裤,头顶在门框上,一副刚睡醒的样子。我妈还没来得及反应,门又关上了。我妈对着房门猛踹,我爸拼命抵住房门不让她进去,她一边踹门一边咆哮。

房门看上去单薄,但似乎非常牢固,我妈很快折腾完了力气。她气呼呼地跑去石堆,捡了几个啤酒瓶,一个一个地朝窗户里扔进去。啤酒瓶击碎了窗户,又被窗棂挡住,瓶里的尿液在墙壁上炸开,引来一阵乌黑的苍蝇。我爸还是不开门,这让我妈忍无可忍,她捡了个碎啤酒瓶,对着窗户里喊:"阚桂林,你护着那个婊子不开门,行!我把你日出来的这个怪胎弄死!"

她举着一个没了瓶底的啤酒瓶朝我走来,将我拽到窗前,用啤酒瓶破口抵住我的喉咙。那一刻我一点都不害怕,不管我妈会不会真的伤害我,我都不害怕。

说真的,那一刻,我倒希望我妈能狠下心。我觉得自己亏欠她,亏欠所有人。

我爸还是背靠着房门,自始至终一声不吭。从窗户看进去,屋里摆着三张上下铺,中间那张罩着蓝色的蚊帐,蚊帐上破了洞,用膏药补了起来。一个矮胖的女人从蚊帐里出来,她的相貌很普通,一看就是那种勤苦女人,穿了一件男士圆领T恤,宽大的T恤罩住了她的膝盖,那件T恤棉质已经稀薄,她浑圆的肉体若隐若现。

那女人拉开我爸,坦然地打开了房门,我妈举着啤酒瓶冲了过去。啤酒瓶扎在了我爸的胸口——他迅速把女人挡在了身后。血从我爸的胸口挂下来，我妈吓住了，蹲了下来，乱哭乱叫。我爸好像凝住了，站着一动不动。我妈哭了一阵，说："阚桂林，离婚吧，琳琳你养。"

说完，她抹了抹眼泪，站起身走进了一大片霞光，红彤彤地消失了。

哎，开封（起床）的哨声响了，今天先写到这吧。

第二篇

2000年4月10号 周一 晴

昨天写到李姨了，今天干活太累，本来不想写，想起那些事，睡不好了，接着写吧。

我在工地上住了几个月之后，李姨说想给我找份儿工，我爸不同意，说我还小。当时是1995年，我才15岁，打工起码得满16周岁。

李姨问我领没领身份证，我摇摇头。她说她有个表弟在派出所工作，让我去领个身份证，顺便把年纪改大两岁。我爸拗不过李姨，没吭声。我就是这样从1980年生的改成了1978年的，当然，这是后话了。

李姨想让我出去打工，其实是嫌我碍大人的事儿，她已经31岁了，和我爸急着领证，忙着要孩子。她也是个离异女人，前夫没能耐生孩子还总打她。她看中我爸老实，读书人脾气好、有涵养。

先写到这儿，明天5点要起床出工，最近二线要抢工一批儿童牛仔外套，太累。不过累点也好。

第三篇

2000年4月12号 周二 雨

今天下雨，出工路上被雨淋了一下，到车间后鼻子有点酸，跟犯医讨了点药吃，防感冒。晚上收工回来，还是受寒伤风了。干部让我提前上床休息，我正好利用这点时间，再写一下李姨她表弟的事。

年前，我和我爸还有李姨三人回了老家。我爸在商店买了烟酒，李姨引我们去了她住在附近的表弟家。李姨的表弟叫林大宝，三十一二岁。听我爸说，林大宝不是正规警察，是联防队的，计划生育没少祸害人。

林大宝一个人租住在镇上，屋子是毛坯房，连着一个矮矮的院子。天很冷，院里一个石槽里结了厚厚的冰，大门上贴着褪色的福字和对联，门口散落着一堆煤团和碎柴，晾衣绳上挂着几双结成硬块的毛线袜子。

李姨有院子钥匙，她打开院门又打开了屋门，就像进自己家一样熟悉，引着我和我爸进屋，又去厨房倒水，然后去菜市场买菜做饭。

冬天夜长，屋里黑得早。李姨和我爸在厨房烧菜，我一个人坐在堂屋，屋里还有余光，没开灯。我听见有人推开院门,一个人走了进来,手上拎着两袋熟食。他进了堂屋没发现我,直接拉亮了灯。

"哎哟,鬼吗?"男人看见了我,吓了一跳,一袋子熟食掉在了地上。

亮灯的一瞬间,我感觉自己好像是从黑暗中突然跳了出来,我应该咳嗽几声或者喊男人一声"叔叔"。我知道这种提示很必要,谁突然撞见我异样的容貌,都容易吃惊甚至恐惧。

林大宝高高胖胖,脸上油乎乎的,鼻翼长了一颗乌黑大痣,像只苍蝇停在那儿。

李姨从厨房冲出来,笑着说:"没事没事,这是我跟你说过的琳琳。"

李姨又凑到他耳根边轻声说了点什么。我盯着她的嘴型,知道她说的是"白羊头"(方言白化病)三个字。

吃饭时林大宝和我爸拼酒,李姨斟酒,说:"等过两年,我弟就能转正混进编制里去。"她指着屋内一个木质相框让我爸看,相框里有林大宝的当兵照。我爸扫了一眼,敷衍道:"羡慕,羡慕。"

林大宝很得意,搂着李姨的肩膀,拍着我爸的肩膀,醉醺醺地说车轱辘话。他说:"我姐,这是我最亲爱的姐呀,你以后得发誓对她好,这是我最爱的姐,你要对她不好,我拿枪崩了你。"

我看到林大宝的手在李姨的后背游走着。李姨给我爸倒了杯酒,问:"你看我弟的相貌如何,以后会不会当大官?

你不是会看相吗?"我又看到她和我爸说话时,把手搭在了林大宝的大腿根部。

我爸已经醉得睁不开眼,脑袋摇摇晃晃的。他仰着脖子说:"你就别拿我开玩笑了。命这种事哪能算得真的?我要真那么能算,我的日子还至于这么糟心吗?全安排得妥妥当当的。"李姨拍他一巴掌,说:"哎呀,你这人真没趣,你说着玩玩呀。"

我爸生气了,摇摇晃晃地站起来说:"你弟的五官太窄,脸庞太宽,饭桶之相!人中又狭又短,命都不一定长,还屁个官运!"

话说完,李姨和林大宝都惊呆了,林大宝站起身要揍我爸。李姨使劲摁住了他,说:"姐就认识你这个弟弟有点出息,他喝多了,你别和他一般见识。"

李姨安抚住了林大宝,我爸又重新坐下喝酒,李姨也生起了闷气。屋子里安静下来,两个男人闷不作声没完没了地喝着酒。李姨带我去厨房洗碗。

突然堂屋发出了打斗的动静,我和李姨跑去一看,饭桌已经掀翻,地上的酒瓶碎了两三个。我爸头顶冒血,林大宝骑在他身上,掐他脖子,嘴里叫唤着"老子让你说,让你阴阳怪气地说"。

李姨拉开他,我爸双手捂着脸说:"李佳萍和前夫要不了孩子,她的鞋盒里可藏着一张人流手术的病历单,是你这个表弟的种吧?"

李姨回应道:"阚桂林,你少得寸进尺,我早就知道你看见过病历单，我没想瞒你，是真心要过日子，你这么小心眼儿，我俩还是甭好了。"

我走过去搀起我爸，找了一块毛巾捂住他的伤口，准备送他去卫生院。我们走出院子，李姨追了出来，告诉我明天去办证的事情不变，然后就转身回去了，没有看过我爸一眼。

第二天，李姨带我去拍了照片，林大宝找民警帮忙，把我的出生年龄改大了两岁。

我和李姨从派出所出来，她站在马路边对我说道："身份证过段日子记得来取，我不去找你爸了，你们回去吧。你已经长大了，好好找个工作干，帮衬一下你爸。你爸心气儿太高，一个人挺难的。"

李姨走后，我一个人去医院接我爸。他头上裹着纱布，一脸倦感。他见我独自回来，一句话没提到李姨，就问我啥时候取证。我说得过一阵子，他"嗯"了一句，让我收拾东西进城。回城的大巴上，我爸垂着头睡觉，闷闷地说了一句："为啥我总是留不住女人？"

我不知道他这是自言自语，还是跟我说话，我看了看他，样子很狼狈，很让我心疼。我想快点拿了身份证工作，快点拿工资。

我在工地上待了不到两周，就回乡镇派出所取了身份证。回城的路上，我看到离工地不远的一家服装厂招学徒工，服装厂的名字叫雄鹰。

我没啥底气能干得了服装工，但还是鼓起勇气去厂里试了试。面试我的人是一个中年阿姨，面目慈祥，话音亲切，手腕上戴着佛珠，脖子上戴着观音吊坠。她看了看我，问我身上的病影响工作吗，我说只要不在太阳底下干活就不影响。

阿姨点了点头，让我先从布料点位干起，空余时间再安排师傅教我踩缝纫机。我高兴坏了，没想过能通过面试，当年能进服装厂打工可不是件容易的事。

刚到车间，流水线上正在赶一批白色的西装裤。点位的活很简单，把裁样的牛皮纸模具放在布料上，用点位笔标记出来。这活儿需要速度和细心，点错了位置，流水线的缝纫工就会缝错位置，这批货就要返工，出一点儿差错就很麻烦。

我抱着一摞白色的布料放在身旁，小心翼翼地干着，生怕出错。工人都盯着我，我那时候还没意识到他们发现了什么，我坐在一堆白色的布料里，白色的毛发、白色的脸庞好像消融了。

我后来才知道这些，是一个17岁的转运工告诉我的，他说那个画面很梦幻、很美。

不想写了，就这样吧。

第四篇

2000年5月1号 周一 晴

有半个月没写日记。前面三篇本来想写写我爸的，收不住，写到阮国强了。然后哭了一阵，写不下去，也不想再写，就停了。

今天是劳动节，放假一天，监狱举办文化书市活动。广场上摆满了书，今天太阳也好，广场上的草坪绿油油的，一眼看过去，真觉得自己不是在坐牢。

那个转运工叫阮国强，他其实比我还大一岁，但谁让我改了身份证了呢，只能让他叫我姐。

阮国强的个头还没我高，长得黑乎乎的。虽然他油嘴滑舌，没事总说些酸溜溜的怪话，但我最后答应和他耍对象，主要还是因为他长得黑。

兴许人就是这样，缺什么就爱什么。我太白了，所以我总觉得白是病态的，甚至是恐怖的。阮国强黑，黑就很健康。他让我有安全感，所以他在库房里对我动手动脚的，我也没生气。

他是外省人，从一个赌博风气特别严重的村子出来打工。他十四岁就和人推牌九，输了家里一头牛。刚认识我的时候，说他爸年轻时把他妈输了，赢家把他妈带回去一个来月肚子就大了，正常怀孕三个月才显怀，赢家就把他妈退了回来，他爸和他妈没分开都是他的功劳。我问他"显怀"是啥意思，他说就是肚子变大。我问他年纪这么丁点儿人，怎么啥都知道。他就笑，笑得一嘴黄牙露了出来，笑得脸上乌黑发紫。

他人小鬼大，三句话就没正形，嘴巴里从来说不出一句实话。但也不知道我当时咋想的，就是不怎么嫌他。我知道那不对，但心里有时会盼望着被他搂一搂抱一抱，从小到大没人和我亲密过。

1996年11月30号，我一辈子都忘不了这个日子。厂里发了工资，阮国强送了我一条围巾，他说是羊绒的。中午休工，他找我去库房，说想和我聊天。

库房不大，很暗，白天都需要开灯。里面四处堆放着裁剪的布料，待修的缝纫机，还有各种杂物。他躺在一堆褐色的布料里，外套脱了扔在身旁，边上放着一瓶白酒和一袋子花生米，脸色红扑扑的。

我看到他这个样子，顺手夺了他手上的酒瓶。他伸着手够了两次，我都躲过去了。他低声说道："琳琳，我是个骗子，你别管我。"

我从地上把瓶盖捡起来，把酒封好放在了窗台上，蹲下身问他遇到啥事了。他说："我上次吹牛骗你呢，我其实根本没爹没妈，今天发了工资，人人都往家里汇钱，我汇给谁呀。"

他打着哭腔往我怀里钻，鼻子在我脖颈处蹭来蹭去。他身上热极了，像个小暖炉，我推了他几次，反倒被他压倒在布料堆里。

他看了我几秒，眼睛都红透了，然后嘴巴和鼻子压到我脸上，舌头撑开我的牙齿，嘴唇拧着我的嘴唇。这是我的初吻。尽管他毫无技巧，而且有点儿顽童般的野蛮，但我那是第一次感觉到自己被人需要，被人如此强烈地需要。以往我总觉得自己到任何地方都是累赘，那一刻，我知道有一个男孩如此渴望着我。

他说想看一眼我的身体，我没有拒绝。

库房里很暗，但有一种奇怪的暖意，他满头是汗，双手发抖，解开我裤子时看起来比我还要紧张。我从微弱的光线中察觉出他的脸上多出来一条条的褶皱，好像很痛苦。

我的裤子被他彻底脱了下来，可他突然从布料堆里站起，迅速跑出了库房。库房的拐角处走出来两个机修工，他们提着手电筒，灯光在我的身体上扫了一下，最后停留在我的双腿中间。

一个人喊道："我操，那里也是白毛。"另一个人讪笑道："我他妈早就和你说了，这种人全身都是白的，给钱给钱。"

我哭了，穿上衣服跑出库房。阮国强太可恨了，他竟然欺骗了我，把我当作别人赌博下注的工具。

我朝着我爸工地的方向跑去，不知道跑了多久，一直跑到跑不动为止，也许自己早就迷路了。

那天的夜特别黑，黑得出油。我在我爸的工棚外面坐了一夜，工棚里传出来男人们的呼噜声，此起彼伏的。整整一夜，我就数着呼噜声熬时间，每听见一声我就在木门上用指甲抠下一道杠。指甲全抠烂了，手指头血肉模糊。但我好像失去了痛感，一直抠一直抠，只有这么专心地干一件事，脑子里才不会想起白天那些可怕又心碎的事情。

天不知不觉就亮了，微光从黑云里透了出来，我突然感到手指钻心似的疼。木门上满是深深浅浅的血痕，云层被日光照亮的时候，我爬起身跑了。

我不想见我爸，也不敢见我爸。我又朝服装厂的方向跑去，在城市的边缘奔跑，感觉太阳在追我。冬日的清晨，四处冰凉，光线斜射而下，每一次迈步，身体都像被一条条的光带切成几段。

我跑进一小片农田，田里到处是被掀翻的冻土，踩上去"吱吱吱"地脆响。农田的沟渠里有一个农药瓶子，白色的瓶身画着骷髅头图案的剧毒标志。

我认识这种农药，村上总有妇女用它脱离遭受屈辱的苦日子。我将它从沟渠里捡了出来，里面还有半瓶。我拧开盖子，闻了闻，味道刺鼻。我有一种喝光它然后倒进这条沟渠里的冲动。冬日的荒地里，没人会发现我的尸体，等到来年开春，冻土变得湿润，钻出新芽绿草时，我这具病态的皮囊早就溃烂，剩下和常人一样平等的骸骨。

我举着瓶子放到嘴边，又觉得不能一个人死，羞辱我欺骗我的人也该死。我将农药揣在口袋里，朝着服装厂的方向继续奔跑。

中午，我到了厂里，正好是工友们吃饭的时间。有点位组的工友看见我了，招手喊我一起去食堂。我没理她们，径直朝车间的开水房走去。

开水房放着两个蓝色的塑料筐，里面都是工人的茶杯和水壶，茶杯上贴着名字。我找到了阮国强的茶杯，那是个搪瓷杯子，结满了发黑的茶垢，里面刚泡了一杯滚烫的绿茶。

我将农药倒在了他的茶杯里，瓶里给自己也留了一点，打算看见他喝下茶后，自己把剩余的农药喝尽。

我坐在二线的点位台边上等着，那儿正好能看清整个开水房。车间里空空荡荡的，往常喜欢抢件（服装厂按件计工资、多劳多得）的工人早该坐在机位上了，不知道是时间变慢了，还是仅是反常。

不知道等了多久，工人们突然都出工了，乌压压地一起往车间里涌。开水房里挤满了人，我站起来找阮国强，可就是看不见他。

人群在开水房里进进出出，端着茶杯、提着水壶去到各自的机位。我挤进人群，进了开水房，阮国强不在里面，他的茶杯却不见了。

车间里忽然哄闹了起来，大家朝着开包区（分配裁剪衣料的区域）挤过去。我跟了上去，挤到人群前面。一只茶杯扔在地上，水撒了一地。阮国强躺在地上翻滚，口吐白沫。他没来开水房，是工友帮他取了茶杯。很快他就翻了白眼，白沫从他嘴角不断溢出，他拧着两个拳头不断捶打自己的胸口。我蹲到他身边，扶住他的脖子。他费力地看着我，嘴巴里含混不清地说："对不起，从来没跟你说过真话，但喜欢你是真的。我其实有爹有妈，发工资了，本来要给他们汇钱，但打牌输给那两个人，他们逼我那么干的。"

他的话没说完，厂里的保安就赶了过来，将他背去了医院。我没来得及喝下剩余的农药，就被扭送去了派出所。

傍晚，一个高瘦的警察给我送来一碗面条，叫我赶紧吃完把事情交代清楚。我心里突然有种预感，阮国强应该死了。我没吃那碗面条，对警察说："你们啥也别问了，直接枪毙我吧。"

那天，警察在审讯室里问了我一整晚的问题，我反反复复说着这句话。警察让我想清楚再说，他们提醒我已经是成年人，故意杀人最高的刑责是死刑。我说，我就是奔着这个结果作案的。他们什么话都不说了。

审讯结束已经是第二天早晨，我被带出审讯室时，看见我爸蹲在派出所的大厅。他看见我，就朝我冲了过来，几个民警迅速拦住了他。他哆嗦着嘴巴，踮着脚喊道："警官，琳琳不是成年人，她的岁数是改大的，改大的……"

我被带出派出所时，我爸一直喊着这句话，他的声音沙哑极了。

第五篇

2000年5月2号 周二 晴

我今天被缝纫针扎到手了。干活时老想心事，食指被针脚带进去，半截针扎透了指甲盖，钻肉里去了。扎的时候不疼，拔出来真要人命。犯医用老虎钳把那半截针拔了出来，我吮着手指到一旁休息。车间医药箱里的创可贴用光了，犯医让我收工后再去领。

好在伤的是左手，日记还可以接着写。

我给阮国强下毒之后，就被关进了看守所。我不想活了，希望公家尽快判个死刑，让我早早解脱算了。我在看守所关了十五天,号里的老改造告诉我,我爸也因为故意伤人被抓进来了,听说他用砖头敲了林大宝的脑袋。

1997年3月4号,我的案子一审开庭,判了死刑。审判结果下来,我的双手双脚被加上了镣铐。死刑犯都要戴镣铐,这是号里的规矩。

我爸不知道想了什么办法,竟然让外牢给我传了纸条。纸条上让我别放弃上诉,他会想办法救我。但传纸条这事被管教知道了,我爸被罚跑镣三天。每天,男收押区的丁零哐啷的跑镣声都能传到女收押区,我听见之后就忍不住流泪。那些天,我整夜整夜地睡不着。

我托人打听,我爸因为故意伤人获刑一年十个月,不知道他是哪天被投送监狱的。那段时间,号里有个信佛的女犯,我天天跟她一起念佛经,为我爸许愿。

我爸让我上诉,但我不想折腾了。我这么做就是一心求死,再说老改造们告诉我改判的可能性很小。

况且我本来就不该被生出来。

信佛的那个女犯40多岁,脸色不好,有点肝病。她16岁就嫁人了,生了两个女儿,因为忍受不了丈夫家暴,就信了佛。后来在一个夜晚,她给佛点了香、念着《华严经》,走到床前杀了丈夫。她比我乐观,总觉得无辜的人掉进生活困境后总得有个出口,有个伸把手解救她的东西,佛也好,其他什么东西都好。

在号里,我其实不太想和她聊天,可只有我们两个命案犯,八九不离十都得吃花生米(枪子)。其他犯人都嫌枪毙鬼晦气，躲得远远的。

她总是劝我，说还是上诉一下，拖几天命，一起齐心念念经，能换来福报。老被她这么劝，加上想起了我爸的叮嘱，我就上诉了，把自己实际年龄不满十八周岁的事写了出来。

警察和检察院来提审过我几次，问我身份证改年龄的事。

二审拖了很长时间，我在看守所待了快两年，还是没什么结果。信佛的女犯和我念了一年经，一审被判了死刑，然后上诉，二审给她捎来八个字"驳回上诉，维持原判"。

她就先走了。

她被带出号房的前一夜很平静。那一夜她没念经，我问她想什么，她说想穿新鞋，唯一觉得遗憾的事就是上路没新鞋穿。我说明早把布鞋刷干净了晾着。她说来不及，明早肯定上路。我让她别瞎想，念会儿经睡觉。她摇摇头，说，临死了，"人"是咋回事都没弄明白呢，还弄得懂"佛"吗，不念了。

死刑犯不会提前知道被执行的日期。她那天的预感很准，凌晨四点，她被两名管教带出了号房，号房外面站着武警。走出号房时，她穿着一双脏兮兮的布鞋，出去了就没再回来。

我是1999年3月二审被改判的，李姨出庭做了证，我挺意外的。我因为犯案时实际年龄不满十八周岁，不适用死刑，二审改判为无期徒刑。

能活下去是不是值得开心的事，我那时没怎么想过，看到二审的改判结果也没感到高兴。但我想尽快见到我爸,让他安心。

五月,我被送去女子监狱服刑,我估计我爸应该快刑满了,便一直等着他来监狱会见。等到六月,我爸还没来找我,我心里感觉情况不对。

1999年的六月天气酷热,新犯入监要接受队列训练,我怕见光,刚站进太阳底下就晕倒了。

在监狱医院刚躺下,管教来喊我,说有人来探监,我高兴极了,我爸终于来看我了。

我兴奋地跟着管教去了会见室,但是只看见李姨坐在里面,我爸不在。我刚坐下,她就哭了,说不该帮我改身份证,不该劝我打工,说我和我爸都是她害的。我看着她哭了一阵,听出了不对劲儿。

我问她:"我爸呢?"她止住哭说,我爸在监狱里自杀了。

我也哭了,问李姨我爸为什么自杀。李姨摇头,哭得更狠了。

管教劝了我们几次,叫我们控制情绪,但我和李姨都止不住哭,所以管教提前中止了会见。回监区的路上,我又不想活了。

回到监舍后,我主动申请了站夜岗,并在洗衣池里将床单撕成一段段结实的长布条。我准备晚上站夜岗时,把自己挂在监房的晾衣铁架上,安安静静地死了,一了百了。

晚上七点多,监区组织看新闻联播,七点半,管教安排犯人们唱红歌。她想找个嗓音好的犯人起头，有和我在看守所认识的犯人推荐我，说阚琳琳嗓子好，让她唱。

犯人们都盯着我起哄，管教点了我的名字，我站到大厅中间起头唱了几句《十送红军》。本来管教要求所有人合唱，但听我清唱了两声之后，示意我继续独唱。

管教是个四十多岁的中年女人，姓卢，犯人们都喊她卢队长。卢队长当过教师，后来从警，有时候很严厉，有时候又很亲近。她那天抱着双臂，一动不动地听我唱完了《十送红军》。

晚上九点收封（就寝），犯人们把暖壶、凳子、清洁工具集中放在大厅。就寝时，监舍里一旦有犯人发生矛盾，这些东西都可能成为殴斗行凶的工具。

我要站夜岗，凌晨两点才能睡觉。我想好了，要在这两小时内给自己来个了结。

其他犯人十一点前都睡着了，因为早上五点半要起床，六点出工，没人敢熬夜。十二点我去厕所洗了脸，然后把囚服脱了，穿上一条老犯刑满前送的裙子。我抬头看了看厕所天花板上的一排晾衣杆，听说这排晾衣竿几年前就吊死过一个女犯。那女人是个毒贩，卖毒也吸毒，入狱几年毒戒了，还成了劳动模范，但不知道什么原因，春节前一天突然吊死在晾衣杆上。后来听说她自杀的原因是没收到丈夫的邮包，她丈夫也是毒贩，被抓了就没给她寄邮包，管教找到几个之前的邮包盒子，经过化验，盒子内壁有毒品残余。她自杀时用的是自己的鞋带，后来监狱不许犯人穿自己的鞋，统一发布鞋。

我把准备好的布条挂到了晾衣杆上,系好一个结,搬来一只水桶垫脚,我站上去把脖子伸进布条。刚踢翻水桶,晾衣竿就"吱呀"一声断了,接着整块石膏天花板都塌了下来。我摔在地上,左小腿被破裂的石膏板埋住,流了很多血。

犯人们都被这动静弄醒了,监房组长喊来了大夜岗,大夜岗又喊来了卢队长,整个监舍乱成了一锅粥。

第六篇
2000年5月3号 周三 晴

今天是卢队长的班,午间工休时,她来找我谈话。上个月歌唱比赛我拿了二等奖,她替我写了加入女监艺术团的申请。那儿半天劳动,半天习艺。我知道卢队长是真正关心我的,但我不知道该怎么感谢她,唯有踏实改造。

昨天写到我自杀未遂。当时我从晾衣杆上掉下来后,卢队长指挥几个犯人把我送去了监狱医院。经检查,我胫骨骨裂,需要住院治疗。卢队长问我为啥想不开。我说不是想不开,是想开了。卢队长泡了两盒方便面,给我递来一盒。

我说,听说晾衣杆上吊死过人,谁知道这么不牢靠。她笑笑,吸了两口面说:"那个女毒犯自杀的故事?那都是瞎编的,你还真信。都是空心的,哪吊得住人。再说,我工作这么多年,毒犯见多了,只要关进来都能戒掉毒瘾,没几个为毒瘾寻死的。人没有吃不了的苦,没有过不去的坎儿。"

卢队长吃完了面,走到我面前说:"你吃了我一盒面,等于欠了我一点东西,再寻死得提前打声招呼。"

我被她逗乐了,心里突然暖了一下。她说我嗓子不错,《十送红军》唱得特别好,监区没拿过什么文艺奖,就帮我报名了唱歌比赛,让我给大家挣个锦旗回来。

我在医院躺了半个多月,腿上打了石膏。回监区后,卢队长帮我向医院借了轮椅,腿伤恢复之前都没有给我安排劳动任务,让我坐在轮椅上做些力所能及的手工活。歌唱比赛我是坐着轮椅参赛的。比赛时有点紧张,唱了一段没踩准节拍,后面才找到感觉。我以为拿不到名次了,结果还得了二等奖。奖状是一面荣誉锦旗,奖品是这本黑皮硬面抄,一袋零食和生活物品。

如果我爸知道这些,他肯定会感到欣慰。他已经离我而去,我没办法释怀我爸自杀这件事,只要一想到他,我就会落泪。但我不能再自暴自弃,我一定要努力改造,早获新生。

蒋 鹏

严管犯人每天要罚跑,每顿的饭量减半,而且要没完没了地静坐反省,晚上还要背诵监规纪律。在那待到第三天,我收到一个邮包,是一双旧的圆口布鞋。管教是个戴眼镜的实习新警,白白净净,他拎着鞋看了看我,说:"你家里要是特别困难,所里有帮扶特困在押人员的名额,我给你申请一个。"说完,他捏着鼻子将布鞋递给了我,我跟管教道谢,然后拎着鞋子回了号房。

晚上,我去厕所将布鞋的鞋底扯开,里面是一封信。

阚桂林服刑期间,狱警看他会算卦,拿他做傀儡,收集犯人的暗数罪行。等他套出暗数罪行后,狱警打包贩卖给黄勇这类涉黑涉贪犯,以此牟取巨额私利。整个利益链条里,狱警和阚桂林只是马前卒和棋子,后头还有隐匿的大人物。笔记本上的七桩暗数,是阚桂林偷偷记录下来的,他想出狱后委托律师,带给因故意杀人罪被判处死刑的女儿。正常情况下,死刑判决到实际执行,有两年的程序要走,他获刑一年十个月,能赶在女儿执行死刑前,拿这些暗数罪行救她。但他在距离刑满前两个月,就被逼自杀了。不过,她女儿最终因为制度性纠错,获得了改判。我给你寄这封信的目的,是想起最初见到这本子时,发现它的后页是残破的。不知道缺了的部分是自然腐坏的,还是被你粗心大意弄掉的,能不能找回来。重要的是,你近期注意安全。因为你是唯一有可能接触了记事本原貌的人,不管你有没有看见过那条关键信息,他们都可能派人灭口。

如果想起什么了,寄一张明信片到文明旅社,我会想办法联系你。(看守所内通信只能寄发明信片,卡片上字数不能超过20字,方便管教审查。)

读完信,我仔细想了几遍,整个本子我都快翻烂了,没见什么特别的记录,难道是我拿到的笔记本有遗漏?

周末,严管号转来两个死刑犯。两人都是身形魁梧的壮汉,戴着脚镣,走起路来丁零哐啷的。号友觉得奇怪,说严管号从来不关枪毙鬼,"千年头一次",进两个枪毙鬼。我回道,可能是因为最近看守所搬迁,各个号房的押犯数要调剂。

号友摇摇头,凑到我耳边说:"死刑犯手铐脚镣都得戴,你看这两人没戴手铐。"

就寝前,我取了自己的牙刷。牙刷都是被折断过的,柄长不到十厘米。睡觉时,我偷偷把牙刷柄磨尖了,握紧在手心里。我睡9号铺位,那两个死刑犯睡在11号和13号铺位。

号房的过道里有站夜岗的,两小时一岗,从晚上十二点开始,到早上六点结束。夜间第二次换岗时,我听见铺板上响起了镣铐声。我眯着眼朝11号和13号铺位看去,只见两个死刑犯从被窝爬了出来,一前一后朝厕所走去。

夜岗靠在铁门上打盹儿,被丁零哐啷的镣铐声吵醒了,睁眼看了看两个死刑犯,说"你俩上厕所还结伴,真他妈是难兄难弟"。

两人没理他,从厕所出来时,一人拎着一块砖头,估计是从厕坑里抠出来的。他们中的一人给夜岗的脑门拍了一砖,夜岗大叫一声,双手捂住冒血的额头,倒在了地上。两人跨过夜岗，朝我的铺位扑过来。我翻身躲了一下，抱住其中一人的腰部，一脚蹬翻了另一人。

犯人们都醒了，号长摁响了警报铃。值班管教朝号房跑过来，开门之际，我把牙刷扔给一个死囚，对他说道："来，扎我。"死囚捡起牙刷，猛地朝我心脏部位扎来，我闪了一下身体，牙刷扎在我的左肩上。这时一群管教冲进号房，迅速制伏了两名死囚，我因伤被送去所外医院急诊。

我之所以故意冒险负伤，是想到了一件事。

记事本的后页是残破的，当时缺了半片，残破的边缘有霉斑，应该是自然掉落，不是人为撕毁。我当时去地下室找过，只找到三分之一的残片，又急着回去值班，还有一块残片没仔细找。那块纸片应该还在原地，上面如果记录了什么，很可能就是幕后"大人物"急于销毁的东西。

在医院处理伤口时，管教把我的右手铐在了病床上。在手腕被铐住的瞬间，我用袖子里事先藏好的饭勺抵着手腕，留出了方便脱铐的空间。管教离开病房后，我让医生把窗户打开透透气。等他帮我处理完伤口，我挣脱手铐，跳窗而逃。

没过一会儿，我肩膀上的麻药劲儿消退了，疼得身体发抖。医院位于郊区，紧挨着看守所，周围没有路灯，我就跟着月亮，跌跌撞撞地跑进了山里。

看守所拉响了警报，刺耳的声音在夜空回旋，村庄里的房子陆续亮了灯。

各个路口肯定有盘查搜捕的武警，我盘算了一下怎么避开那些路口。每天清晨，会有小皮卡入监拉泔水，我做实习狱警时常见到那辆车。车子入监时没人过问，但出来时会被门口的狱警仔细盘查。监狱的大门最警惕"出"，不害怕"进"。

我知道泔水车停在哪儿。有次下班后赶不上回家的末班车，开泔水车的中年胖子捎过我一程，他先去了老山后面的一个养猪场，然后送我去了车站。

所以，我必须在天亮前抵达老山养猪场。

穿过树林，有一个小集市，已经有人出摊卖早点，马路上零星路过几辆车。有一间早点铺门口停着一辆红色摩托车，我二话不说，骑上摩托车就走，身后有人在叫喊着，我也懒得理了。到老山时，天已经亮了。那辆泔水车正好要出发，有人拎着两只一米多高的泔水桶放进了车厢，我偷偷绕到车厢后面，躲进了泔水桶里。

泔水车顺利地开进了监狱，我迅速地从泔水桶里爬出来，跳进了绿化带里。

犯人们是五点半开封，六点半出工。我见伙房的饭车已经送达各个监区，说明时间已过了五点半。再过一会儿，出工的队列就都出来了，我得尽快进入二监区的地下室。

我溜到二监区的地下室门口，木门上挂着一把铜锁。我使劲蹬了两脚，把门轴上的子母合页直接蹬掉了。锁虽然没弄坏，但木门垮了一半。我扶住木门挤进地下室，四处翻找。记事本最初是装在一个破烂麻袋里，我找了一圈，没有找到。

我听到二监区吹响了出工哨，一名狱警带着犯人走到地下室门口，一边开锁一边嘀咕着。

我想找个地方躲一会儿，一挪脚，右脚底沾着一小块污泥，抬脚一看，脚底还沾着一张破纸。我拿起纸片一看，正是记事本残缺的那半页，纸的正面写着"庚子年壬午月戊寅日辰时"，反面竟然还有一卦，没有问卦人和断语，只有光秃秃的一个卦例，这一卦算的是什么，以及什么时候算的，都没写，而且卦例最后的笔画明显比之前要潦草很多，看得出来是急匆匆写就的。

我来不及细看，迅速把纸条藏在鞋里，刚把纸条塞进去，狱警就开门进来了。那狱警吓了一跳，他是新来的，不认识我。他扶住武装带让我双手抱头蹲在地上，二监区的其他狱警都朝地下室跑了过来，有几个认出了我，全都不说话。

我又被押回了看守所。我从看守所逃跑之后潜入监狱的事，很快上了当地的法制新闻，新闻上介绍"前狱警犯案被拘看守所，羁押期间逃跑只为重返原单位一日游"。我没心情理会这种事，罪名虽又增加了一条，但我找到了之前记事本上遗漏的记录。纸片上的天干地支，翻译成数字计时就是1960年6月19号7点。

我猜这可能就是"大人物"的生辰八字，他肯定也找阚桂林算过卦。但是反面的那个没有断词的卦例是什么意思？

春节期间，看守所发了一批贺卡，我问号长还有没有剩余，号长说算我运气好，刚好还剩一张，我赶紧拿出一袋鸡腿跟他换。

我在贺卡上写道：1960年6月19号生日，今年的礼物你帮我送。再照葫芦画瓢把空白卦描在贺卡上。收件人是老夏，收件地址是文明旅社。

在看守所待了七个月后，我的案子终于开庭了，我因使用虚假证件罪、过失致人死亡罪、脱逃罪，数罪并罚获刑四年。当然，这已是轻判了。

改投江浦监狱服刑五个月后，有陌生狱警给我送来一份法制报，里面夹着一封信。报纸上有一栏"打虎""拍蝇""猎狐"反腐记事专栏，上面整个版面报道了省检察院原副院长林天华受贿，为贩毒集团充当保护伞，玩忽职守的案件。我很振奋，知道那张明信片起了作用。拆开那封信，信纸印有市检察院的抬头，上面写了几行力道遒劲的钢笔字：

蒋鹏：

还记得徐叔吗？

是我找了老夏协助你查案，当时我已被确诊得了肺癌，你看到这封信时，可能我已不在了。为你父亲那桩事说声抱歉。当年因为你爸私藏了那根金链子，我怕他评为烈士后会有太多风言风语，为了他最后的尊严就没报。但我当年要是早给他留个转正的编制，他也不至于为了钱做那样的事。他做了很多正编警察做不到的成绩，但转正的名额大多还是给了人情关系。现在已经是公务员考核制度了，要公正一些。我21岁从警，53岁患癌。这短短的三十年中,我所亲历的国家法制建设是一个不断纠错、不断完善的过程。这个过程中有些人成了鲜血淋淋的代价,有些人等来了正义的终报。我们要向那些成为代价的人致敬,我们也要坚信"邪不压正"的信念。

我只要求你一点,出来后坚持走正路。

徐俊

2013年12月4号

我曾几次设法联络老夏,但都未能成功。他仅是考虑到蒋鹏的改造表现和减刑利益,给我寄来了他的口述信件和图片格式的阚琳琳日记复印件。

采访结束,蒋鹏将重拾的记事本残页转交我保管,这东西他得留作终生纪念,怕出狱的时候带不出去。那页纸上记载的空白卦,他委托我找个懂卦的人问问。我虽口头答应了他,但视频剪辑的事太繁重,就暂时搁在了一边。

所有的采访视频最终并没有被剪辑成新闻,因为李爱国被调任到基层司法局挂职锻炼,新来的科员做事保守,觉得这些内容不够正能量,全部封档保存了。但这无关紧要,对于一个渴望成为作家的年轻人来说,见识这一切就已经足够。

笔记本里的几件案子牵涉了太多底层小人物的罪恶,也从更深的层面,揭示了他们的命运困局。从一个记录者的角度出发，我的书写责任并不完全在于展露"恶有恶报，善有善终"如此粗暴的善恶观。我在努力尝试让每位读者都能代入到案件的当事人命运之中，我们不一定会沦落到那样极恶的程度，但也不一定会有太好的命运选项。

　　我因为好奇那段没有断语的卦例，就偷偷记下来誊抄在纸上。一天中午和李爱国喝完送别酒之后，我拿着那个卦例，找了好几个大街上算命的帮忙看。其中有一个人问我这个卦例是从哪里来的。我不想跟他细讲，谎称是父母留下的，不知道是不是有什么含义，所以来问问。这个算命的摇摇头，说我不想说真话他也不问了，卦例里提到一个本子，要好好保管。卦上说这个本子若是被有缘人捡到，会惹出一番大风波，而且这位有缘人也会深陷其中，有牢狱之灾。我看着这个算卦的，问他，我像这个有缘人吗。他笑而不语。我起身给了他一百块钱。

　　他的摊位招牌上写着每卦五十，我多给五十，是觉得他算得准。

图书在版编目（CIP）数据

暗数杀人笔记 / 虫安著 . -- 北京：新星出版社，2020.2
ISBN 978-7-5133-3822-6

Ⅰ.①暗… Ⅱ.①虫… Ⅲ.①长篇小说-中国-当代 Ⅳ.①I247.5

中国版本图书馆CIP数据核字（2019）第273966号

暗数杀人笔记

虫安 著

责任编辑：王　萌
责任校对：刘　义
责任印制：李珊珊
装帧设计：冷暖儿

出版发行	新星出版社
出 版 人	马汝军
社　　址	北京市西城区车公庄大街丙3号楼　　100044
网　　址	www.newstarpress.com
电　　话	010-88310888
传　　真	010-65270449
法律顾问	北京市岳成律师事务所

读者服务：010-88310811　　service@newstarpress.com
邮购地址：北京市西城区车公庄大街丙3号楼　　100044

印　　刷	北京美图印务有限公司
开　　本	889mm×1194mm　　1/32
印　　张	11.75
字　　数	137千字
版　　次	2020年2月第一版　2020年2月第一次印刷
书　　号	ISBN 978-7-5133-3822-6
定　　价	58.00元

版权专有，侵权必究；如有质量问题，请与印刷厂联系调换。